노르카프

알타

노르웨이

하파란다

쿠사모

스웨덴

핀란드

포리

헬싱키

러시아

덴마크

함부르크

베를린

독일

폴란드

알프스

루체른

프랑스

스위스

제네바

이탈리아

핀란드와 주변지역 (왼쪽 핀란드 지도는 자살단들의
이동 경로를 표시한 것임)

기발한
자살여행

HURMAAVA JOUKKOITSEMURHA by Arto Paasilinna

© 1990 Arto Paasilinna and WSOY, Finland
Korean Translation Copyright © 2005 SOL Publishing Co.
All rights reserved.
The Korean language edition is published by arrangement with
WSOY, Finland through MOMO Agency, Seoul.

국립중앙도서관 출판시 도서목록(CIP)

기발한 자살 여행 : 아르토 파실린나 장편소설 /
아르토 파실린나 지음 ; 김인순 옮김.
— 서울 : 솔출판사, 2005
  p. ; cm

원서명 : Der wunderbare Massenselbstmord
원저자명 : Paasilinna, Arto
ISBN 89-8133-805-1 03890 : \9500
839.64-KDC4
894.54134-DDC21   CIP2005002070

기발한
자살여행

Hurmaava Joukkoitsemurha

아르토 파실린나 장편소설

김인순 옮김

솔

차 례

기발한 자살 여행

제1부

현세에서 무엇보다 중요한 것은 죽음이다.

그런데 사실은 죽음도 중요하지 않다.

민중의 지혜

1

핀란드 사람들의 가장 고약한 적은 우울증이다. 비애, 한없는 무관심, 우울증이 이 불행한 민족을 짓누른다. 천 년의 세월 동안 이 땅의 사람들은 우울증에 굴복당했으며, 그들의 영혼은 음울하고 진지하다. 그 결과는 아주 파괴적이어서, 적지 않은 사람들이 곤경으로부터 벗어날 수 있는 유일한 길은 오직 죽음뿐이라고 생각한다. 암울한 마음은 과거의 소련연방보다도 더 심각한 적이다. 그러나 핀란드인들은 투사의 종족이다. 절대로 굴복하는 법이 없으며, 끝까지 폭군에 저항한다.

한여름에 펼쳐지는 빛과 기쁨의 축제, 성 요한절[핀란드인들에게 가장 중요한 명절. 일 년 중 낮이 가장 길고 밤이 가장 짧은 하지(6월 22일)에 핀란드에서는 밤에도 해가 지지 않으며, 이날 사람들은 대부분 도심을 떠나 호숫가에서 밤새도록 모닥불을 피우고 수영을 하고 뱃놀이를 하며 흥겹게 즐긴다 —

옮긴이]은 핀란드 사람들에게 심신을 갉아먹는 우울증을 일치 단결하여 물리치려고 하는 치열한 전투나 다름없다. 성 요한절 전야에 온 국민은 전투 태세에 돌입한다. 군복무 능력이 있는 남자들만이 아니라 여자들과 아이들, 노인들도 싸움터를 향해 돌격한다. 수천 개에 이르는 핀란드 호숫가에서 거대한 이교도의 횃불이 어둠을 몰아내기 위해 타오르고, 푸른색과 흰색이 어우러진 깃발(흰색 바탕에 푸른색 십자가 모양이 그려진 핀란드의 국기를 가리킨다 ─옮긴이)이 하늘 높이 나부낀다. 전투를 앞둔 오백만 명의 핀란드 전사들이 기름진 소시지와 돼지고기 바비큐 요리로 원기를 보강하고, 마음껏 술을 마시며 용기를 북돋운다. 전투 부대가 적을 섬멸하기 위해서 손풍금 소리에 맞추어 전진한다. 밤새도록 계속되는 전투에 적은 굴복하고 만다.

육박전의 뜨거운 열기 속에서 남녀가 서로 짝을 찾고 여자들은 수태를 한다. 남자들은 쾌속정을 몰고 나가 호수나 바다에서 익사한다. 수천 명의 사람들이 오리나무 숲과 쐐기풀 덤불 속에서 전사한다. 스스로 몸을 던져 희생하는 용기와 수많은 영웅적인 행위들. 기쁨과 행복이 승리를 쟁취하고 우울은 추방당한다. 국민들은 암울한 압제자를 무력으로 제압한 후에, 적어도 일 년 중 하룻밤은 자유를 만끽한다.

해메(핀란드 남부 지방. 호수가 많으며 중심 도시는 해멘린나이다 ─옮긴이)의 후말라애르비 호숫가에서 성 요한절의 아침은 그렇게 밝았다. 대기에 간밤의 전투가 남긴 매콤한 연기 냄새가 살며시 배어 있었다. 어제저녁에는 호수 주변을 빙 둘러 여기저기서 모닥불이 피어올랐었다. 제비 한 마리가 주둥이를 벌리고서 수면 가까이 날며 벌레들을 사냥했다. 조용하고 쾌청한 아침이었다. 사람들은 곤히 자고 있었으며, 새들만이 지칠 줄 모르고 노래했다.

한 남자가 마개를 따지 않은 맥주병을 손에 들고서, 여름 별장 앞 층계에 쓸쓸히 앉아 있었다. 온니 렐로넨 사장이었다. 그 인근에서 렐로넨 사장보다 더 슬픈 얼굴을 한 사람은 없었다. 렐로넨은 간밤에 벌어진 전투의 승리자가 아니었다. 심하게 부상당했지만 상처 입은 마음을 치료받을 수 있는 야전 병원은 어디에도 없었다.

렐로넨은 쉰 살을 앞두고 있었으며, 중간 정도의 키에 마른 편이었다. 귀가 상당히 컸으며, 길쭉한 코끝은 불그스름했다. 그리고 여름철 반소매 티셔츠에 코르덴 바지를 입고 있었다.

어쩌면 옛날에는 렐로넨의 마음속 깊은 곳에 폭발적인 힘이 숨어 있었는지도 모른다. 그러나 한때는 그랬을지 모르지만, 지금은 전혀 그런 흔적을 찾아볼 수 없었다. 삶에 찌들고 억눌려 지친 모습이었다. 얼굴의 주름살과 듬성듬성한 머리카락은 가혹한 짧은 인생과의 투쟁에서 패배했다는 가슴 아픈 표시였다.

온니 렐로넨 사장의 위는 벌써 수십 년 전부터 위산 과다에 시달렸으며, 창자 안의 협곡 사이에서는 장카타르가 숨어서 기회만을 노리고 있었다. 관절과 근육은 기력이 조금 떨어진 점을 제외하면 아직 정상이었지만, 심장은 지방질 과다에 유연성 부족으로 삶을 지탱해주기보다는 오히려 신체의 걸림돌이었다. 지친 심장이 어느 날 갑자기 박동을 멈추고 육신을 마비시켜서, 심장 주인이 생명의 즙을 갈구하며 숨을 거둘 위험이 있었다. 그것은 엄마 배 속에서부터 자신의 심장을 굳게 믿어온 남자에게 배은망덕한 보답일 것이다. 심장이 박동을 멈추고 휴식을 취하는 경우에는 모든 게 끝장이리라. 온니 렐로넨의 지금까지 수십 억 번에 달하는 심장 박동은 전부 부질없는 짓이 되리라. 죽음은 원래 그런 것이다. 해마다 수천 명의 핀란드 남자들이 그렇게 죽음을 맞이한다. 그 가운데 죽음이 어떤 것인지 알려주기 위해서 다시 돌아오는 사람은 단 한 명도 없다.

지난봄 온니 렐로넨은 쇠락한 여름 별장에 새로 페인트칠을 시작했지만, 아직까지도 그 일을 마무리 짓지 못한 터였다. 페인트 통은 돌기둥 옆에 내팽개쳐져 있고, 통 뚜껑 위의 붓은 말라비틀어져 있었다.

렐로넨은 사업가였으며, 한때는 사장이라고 불렸다. 오랫동안 경제계에서 활동했는데, 초창기에는 발빠른 성공을 구가하며 중소기업가로서 호황을 누렸다. 사무 직원 여러 명과 경리 사원을 거느렸으며, 돈줄을 쥐고서 활발하게 거래를 벌였다. 맨 처음에는 건축 회사를 차렸고, 60년대에는 압연 함석판을 생산하는 작은 공장을 경영하기도 했다. 그러나 불경기와 탐욕스런 경쟁자들이 렐로넨의 차양 함석 주식회사를 파산으로 몰아넣었다. 그것을 시작으로 렐로넨 사장은 여러 번 파산의 위기에 몰렸으며, 심지어 나중에는 법을 위반했다는 누명까지 쓰기도 했다. 최근에는 세탁소 주인으로 세상에 모습을 나타냈지만, 그것도 전혀 돈벌이가 되지 못했다. 핀란드 집집마다 세탁기가 없는 집이 없었고, 세탁기가 없는 사람은 아예 옷을 세탁하는 데 관심이 없었다. 대형 호텔과 스웨덴의 카페리들은 렐로넨의 세탁소에 일감을 주지 않았으며, 전국적인 규모의 세탁 체인점들이 번번이 코앞에서 일감을 낚아채 갔다. 레스토랑의 별실에서 그런 주문을 두고 흥정이 오갔다. 온니 렐로넨은 올 봄에 또다시 파산의 위기에 휩쓸렸고, 그 이후로 심한 우울증에서 벗어나지 못했다.

자식들은 어느새 다 자라 제 갈 길을 갔으며, 결혼생활은 파탄에 이르렀다. 온니가 어쩌다 기운을 내어 미래의 계획을 세울라치면, 용기를 북돋아주는 사람이 아무도 없었다. 부인마저 콧방귀도 뀌지 않았다.

"크르음."

그것은 기를 죽이는 논평이었다. 반대도, 지지도, 그야말로 아무것도 아니었다. 인생, 특히 사업, 모든 게 너무 절망적이었다.

온니 렐로넨 사장은 지난겨울부터 자살하려는 생각을 품고 있었다. 그런 생각은 이번이 처음이 아니었다. 이미 옛날에도 여러 차례 삶의 용기를 잃어버린 적이 있었다. 또다시 절망이 주도권을 쥐고서, 건강한 공격적인 태도를 자기 파괴적인 생각으로 변화시켰다. 렐로넨은 이미 봄에 세탁소가 파산했을 때 목숨을 끊으려 했지만 그럴 만한 여력이 없었다.

이제 성 요한절이다. 온니의 아내는 시골의 침울한 남편 곁에서 명절 기분을 망치고 싶지 않다며 시내에 머물렀다. 주변에 아무도 없고 모닥불도 미래도 없는 쓸쓸한 성 요한절 저녁. 이런 상황에서 기쁨을 느낄 사람이 어디 있겠는가.

온니 렐로넨은 맥주병을 문지방에 내려놓고 집 안으로 들어갔다. 침실의 서랍장에서 권총을 꺼내어 총알을 장전한 다음, 코르덴 바지 호주머니에 권총을 집어넣었다.

이것으로 모든 게 끝이야, 렐로넨은 처량한 심정으로 단호하게 생각했다. 오랜만에 적극적으로 뭔가 일을 착수하고 추진한다는 느낌이 들었다. 바야흐로 무익한 삶에 마침표를 찍을 때였다. 존재를 마무리 짓는 커다란 마침표, 굉음을 울리는 느낌표!

온니 렐로넨은 한적한 시골 마을을 걸었다. 새들의 노랫소리를 들으며 자갈 깔린 진입로를 건너고 이웃집의 마당을 가로지르고 논밭과 헛간, 외양간과 농장을 지났다. 작은 숲 너머에서 다시 들판이 이어졌다. 그 숲 가장자리에 쓰러져가는 낡은 헛간이 있다는 생각이 언뜻 뇌리를 스쳤다. 거기에서 방아쇠를 당겨 목숨을 끊을 수 있으리라. 주변이 조용해서 생을 마감하기에는 더

없이 안성맞춤이리라.

　이별의 편지를 남겨야 하지 않을까? 다만 몇 줄이라도? 사랑하는 자식들아, 잘 있거라. 이런 결심을 할 수밖에 없었던 아버지를 부디 이해해다오……. 그리고 아내에게도 나를 탓하지 말라고 말해야 하지 않을까?

　온니 렐로넨은 아내가 편지를 읽으며 뭐라 말할까 생각해보았다. 분명 이렇게 논평하지 싶었다.

　"크르음."

　어제 들판의 풀을 베었는지 상큼한 풀 냄새가 물씬 풍겼다. 시골 사람들은 가축들 때문에 하짓날에도 일을 한다. 벌들이 윙윙거리고, 낡은 헛간의 지붕 아래서 제비들이 지저귀었다. 호수 쪽에서 갈매기의 날카로운 울음소리가 들려왔다. 온니 렐로넨은 마음을 냉혹하게 다져먹고 헛간을 향해 걸음을 내딛었다. 이제 목숨을 끊는 장소가 되어주는 것 말고는 아무짝에도 쓸모없는 낡은 회색빛 건물. 그 건물이 온니 렐로넨을 향해 가까이 다가오더니 갑자기 앞에서 우뚝 멈춰 섰다. 렐로넨의 인생은 생각했던 것보다 빨리 끝났다.

　렐로넨은 어두운 심연처럼 입을 벌리고서 자신을 기다리는 헛간 안으로 선뜻 들어갈 엄두가 나지 않았다. 무의식적으로 삶을 연장시키면서, 최후의 안식처가 안전한가 확인하는 상처 입은 짐승처럼 회색빛 건물을 한 바퀴 빙 돌았다. 그리고 썩은 나무기

둥의 벌어진 틈을 통해 헛간 안을 들여다보았다. 소름이 오싹 끼쳤다. 그러나 이왕 죽기로 작정한 이상, 헛간을 한 바퀴 마저 돌아서 안으로 들어가야 했다. 죽음의 눈을 직시하고 방아쇠를 당겨야 했다. 방아쇠의 작은 움직임, 마지막 사업 거래, 그러면 모든 빚을 청산하게 되리라. 삶과 죽음의 최후의 결산. 온몸에 전율이 일었다.

그 순간 헛간 안에서 인기척이 느껴졌다! 기둥 틈새로 뭔가 회색빛 물체가 어른거리고 신음소리가 들렸다. 노루인가? 사람인가? 온니 렐로넨의 짓눌렸던 가슴이 기쁨으로 거세게 쿵쿵 뛰었다. 동물이나 사람이 있는 헛간에서 목숨을 끊을 수는 없는 노릇이 아니겠는가! 아니, 그것은 볼썽사나운 짓이리라!

정말로 헛간 안에 사람이 있었다. 잿빛 군복을 입은 덩치 큰 남자가 건초 더미에 올라가 푸른색 나일론 줄을 대들보에 매고 있었다. 그는 줄을 단단히 동여매었다.

밖에서 헛간 안을 엿보는 자살 후보자에게는 그 남자의 옆모습만이 보였다. 온니 렐로넨은 그 남자가 장교임이 분명하다고 확정 지었다. 군복 바지에 노란 줄이 그어져 있었으며, 군복 재킷의 단추를 풀자 계급장이 보였다. 장미 세 송이, 대령이었다.

렐로넨은 대령 계급장을 단 남자가 성 요한절 아침에 대관절 낡은 헛간에서 무슨 볼일이 있을까 처음에는 어리벙벙했다. 무엇 때문에 천장 높이 나일론 줄을 맨단 말인가? 그러나 그 남자가 무슨 생각을 품고 있는지 곧 알 수 있었다. 대령은 천장에 매달린 줄의 한쪽 끝에 고리를 만들었다. 나일론 줄이 원래 매끄러운지라 고리를 만들기가 쉽지 않았다. 대령이 혼자서 뭐라 웅얼거렸다. 욕설을 퍼붓는 성싶었다. 건초 더미 위에 올라선 대령의 다리가 후들후들 떨렸다. 바지가 펄럭이는 것으로 보아 떨고 있는 게 분명했다. 마침내 대령은 어설프게 고리를 만들고서 목을 고리 속에 집어넣었다. 군모를 쓰지 않은 맨머리였다. 집 밖에서 군모를 쓰지 않은 장교, 그것은 심상치 않은 일을 뜻했다. 맙소사, 저 사람 목숨을 끊으려는 게 아닌가. 이런, 세상이 이렇게 좁다니, 온니 렐로넨은 생각했다. 핀란드 남자 두 명이 같은 끔찍한 의도를 품고서 같은 시각에 같은 헛간에 오다니. 렐로넨 사장은 헛간으로 뛰어 들어가며 외쳤다.

"이보시오, 대령, 그만두시오!"

대령은 소스라치게 놀랐다. 순간 두 다리가 휘청거리더니 목을 감은 줄이 팽팽하게 조여졌다. 대령은 줄을 잡아당겼다. 온니 렐로넨이 서둘러 도와주지 않았더라면, 틀림없이 목 졸려 죽었을 것이다. 온니는 두 팔로 대령을 감싸 안고 줄을 느슨하게 풀면서, 등을 토닥거려 대령을 진정시켰다. 대령의 얼굴은 창백하게 질리고 땀으로 번들거렸다. 줄이 그만 목을 꽉 졸랐던 것이다. 온니 렐로넨은 목에서 고리를 벗겨내고, 대령을 헛간 밖으로 데리고 나가 바닥에 앉혔다. 그 불운한 자는 숨을 헐떡이며 목을 붙잡았다. 목에 붉은 줄이 선명하게 보였다. 위기일발의 순간이었다.

두 남자는 일 분 동안 말없이 앉아 있었다. 그러다 대령이 자리에서 일어나, 렐로넨에게 한 손을 내밀며 자신을 소개했다.

"켐파이넨, 헤르만니 켐파이넨 대령이라고 하오."

"온니 렐로넨이오. 만나서 반갑소."

대령은 반갑다는 점에서, 자신은 렐로넨과 생각이 다르다고 말했다. 오히려 모든 게 슬프기 짝이 없으며, 방금 일어난 일에 대해서 어느 누구에게도 이야기하지 말아달라고 생명을 구해준 은인에게 당부했다.

"그것은 없었던 일로 합시다. 살다 보면 그런 일이야 얼마든지 있을 수 있는 법이오."

온니 렐로넨은 아무에게도 말하지 않겠다고 약속했다.

"사실은 나도 대령과 같은 생각이었소."

그러고는 권총을 내보였다. 대령은 장전된 무기를 한참 동안 뚫어지게 바라보더니, 이윽고 상황을 파악했다. 그는 이 세상에서 혼자가 아니었다!

2

사소한 우연이 성인 남자 두 사람의 생명을 구했다. 자살하려는 시도가 실패하는 경우에, 무조건 슬퍼해야 할 일만은 아니다. 누구나 모든 일에서 성공을 거둘 수는 없는 법이다.

온니 렐로넨과 헤르만니 켐파이넨은 마음먹은 바를 실제 행동으로 옮기기 위해서 우연히 같은 장소를 선택했을 뿐만 아니라 같은 시각에 그곳에 도착했다. 그 결과 자살을 저해하는 방해 요인이 발생했다. 두 남자는 계획을 포기할 수밖에 없다고 의견의 일치를 보았다. 이어서 두 사람은 다시 얻은 새로운 삶을 만끽하며 담뱃불을 붙였다. 담배를 피우고 난 후에, 온니 렐로넨이 지금 당장 특별히 할 일도 없으니 자신의 여름 별장에 함께 가는 게 어떻겠냐고 제안했다.

렐로넨은 자신이 끔찍한 결심을 할 수밖에 없었던 처지를 대령에게 털어놓았다. 대령은 동정 어린 표정으로 귀 기울여 듣고 나서는 자신의 형편도 이야기했다. 대령에게도 환호성을 터뜨릴 이유가 전혀 없었다.

켐파이넨은 핀란드 동부 지역에서 여단장의 직책을 맡았었는데, 지난해부터 일종의 대기 발령 상태에 있게 되었다. 명목상으로는 감찰관 보좌 역으로 참모부에 배속되었지만, 사실상 할 일이 없었고 휘하에 여단도 없었다. 능력 부족으로 평가받아서 쓸모없는 존재가 된 것이다. 대령의 처지는 외국에서 소환당한 외교관과 비슷했다. 계급과 봉급은 예전 그대로였지만, 그게 전부였다.

물론 장교라면 그 정도의 차별 대우에 금방 목을 매달 정도로 기가 꺾이지는 않는다. 진짜 심각한 문제는 따로 있었다. 켐파이넨의 부인이 겨울에 암으로 세상을 떠난 것이다. 대령은 거기에서 좌절했으며, 아직까지도 그 사실이 믿어지지 않았다. 제대로 돌아가는 게 하나도 없었다. 집은 썰렁하기 그지없었고, 슬하에 자식도 없었다. 아니, 자식은커녕 개 한 마리조차 없었다. 너무 외롭고 쓸쓸해서, 그 생각만 해도 가슴이 짓눌리는 듯했다. 무엇보다도 밤이 가장 괴로웠다. 대령은 몇 달 동안이나 밤잠을 제대로 이루지 못했다. 독한 화주도 전혀 도움이 되지 못했다. 술을 마신다고 죽은 부인이 다시 살아 돌아오겠는가……. 사랑하는 아내, 대령은 아내가 세상을 떠난 후에야 자신이 얼마나 아내를 사랑했는지 깨달았다.

이제 대령에게 삶은 아무런 의미가 없었다. 최소한 전쟁이나 폭동이 일어날 가망이라도 있으면 좋으련만! 그러나 최근 몇 년 동안의 세계 정세는 평화롭게 흘러가고 있었다. 그 자체로는 긍정적인 일이었지만, 직업 군인에게는 다름 아닌 실직을 뜻했다. 현대의 젊은이들에게는 기존의 사회 체제에 반란을 시도하려는 기개가 부족했다. 핀란드 젊은이들의 사회 참여 활동은 역 대합실의 벽을 음담패설로 더럽히는 것이 고작이었고, 그런 반란을 지휘하거나 진압하는 데는 대령이 필요 없었다.

이 세상은 장교를 필요로 하지 않았고, 군대의 승진 곡선에서 떨려난 대령은 더욱 말할 것도 없었다. 군대의 명성은 최근 몇 년 동안 급격한 악화일로에 있었다. 군대에 가는 대신 공익을 위해 근무하는 방위병들은 호의적인 반응을 얻었지만, 혹독한 훈련을 쌓은 장교들은 공공연히 멸시를 받았다. 버릇없는 신병에게 포복 명령을 내리면, 신병을 학대했다는 이유로 징계를 받았다. 그런데 전쟁터에서 포복하려 들지 않는 군인은 적에게 죽임을 당하고 집단 매장당하기 십상이다. 열렬한 인권 옹호자들은 도대체 그 점을 이해하지 못했다. 켐파이넨 대령은 장교라는 직업 때문에 정말로 절망하지 않을 수 없다고 말했다. 장교들은 평생 동안 전쟁을 대비해 실력을 갈고닦는다. 기동 훈련을 실시하고 전투 예행 연습을 하고 사격 솜씨를 기른다. 사람 죽이는 기교를 연구하고 갈고닦아서, 그 방면으로 점점 능숙하고 위험한 존재가 된다.

"살인학殺人學이라는 게 있다면, 나는 최소한 박사학위는 따고도 남았을 거요. 그러나 요즘처럼 평화로운 시대에는 이런 능력을 발휘할 수 있는 기회가 어디 있어야 말이지요. 해를 거듭할수록 기량을 향상시키고 이런저런 구상을 하고 타의 추종을 불허하는 대가로 실력을 쌓았는데, 결코 단 한 작품도 전시해서는 안 되는 화가에 내 처지를 비교할 수 있을 거요. 장교는 작품 전시회의 기회를 박탈당한 뛰어난 예술가와 비슷하지요."

쳄파이넌 대령은 전날 하지 명절을 지내기 위해 자동차를 타고 헬싱키에서 자신의 집이 있는 위배스퀼래로 향했다고 이야기했다. 그런데 기분이 너무 우울하지 뭐요. 그래서 이곳 해메에서 그만 길을 벗어나 낡은 헛간을 찾아 들어갔소. 호숫가에서 흥겹게 즐기는 사람들의 소리를 들으며 밤새도록 썩은 건초 더미 옆에 멍하니 누워 있었다오. 그러다 동이 틀 무렵에 가까운 호숫가로 내려가, 어느 여름 별장 앞의 보트 선착장에서 밧줄을 잘라 들고 넋 나간 사람처럼 헛간으로 돌아왔소.

대령은 헛간으로 돌아오는 도중에, 갑자기 오른쪽 관자놀이에서 이상한 충격을 느꼈다. 마치 머릿속의 혈관이 터진 듯했다. 그러자 참으로 희한하게도 해방감이 전신을 휩쓸었다. 여름의 푸른 신록 속에서 자연스럽게 죽음을 맞이하다니, 이 얼마나 행복한 운명인가! 어쨌든 품위에 어긋나는 일은 아니지 않는가! 대령이라 하더라도 사망원인으로서 뇌출혈은 수긍할 만했다. 특히 평화로운 시기라면 더욱 그렇지 않겠는가. 켐파이넨은 뇌출혈에 따르는 현기증을 느끼고서, 곧 죽음의 경련이 일어나길 바라며 들판에 털썩 주저앉았다.

대령은 혈관이 파열된 오른쪽 관자놀이 부근이 미끌미끌했기 때문에 손으로 문질렀다. 그러고는 손을 바라보았다. 이런 제기랄, 그것은 피가 아니라 고약한 냄새가 나는 하얀 덩어리였다. 자신이 뇌졸중을 일으킨 게 아니라는 사실을 깨닫기까지는 잠시 시간이 필요했다. 범인은 하늘에서 원을 그리며 날고 있는 갈매기 한 마리였다.

대령은 실망했으며 기분이 상해서 몸을 일으켰다. 도랑에서 얼굴을 씻고는 비참한 심정이 되어 헛간으로 돌아갔다. 그러고는 잠깐 휴식을 취한 후에, 건초 더미로 기어 올라가 목을 맬 준비를 했다. 그런데 렐로넨이 때맞추어 방해하는 바람에 그 일마저 실패로 돌아갔다.

두 남자는 세상을 등지려던 계획을 그날 하루 포기할 수밖에 없다고 보았다. 죽음을 향한 열망이 한풀 꺾인 것이다. 목숨을 끊는 일은 아주 사사로운 일이라서 절대적인 안정이 필요한 법이다. 어떤 나라에서는 정치적이거나 종교적인 이유에서 남 보란 듯 공공연한 장소를 택해 분신자살을 하는 사람들이 있지만, 핀란드 사람들은 절대로 자살을 구경거리로 여기지 않는다. 이 점에서 두 남자는 의견의 일치를 보았다.

두 사람이 활발하게 대화를 나누며 온니 렐로넨의 여름 별장에 이르러 보니, 현관문이 활짝 열려 있었다. 온니가 집을 나서면서 문 닫는 걸 깜박한 것이다. 때로는 그렇듯 감정이 복받친 상태에서 집을 나서게 되면, 도둑맞지 않도록 집 단속하는 것을 잊어버릴 수 있다.

집주인은 손님에게 소시지 얹은 빵과 맥주를 대접했으며, 식사 후에는 사우나의 불을 지필 생각이라고 알렸다. 켐파이넨 대령은 호수에서 물을 길어 오고, 렐로넨 사장은 광에서 장작을 날랐다.

정오 무렵에 사우나 준비가 끝났고, 남자들은 사우나에 들어앉아 땀을 뻘뻘 흘리며 힘껏 등을 때렸다. 두 사람에게는 말로 설명할 수는 없지만 그럴 만한 특별한 이유가 있는 듯이 생각되었다. 지난 삶을 등에서 떨쳐내야 했다. 몸은 깨끗해졌지만 영혼은 어떠했을까?

"나는 여태껏 이렇게 좋은 사우나는 본 적이 없소."

대령이 감탄했다.

두 사람은 테라스에 앉아서 그날의 주제에 대해 토론을 계속했다. 앞으로 좋은 친구가 되기로 의견 일치를 보았으며, 그때까지 다른 누구에게 이야기한 적이 없는 일들을 서로 털어놓았다. 그리고 목숨을 끊으려던 일이 사람의 아들 두 명을 아주 가까운 사이로 만들어주었다고 이구동성으로 확정 지었다. 남자들은 서로 상대방에게서 본인은 전혀 짐작조차 못했던 많은 장점들을 발견했으며, 아주 옛날부터 절친한 친구 사이인 듯이 생각되었다. 두 사람은 대화를 나누면서 사이사이 수영을 했다. 그러자 원기가 왕성해졌고 살아 있다는 것이 무척 근사하게 여겨졌다.

성 요한절에 눈부신 햇살을 받으며 같은 운명을 짊어진 동지와 함께 수영을 하는 경우에, 세상은 정말로 아주 살기 좋은 곳이었다. 그런 세상을 굳이 서둘러 떠날 필요가 있겠는가?

그들은 저녁에 벽난로 앞에 앉아 코냑을 마셨다. 들판 너머에 세워둔 대령의 차 안에 코냑이 한 병 있었다. 자동차 주인이 언제 죽으러 떠났나 싶게 차는 즉각 시동이 걸렸다.

대령이 잔을 높이 들며 말했다.

"온니, 자네가 우연히 그 헛간에 오게 된 것은 어쨌든 잘된 일이야. 그렇게 때맞추어 불쑥 들이닥치다니."

"맞아, 그래서 우리가 아직 이렇게 살아 있잖아. 내가 조금만 늦게 도착했거나 다른 헛간에 갔더라면, 지금쯤 우리 두 사람은 벌써 죽은 목숨일 거야. 자네는 대들보에 대롱대롱 매달려 있을 테고, 내 머리통은 으스러졌지 않겠어."

대령이 온니의 머리를 똑바로 쳐다보았다. 그러더니 신중하게 말했다.

"자네 시신은 틀림없이 아주 보기 흉측했을 거야."

렐로넨은 덩치 큰 대령이 대들보에 매달려 있는 광경 역시 보기 좋지는 않았을 것이라고 응수했다. 대령은 그날 일어난 사건을 굉장한 우연으로 여겼다. 수학적으로 보아서 그것은 복권에 당첨되는 것만큼이나 어려운 일이었다. 대령은 두 남자가 목숨을 끊기 위해서 같은 시각에 같은 헛간에 나타나는 일이 도대체 어떻게 가능한가 하는 흥미로운 문제를 제기했다. 만약에 그들이 포햔마에서 세상을 등지려 했다면 지금쯤 살아 있을 가능성은 거의 없었다. 포햔마에서는 들판이 한없이 넓게 펼쳐지는 데다가 수백 개, 아니 수천 개의 헛간이 있어서, 남자들 백 명이 서로 방해하는 일 없이 무사히 목을 매거나 권총 자살할 수 있었다.

인간이 목숨을 끊으려고 하면서 무엇 때문에 집을 떠나는지도 연구해야 할 과제였다. 그리고 또 무엇 때문에 굳이 낡은 헛간 같은 안전한 장소를 찾아가는 것일까? 자신의 집이 어지럽혀지는 걸 무의식적으로 피하려는 것일까? 하긴 죽음이라는 건 특별히 보기 좋거나 깨끗한 일은 아니다. 인간은 비록 보기 흉한 시신이라 할지라도 밖에 나동그라져 비에 젖거나 새똥에 범벅이 되는 걸 피하기 위해서 안전한 장소를 찾는다.

대령은 생각에 잠겨 관자놀이를 문질렀다.

그러고는 친구의 눈을 솔직하게 똑바로 바라보며, 자신의 죽음을 최소한 내일까지 미루고 싶다고 말했다. 다음 주 아니면 나중에라도 얼마든지 죽을 수 있었다. 가을쯤이라면 더욱 좋았다. 그러고는 지금도 여전히 아침처럼 죽음에 대해 진지하게 생각하느냐고 온니에게 물었다.

렐로넨도 대령과 비슷한 결론을 내렸다. 변덕스러운 우연 탓에 계획은 이미 뒤로 미루어졌는데, 본인들 스스로 더 연기하지 말란 법도 없었다. 최악의 우울증은 이미 극복한 터이니, 사태를 잠시 더 깊이 심사숙고해볼 수 있었다.

"오늘 하루 자네와 함께 지내다 보니 떠오른 생각인데, 자네하고 나, 우리 두 사람이 함께 뭔가 일을 계획할 수 있지 않을까?"

온니 렐로넨이 신중하게 의견을 내놓았다.

켐파이넨 대령은 평생 처음으로 좋은 친구, 진정으로 마음을 터놓을 수 있는 벗을 갖게 되었다며 감동했다. 그런 의미에서 어제와는 달리 이제 혼자가 아니었다.

"그렇다고 새롭게 삶의 의욕이 샘솟는다는 뜻은 아니야. 그건 아니고말고. 하지만 우리 둘이서 뭔가 좋은 생각을 해낼 수 있지 않을까. 어쨌든 우리는 아직 살아 있잖아."

온니 렐로넨은 무척 기뻐했다. 흥분하여 말투가 빨라지면서, 말하자면 새로운 삶을 시작하자고 제안했다. 지금까지의 모든 일은 접어두고, 삶을 보람 있게 만드는 뭔가를 시작하자는 것이었다.

대령도 충분히 깊이 생각할 가치가 있는 의견이라고 찬성했다. 앞으로의 삶은 이를테면 선물받은 것, 공짜로, 덤으로 받은 것이었다. 그 선물받은 삶을 마음껏 이용할 수 있었다. 좋은 생각이 아니겠는가.

렐로넨 사장과 켐파이넨 대령은 사실 인간은 날마다 인생을 새롭게 시작하는 것이라고 철학적인 대화를 나누었다. 그러나 물론 조급한 마음에서 그런 생각을 한 것은 아니었다. 죽음의 문턱에 서보았던 사람만이 새로운 삶의 시작이 진정으로 뭘 의미하는지 깨닫는 법이다.

"세상이 엄청나게 달라 보이지 않아."

대령이 말했다.

3

헤르만니 켐파이녠 대령은 온니 렐로녠 사장의 집에서 잠시 휴
가를 즐겼다. 두 남자에게는 홍미로운 화젯거리가 많이 있었다.
두 사람은 자신들의 지난 삶을 돌아보고 허심탄회하게 이야기를
나누었다. 그렇게 마음을 터놓고 대화를 나누다 보니 지난 삶의
아픔이 치유되었고, 그러는 사이에 지금껏 한 번도 경험해보지
못한 우정이 싹텄다. 남자들은 간간이 사우나를 하거나 호수에
서 낚시를 했다. 대령이 노를 저으면, 사장은 낚싯대를 잡았다.
두 사람은 곤들매기 세 마리를 낚아서 불에 구워 먹었다.

식사를 마친 후에는, 재미 삼아 렐로녠의 권총을 발사했다. 대
령은 아주 능숙한 사격 솜씨를 자랑했다. 두 사람은 사이사이 맥
주병을 비웠다. 별안간 렐로녠이 낡은 자명종 시계를 집 안에서
꺼내와 자신의 머리 위에 올려놓고는, 대령에게 시계를 쏘라고

부탁했다. 대령은 망설이며, 총알이 렐로넨의 두 눈 사이를 명중시킬지도 모른다고 말했다.

"그래도 상관없어. 어서 쏘라니까."

낡은 자명종 시계가 박살났고 렐로넨은 무사했다. 그 놀이는 남자들에게 스릴과 기쁨을 안겨주었다.

렐로넨이 난롯불을 쬐이며, 같은 운명을 짊어진 동지들을 더 많이 모으면 좋지 않겠냐는 의견을 내놓았다. 자신이 알기로, 핀란드에서 해마다 천오백 명이 자살을 하고 또 그 열 배에 해당하는 사람들이 자살하려는 생각을 품는다는 것이었다. 그 과반수 이상이 남자들이었다. 렐로넨은 어떤 신문에서 그런 통계를 읽었다고 말했는데, 그 신문 통계에 의하면 살인이나 고의적인 타살의 경우는 일 년에 백 명 남짓했다.

"2개 대대 병력이 해마다 스스로 목숨을 끊고, 1개 여단 병력은 목숨을 끊으려는 계획을 세운단 말이지."

대령이 계산했다.

"우리 같은 사람들이 정말로 그렇게 많을까? 그렇다면 상당히 많은 병력인데."

렐로넨이 말을 이었다.

"나한테 방금 떠오른 생각인데, 자살하려는 생각을 품고 있는 사람들 말이야, 이 사람들을 전부 한자리에 집합시키면 어떨까. 함께 만나서 서로 의견을 교환하고 공동의 문제에 대해 이야기를 나눌 수 있을 거야. 관심을 보이는 사람들에게 자신의 걱정거리를 솔직하게 털어놓을 수 있으면, 아마 죽으려는 계획을 연기하는 사람들이 많지 않을까. 그러니까 우리 두 사람이 여기에서 이틀 동안 한 것처럼 말이야. 아침부터 저녁까지 이야기를 나누다 보니, 우리 둘 다 기분이 훨씬 좋아졌잖아."

대령은 그런 대화가 썩 유쾌하지 않을 거라고 우려를 표명했다. 자살하려는 사람들이 한자리에 모이면 틀림없이 암담한 이야기가 오갈 텐데, 그것이 어떻게 마음 편하거나 즐거운 모임이 되겠는가. 또 그 결과는 어떻게 될 것인가? 나중에 자칫 우울증에 더 깊이 빠질 수도 있었다.

그러나 렐로넨은 물러서지 않았으며, 그런 모임에는 틀림없이 정신적으로 치유하는 효과가 있을 거라고 주장했다. 자기만이 이 세상에서 유일하게 비참한 처지에 있는 게 아니라 다른 사람들도 마찬가지로 어려움을 겪는다는 사실을 알게 되면 삶의 의욕이 다시 생겨날 수도 있지 않겠는가.

"지금 우리가 바로 그런 경우라고. 자네하고 내가 서로 만나지 못했더라면, 둘 다 벌써 죽은 목숨이지 않겠어. 내 말이 맞지 않아?"

대령은 공동의 운명이 두 사람을 도왔다고 시인하지 않을 수 없었다. 적어도 잠시나마 도운 것은 사실이었다. 왜냐하면 대령은 결국 언젠가는 목을 매달 것이기 때문이다. 그 며칠 동안에 문제는 사라진 게 아니라 다만 연기되었을 뿐이었다. 렐로넨의 우정이 죽은 아내를 대신하거나 다른 문제들을 해결한 것은 아니었다.

"헤르만니, 자네는 왜 그렇게 비관적인가."

대령은 장교들에게 일반적으로 비관적인 성향이 있다고 인정했다. 장교들 가운데서도 특히 자살하려는 생각을 품고 있는 사람들이 그랬다. 켐파이넨은 자신이 다시 혼자 있게 되면 다음 주에라도 대들보에 목을 매달지 모른다고 예상했다.

렐로넨은 자신의 제안에 대해 깊이 생각해볼 가치가 있다고 말했다. 자살의 위험에 직면한 사람들을 몇 명, 아니 잘하면 훨씬 더 많이 불러 모을 수도 있었다. 함께 힘을 모아 문제 해결의 가능성을 모색할 수 있고, 설사 해결 가능성을 찾지 못하더라도 밑져야 본전 아니겠어. 그리고 어쨌든 더 좋은 자살 방법을 찾아내서 좀더 멋있게 자살을 시도할 수도 있을 거야. 원래 여럿이 머리를 맞대면 근사한 방법을 찾아내기가 더 쉬운 법이라고. 고통 없이 우아하고 인간답게, 어쩌면 왕처럼 장엄하게 죽을 수 있지 않을까? 꼭 전통적인 방법에 만족하란 법이 어디 있어. 아무튼 줄에 목을 매는 것은 원시적이라고. 목뼈가 부러지면서 기관지가 50센티미터나 삐쳐 나오고, 얼굴은 시퍼렇게 변하고, 혀는 쑥 나온다니까. 가족이라도 그런 시체는 보고 싶지 않을걸.

대령은 자신의 목을 쓰다듬었다. 밧줄 때문에 생긴 피멍이 이틀 새에 부쩍 검게 변해서, 흉측한 종양처럼 보였다.

"자네 말이 맞는 거 같아."

대령은 렐로넨의 말에 동의하고 군복 상의의 칼라를 높이 치켜 세웠다.

렐로넨은 열을 냈다.

"헤르만! 한번 생각해보라고! 여럿이서 단체로 심리 치료사를 초빙할 수도 있지 않을까. 인생의 마지막 며칠을 즐기며 보낼 수 있을지도 몰라. 혼자보다는 여럿이서 뭐든지 하기가 더 좋은 법이야. 이를테면 가족에게 남기는 이별의 편지를 서로 보고 베끼거나 공동으로 변호사를 선임해서 유언장을 작성할 수도 있어. 분명히 더 싸게 먹힐 거야⋯⋯. 인원만 충분하다면 부고를 내는 데서도 혹시 할인받을 수 있을지 누가 알아. 그중에는 틀림없이 돈을 가진 사람도 있을 테니까, 어쩌면 우리가 호사스럽게 살 수 있을지도 몰라. 요즘에는 부자들도 자네가 생각하는 것보다 많이 자살을 한다니까. 그리고 분명히 여자들도 올 거야. 핀란드에는 자살하려는 생각을 품은 여자들이 많이 있다고 들었거든. 그런 여자들은 아주 밉상도 아니라고. 오히려 우울증에 빠진 여자들의 특이하게 애수 어린 모습이 훨씬 매혹적이라니까⋯⋯."

켐파이넨 대령은 렐로넨의 생각에 차츰 관심이 끌렸다. 여럿이 단체로 자살하는 경우의 합리적인 가능성을 인식한 것이다.

무엇보다도 어설프게 목숨을 끊는 일을 사전에 예방할 수 있었다. 장교의 관점에서 사태를 판단하면, 대규모 군부대가 제공하는 이점을 부인할 수 없었다. 아무리 훌륭한 군인도 혼자서는 전투에서 이길 수 없지만, 모든 부대원이 합심하여 공동의 목표를 향해 돌진하도록 잘만 유도하면 성공을 거두기 마련이다. 군대의 역사에는 그런 집단 활동이 성공을 거둔 사례가 많이 있다.

렐로넨은 열광했다.

"자네는 장교로서 핀란드의 집단 자살을 전문적으로 조직할 수 있을 거야. 자네한테는 직책상 지휘 능력이 있어서, 아마 최고의 성공을 거둘지도 몰라. 자네가 수천 명의 자살 후보자들을 지휘한다고 한번 생각해봐. 우리 함께 먼저 그 가련한 인간들을 좋은 방향으로 설득해보고, 그래도 정 소용이 없으면 자네가 그 부대를 죽음으로 인솔하는 거야."

온니 렐로넨은 대령이 휘하 부대를 이끌고 죽음으로 돌진하는 광경을 상세히 묘사했다. 그러면서 『구약성서』를 본보기로 들어서, 이스라엘 백성을 약속의 땅으로 인도하는 모세에 캠파이넨을 비교했다. 그것은 정말 굉장한 민족 이동일 거야! 물론 목표는 약속의 땅 대신에 죽음이지만 말이야. 스스로 선택한 집단 자살, 지난 모든 것에 대한 슬픈 종지부! 그 옛날 이스라엘 민족을 이끌었던 모세처럼, 사람들에게 홍해를 건너라고 명령하는 대령의 모습이 렐로넨의 눈앞에 생생하게 떠올랐다. 렐로넨 자신은 아론(모세 시대 이스라엘 민족의 제사장. 『구약성서』의 「출애굽기」에 의하면 아론은 모세의 형으로, 이집트에서 이스라엘 민족을 구출하는 모세를 도왔다 — 옮긴이)의 역할에 만족할 생각이었다.

대령도 덩달아 계획을 세우기 시작했다.

"집단 자살을 대형 사고로 위장할 수 있을 거야……. 기차가 선로에서 이탈하면 한꺼번에 수백 명이 죽잖아!"

렐로넨은 그런 대형 사건이야말로 상부상조의 뛰어난 사례라고 생각했다. 그렇게 되면 핀란드인들이 썩은 헛간에서 홀로 초라하게 목을 매는 것 이상의 역량을 지니고 있다는 것을 세상에 증명할 수 있지 않을까. 그러니까 핀란드인들도 제대로 잘만 하면 대규모의 파괴 행위, 고상하고 슬픈 구경거리를 보여줄 수 있다는 거지. 어쨌든 죽음은 평범한 사건이 아니었다. 다시는 돌아올 수 없는 삶의 종착역이었으며, 참으로 특이하게 음울하고 냉정하고 장엄하였다.

대령은 십 년 전 어느 때인가 남아메리카에서 있었던 대규모 집단 자살을 기억했다. 렐로넨도 전 세계적으로 동정심과 혐오감을 불러일으켰던 그 사건을 알고 있었다. 미국의 어떤 종교 교주가 수백 명의 극단적인 광신도들을 끌어 모아 신도들의 전 재산을 상납받았다. 교주는 추종자들의 도움을 받아서 그 돈을 가지고 일종의 종교 국가를 창건했다. 급기야는 정부 당국이 그 비정상적인 행태에 주의를 기울이게 되었고, 그러자 교주는 스스로 목숨을 끊기로 결정했다. 그런데 혼자서 죽은 게 아니라 신도들을 모조리 함께 저세상으로 데려갔다. 그 집단 자살의 와중에서 수백 명의 광신도들이 목숨을 잃었는데, 그 광경은 끔찍했다. 부패한 시신들이 열대지방의 더운 열기에 심하게 부풀고, 금파리들이 신도들의 거주지를 윙윙거리며 맴돌았다. 참으로 혐오스러운 장면이었다.

온니 렐로넨과 켐파이넨 대령은 그런 대량 학살에는 전혀 관심이 없었다. 양적인 면에서는 주목할 만했지만, 질적인 면에서는 조악했으며 최종 결과는 혐오스러웠다.

두 남자는 어느 누구에게도 절대로 죽음을 권해서는 안 된다고 결의했다. 그런데도 사람들이 굳이 자살하기로 결정하는 경우에는, 품위 있고 우아한 죽음이어야 했다.

이야기가 이쯤 이르렀을 때, 온니 렐로넨이 헬싱키 교회의 전화 상담소에 전화를 걸었다. 부드러운 목소리의 여자가 자신을 믿고서 모든 걱정거리를 털어놓으라고 권유했다. 렐로넨은 상담원에게 오늘 저녁에 전화통에 불이 나지 않았냐고 물었다.

"그러니까 제 말은, 스스로 목숨을 끊으려고 하는 사람들이 전화를 걸지 않았느냐는 뜻입니다."

교회의 여직원은 비밀이 보장되어야 할 사적인 대화의 내용을 제삼자에게 발설할 권리가 자신에게는 없다고 말했다. 그리고 그것은 무례한 질문이며, 전화 통화를 중단하겠다고 위협했다.

켐파이넨 대령이 수화기를 바꿔 들었다. 대령은 자신을 소개하고, 자신과 자신의 친구가 이틀 전에 해메의 어느 헛간에서 우연히 만났다고 짧게 이야기했다. 두 사람이 목숨을 끊을 의도였다는 사실도 숨기지 않았다. 그러고는 자신들과 같은 처지에 있는 핀란드 사람들을 초대하여, 심리 치료를 위한 단체를 만들려 한다고 설명했다. 이러한 이유에서 자살 후보자들의 주소나 전화번호를 어디에서 알 수 있겠냐고 물었다.

전화 상담원은 부정적인 반응을 보였으며, 지금은 자살단체에 대해 거론할 적절한 때가 아니라고 말했다. 자신은 개인적인 경우들만 해도 무척 할 일이 많으며, 벌써 오늘 저녁에만 도움을 요청하는 전화를 여섯 통이나 받았다는 것이었다. 여직원은 신사분들이 그런 일에 정 관심이 있으면, 정신병원에서 도와줄지 모르니 그곳에 전화를 걸어보라고 충고했다.

"전화 상담소에서는 자살의 뜻을 품고 있는 사람들의 명단을 내주지 않아요. 전화 내용은 절대적으로 비밀이 보장되어야 해요."

"그 할멈 전혀 도움이 안 되는군."

대령이 투덜거리며 니킬래 정신병원에 전화를 걸었다. 용건에 대해 자세히 설명했는데도, 전화를 받는 당직 의사의 반응 역시 냉담하긴 마찬가지였다. 당직 의사는 자살의 위험이 있는 사람들을 그곳 병원에서 치료하는 것은 사실이라고 시인했지만, 그 사람들의 신원을 밝히기는 거부했다. 게다가 그 환자들은 이미 필요한 만큼 충분한 약물 치료와 심리 치료를 받고 있는 중이었다. 일부 사람들의 의견에 따르면, 때로는 지나치게 많은 치료를 받았다. 니킬래 정신병원은 정신적인 문제들을 치료하는 과정에서 문외한들의 도움을 필요로 하지 않았다. 당직 의사는 군대에 복무하는 대령에게 과연 자살을 저지할 만한 능력이 있는지 의심스럽다며, 군대의 훈련 목적은 전혀 다른 데 있다고 말했다. 대령은 울분을 참지 못했으며, 당직 의사가 치료받는 환자들과 전혀 다를 바 없다고 말하고서 수화기를 꽝 소리나게 내려놓았다.

"신문에 광고를 내는 수밖에 없겠어."

온니 렐로넨이 제안했다.

4

켐파이넌 대령과 렐로넨 사장은 전국적인 규모의 일간지에 낼 광고문을 작성했다. 광고 문구는 아주 간략했다.

당신은 자살을 생각하는가?

두려워하지 말라. 당신은 혼자가 아니다.

자살 생각을 품고 있을뿐더러, 더욱이

실제 경험도 있는 우리 같은 사람들은 많다.

당신과 당신이 처한 상황에 대해

간략하게 편지를 써라.

우리가 도울 수 있을지 모른다.

당신의 이름과 주소를 알려달라.

우리가 당신에게 연락을 취할 것이다.

편지의 내용은 전적으로 비밀이 보장된다.

제삼자의 손에 들어가는 일은 절대로 없다.

모험가여, 고민하지 말라.

헬싱키 중앙 우체국 앞으로

우정 어린 편지를 보내라. 암호는,

"공동의 시도."

대령은 모험가라는 문구가 사실 불필요하다고 생각했지만, 온니 렐로넨은 그 말에 큰 비중을 두었다. 렐로넨은 그 방면에 경험이 있었다. 젊은 시절에 신문 광고를 통해서 펜팔 친구를 찾은 적이 있었는데, 성실하고 원만한 성격을 원하는 조건으로 내세웠는데도 모험을 즐기는 많은 여자들이 답장을 보냈었다.

대령은 광고를 '교제란'에 게재하지 않는 편이 좋겠다고 말했다. 대령의 생각에 따르면, 거기에 실리는 광고들은 하나같이 헛소리들이며, 성적으로 굶주린 감상적인 인간들의 쓰레기 같은 이야기로 가득 차 있었다. 자살은 진지한 일이었다. 대령은 스스로 목숨을 끊으려는 사람들이 신문의 부고란을 읽을 확률이 아주 크다며, 광고를 부고란에 내자고 제안했다. 부고란이 보다 확실하게 메시지를 전달할 가능성이 많았다. 렐로넨이 신문사에 광고를 내러 갈 용의가 있다고 선언했다.

온니 렐로넨이 광고 일을 처리하러 헬싱키에 간 동안 대령은 호숫가 별장에 머물렀다. 두 사람은 렐로넨이 헬싱키에서 돌아오는 길에 식료품과 다른 필요한 물건들을 가져오기로 합의했다. 대령은 그동안에 참모부에 연락해서 여름 휴가를 얻을 생각이었다. 그리고 위배스퀼래의 텅 빈 집에는 가고 싶지 않다며, 당분간 온니의 별장에서 지낼 수 있냐고 물었다.

"그야 물론이지. 여름 내내 이곳에서 나하고 함께 지낼 수 있어."

렐로넨은 신문사에서 광고 비용을 현금으로 지불하라는 요구를 받았다. 광고 문구를 읽은 신문사의 여직원은 차후에 계산서를 발부해서 광고비를 수령하는 방법이 현명하지 않다고 판단했다. 정말로 돈을 받아낼 수 있는지 무척 의심스러웠다. 유가족들이 계산서를 지불해야 할 경우가 발생할 수 있는데, 과연 그들에게 돈을 지불할 의사가 있을지 확실하지 않았다.

렐로넨은 이불 시트를 가지러 집에 들렀다. 아내가 하지 명절을 어떻게 지냈냐고 물었다. 렐로넨은 성 요한절 전야와 다음 날 아침에는 몹시 우울했지만, 그러다 위배스퀼래에서 온 남자를 우연히 낡은 헛간에서 만났다고 대답했다. 굉장히 근사한 친구여서, 곧 여름 별장으로 초대했다고 덧붙였다.

"청소는 당신들이 책임져야 해요."

렐로넨의 아내가 선언했다.

"그 남자 이름은 켐파이넨이야."

"크르음, 켐파이넨인지 뭔지 내가 알 게 뭐예요."

렐로넨은 자신이 집에 없는 사이에 집행관이 다녀갔냐고 물었다. 부인은 집행관 한 명이 하지 전에 전화를 걸었다고 대답했다. 그 집행관은 최근의 부도 경위에 대한 조사가 끝날 때까지 후말라애르비의 여름 별장을 압류하겠다고 위협했다.

집에서 나온 렐로넨은 마음이 더욱 심란해졌으며, 다시 해메의 여름 별장으로 차를 몰았다. 가는 도중, 켐파이넨 대령이 그사이를 못 참고 목을 매달았을지 모른다는 걱정이 앞섰다. 그렇다면 온니, 자신은 어떻게 할 것인가? 그럴 경우에는 나도 즉시 총으로 내 머리통을 날려버리리라.

렐로넨은 바스락거리는 자갈길을 걸어 호숫가의 별장으로 가면서, 여름의 진한 향기를 가슴 깊이 들이마시고 지칠 줄 모르는 새들의 노랫소리에 귀를 기울였다. 별장의 뜰에 들어서자, 사우나용 땔감을 한 팔 가득 안고서 헛간에서 나오는 켐파이넨 대령의 모습이 보였다. 렐로넨은 안도의 한숨을 내쉬며 외쳤다.

"헤르만니, 잘 있었나? 우리가 아직 생생하게 살아 있는 거 맞지?"

"그야 물론이지. 내가 시간이나 때울 겸 자네 별장을 페인트칠했어. 보아하니, 자네가 칠하다 만 것 같더라고."

렐로넨은 지난봄에 전혀 일할 기분이 아니었다고 솔직히 인정했다. 대령은 그 심정을 충분히 이해했다.

남자들은 해메의 호숫가에서 시간을 보내며, 신문 광고의 답신이 오길 기다렸다. 조용히 편안하게 지내면서 여름을 즐기고, 인간의 존재론적인 문제들에 대해 이야기를 나누고, 자연을 관찰했다. 때로는 호숫가에 앉아 낚싯대를 드리우고 포도주를 마시며 호수를 바라보았다. 켐파이넨 대령은 렐로넨이 알코올을 아주 헤프게 다루는 것에 놀랐다. 렐로넨은 술병을 3분의 2 정도 비웠다 싶으면 병뚜껑을 단단히 막았다가, 호수 안쪽으로 바람이 부는 즉시 술병을 호수에 던졌다. 술병은 물에 둥둥 떠내려가서 언제든 다른 편 호숫가에 다다를 것이다. 반대편 호숫가까지는 족히 몇 킬로미터는 되었고, 술병을 보낸 사람은 자신의 우편물이 어디로 떠내려갔는지 확인할 수 없었다.

　　"이 부근의 여름 별장에 사는 사람들은 대부분 이렇게 한다네. 3분의 1 정도 남은 술병을 떠내려 보내는 것이 이곳에서는 일종의 관습이야."

　　렐로넨이 설명했다. 대령은 무슨 말인지 알아듣지 못했다. 핀란드에서 알코올 값은 결코 만만하지 않았다. 어떻게 그런 비싼 술을 호수에 마구 던진단 말인가?

　　그것은 호숫가에 사는 사람들이 오래전부터 서로 교류하는 방식이라고 렐로넨이 말했다. 누구인지는 모르지만, 의도적이기보다는 실수로 오래전에 그걸 시작한 사람이 있었다. 칠 년 전, 8월의 어느 날 아침에 처음으로 도수 높은 술병이 온니에게 떠내려왔다. 아주 맛 좋은 샹트레 코냑(부드러운 맛과 뛰어난 향으로 유명한 코냑 — 옮긴이)이었다. 당시 온니는 간밤에 마신 술 기운으로 심한 숙취에 시달렸는데, 적시에 떠내려온 코냑 병이 숙취에서 벗어나도록 도와주었다. 그는 술 가게가 문을 열자마자 부리나케 달려가 호수에게 빚을 갚았다. 그 후로 이따금 병이 떠내려왔으며, 몇 년 전부터는 부쩍 그 횟수가 늘었다. 그 관습은 차츰 전체 호숫가 주변으로 퍼졌다. 그러나 그것에 대해 크게 떠드는 사람은 없었으며, 후말라애르비 호숫가 주민들 사이에서 그것은 무언의 비밀이었다.

"작년 여름에 쉐리(스페인 원산의 세계적으로 유명한 백포도주 — 옮긴이) 세 병이 떠내려온 데다가 호수가 얼기 직전에는 보드카하고 코스켄코르바(핀란드의 보드카 상표 — 옮긴이)까지 횡재했다니까. 술이 얼마나 많이 남아 있었는지, 병이 겨우 물에 뜰 정도였어. 그런 일은 사람의 마음을 따뜻하게 한다고. 나하고 비슷한 사람, 맛 좋은 코냑을 즐기는 마음씨 후한 친구, 아니면 호수 건너편 미지의 이웃을 생각하는 성실한 보드카 애호자가 저 너머 어딘가에 살고 있구나 하는 생각이 드는 게야."

어느 날 저녁, 두 남자가 함께 사우나에 앉아 땀을 흘리고 있는데, 친구의 벌거벗은 등에 난 흉터가 켐파이넨 대령의 눈에 띄었다. 대령은 벌써 오래전부터 무슨 흉터인지 궁금했다며, 전쟁에서 부상을 입은 게 아니라면 도대체 그 많은 흉터가 어디서 생긴 거냐고 물었다.

렐로넨은 전투에 참여하기에는 자신이 너무 어렸다고 대답했다. 나는 전쟁이 일어났을 때 겨우 한 살이었어. 하지만 핀란드에서는 평화로운 때에도 사는 것 자체가 치열한 전쟁이나 다름없어. 렐로넨은 그동안 네 번이나 파산을 겪었는데, 흉터는 바로 파산의 후유증이라고 말했다.

"내 자네한테 분명히 말하는데, 부도가 날 때마다 얼마나 진이 빠지는지 정말 죽을 맛이더라고. 이번 성 요한절에 죽으려던 결심이 처음 있는 일이 아니라니까. 그리고 틀림없이 마지막 시도도 아닐 거야. 세상일을 누가 알겠어."

렐로넨은 그전에 벌써 세 번이나 자살을 시도했다고 이야기했다. 60년대에 처음으로 파산했을 때, 폭탄으로 몸을 날려버릴 작정을 했다. 당시에 지하 공사 전문의 건축 회사를 경영했는데, 마지막 건축 현장이 로하에 있었다. 그런데 폭발물은 충분했지만, 폭발물을 다루는 전문 지식이 부족했다. 렐로넨은 다량의 폭약에 뇌관과 도화선을 각각 두 개씩 연결한 다음, 공사장의 막사 안으로 폭탄을 가지고 들어가서 바지 속에 집어넣었다.

자살자는 사무용 의자에 앉아서 두 개의 도화선에 점화함과 동시에 마지막 남은 담배에도 불을 붙였다.

폭발은 부분적으로만 성공했다. 불붙은 도화선이 팬티에 커다란 구멍을 내며 두 다리에 끔찍한 화상을 안겨주었다. 렐로넨은 살갗을 태우는 도화선의 열기를 참지 못하고 울부짖으며 막사 밖으로 뛰쳐나갔다. 뇌관을 뚫고 나온 티엔티가 다리 위로 흘러내렸다. 뇌관은 폭발하면서 엉덩이와 허리에 심한 상처를 입혔다. 렐로넨은 목숨은 부지했지만, 적지 않은 부상을 입었다. 나머지 뇌관은 공사장 막사 안에 남아 있던 폭약과 함께 폭발하여 막사를 송두리째 날려버렸다. 파편이 반경 70미터 안에 즐비하게 널려 있었다.

렐로넨은 1974년 두 번째로 파산한 후에, 송카얘르비에 있는 장인의 소유지에서 또다시 자살을 시도하였다. 사냥감, 그러니까 자신이 총에 맞아 죽는 올가미를 구상하고서 엽총을 나무줄기에 매달아놓았다. 만취한 상태에서 이 작전을 실행했고, 총알은 렐로넨을 스쳐 지나갔다.

렐로넨은 등의 흉터를 대령에게 들이밀었다. 운명적인 총알의 흔적이 선명하게 남아 있었다. 그때 총알 파편 하나가 폐의 흉막까지 뚫고 들어갔지만, 렐로넨은 스스로 만든 함정에서 용케 살아 나왔다.

세 번째에는 동맥을 자르기로 결심했다. 그러나 피를 보고서 그만 실신해버리는 바람에 겨우 어설프게 왼손의 정맥 하나를 자르는 데 성공했을 뿐이었다. 이 시도 역시 적지 않은 흉터를 남겼다.

렐로넨은 이러한 여러 번의 실패를 거울 삼아서 이번에는 권총을 장만하기로 작정했으며, 마침내 자살을 성공리에 마칠 것이라고 믿었다. 그러나 대령이 잘 알고 있다시피, 이번마저 뜻을 이루지 못하고 도중하차했다.

켐파이넨 대령은 흉터들을 자세히 살펴본 후에, 렐로넨이 스스로 목숨을 끊으려는 시도에서 주목할 만한 단호함을 드러냈다고 평가했다. 대령, 그 자신은 과거에 자살을 시도해본 적이 없었다. 그런 자신에 비하면 옆에 있는 친구는 그 분야에서 다년간의 실전을 인정받아야 마땅한 경험 많은 베테랑이었다.

5

7월에 접어들어 첫 주일이 거의 지나갈 무렵, 온니 렐로넨은 일주일 전에 낸 신문 광고의 답신이 왔나 알아보러 헬싱키의 중앙 우체국으로 차를 몰았다. 렐로넨은 깜짝 놀랐다. 광고가 대성공을 거두어서, 답신이 수북이 쌓여 있었다. 서류 가방만으로는 모자라 추가로 비닐봉지 두 개를 마련했는데, 비닐봉지들마저 가득 찼다.

온니 렐로넨은 편지 보따리를 모두 자동차에 싣고서 전속력으로 해메를 향했다. 엄청난 양의 답신에 경악하지 않을 수 없었다. 혹시 우리 두 사람이 막을 길 없는 산사태를 일으킨 것은 아닐까? 자동차 트렁크 안의 편지 무더기는 자기 파괴의 의도를 품은 사람들이 엄청나게 많다는 사실을 의미했다. 그 끔찍한 수화물은 결코 농담으로 흘려버릴 문제가 아니었다. 렐로넨은 자신들이 벌집을 들쑤셨으며, 이제 간단히 몇 번 벌에 쏘이는 것으로 끝날 일이 아니라고 우려했다.

렐로넨은 별장에 도착해서, 대령과 함께 편지들을 거실 바닥에 펼쳐놓았다. 먼저 몇 통이나 되는지 세어보았는데, 우편물은 정확하게 612개였다. 514통의 편지와, 96장의 우편엽서, 작은 소포 꾸러미도 두 개 있었다. 남자들은 먼저 소포를 풀었다. 하나는 발신자 익명이었는데, 긴 머리카락 한 다발이 들어 있었다. 보아하니 여자의 머리카락이 분명했고, 포장지에는 오울루 우체국의 소인이 찍혀 있었다. 머리카락이 보내는 메시지를 해독하기는 무척 어려웠으며, 왠지 으스스한 기분이 들었다. 다른 꾸러미 안에는 500페이지에 이르는 원고가 들어 있었고, 원고에는 〈하일루오토 섬과 이 섬에서 금세기에 일어난 자살〉이라는 표제가 붙어 있었다. 원고의 저자는 풀킬라의 어느 초등학교 교사였는데, 지나치게 영리를 추구하는 출판업자들이 자신의 작품을 무시했다고 동봉한 편지에서 하소연했다. 어느 출판업자도 자신의 작품을 출간하는 데 관심을 보이지 않았으며, 그래서 이제 이 중요한 작품을 함께 자비로 인쇄하여 전국의 서점에 배포할 의사가 있는지 암호 주소 '공동의 시도' 사람들에게 묻는다는 것이었다. 원고의 저자는 출판하는 경우에 순이익이 적어도 5만 유로에 이를 것이라고 예상했으며, 그 책을 출판할 수 없으면 자살하겠다고 덧붙였다.

"원고는 돌려보내야겠어. 아무리 죽겠다고 위협해도 우리가 출판업자로 나설 수는 없는 노릇이잖아."

대령이 결정했다.

두 사람은 우편물을 우체국 소인에 따라서 대략 지방별로 분류했다. 대부분의 편지가 우시마, 투르쿠, 포리, 해메에서 온 것을 확인할 수 있었다. 사보와 카랄라에서도 적지 않은 편지가 왔지만, 오울루와 라플란드에서 온 편지는 겨우 한 움큼뿐이었다. 렐로넨은 북쪽 지방에서는 중앙지가 많이 읽히지 않는 데 그 이유가 있다고 보았다. 포햔마의 소인이 찍힌 편지도 불과 몇 통에 지나지 않았는데, 그것으로 보아 포햔마에는 다른 지방보다 자살하려는 사람들이 적다고 추정할 수 있었다. 포햔마의 사람들은 이 점에서도 예외인 것이 분명했다. 어쩌면 그곳에서는 개인적인 자살을 마을 공동체에 대한 배반으로 여기는지도 몰랐다.

남자들은 우편엽서를 몇 장 읽고, 이런저런 편지를 뜯어보았다. 글에서 이미 심한 절망감이 느껴졌다. 자살의 위험에 처한 사람들은 병적인 힘에 내몰려 문법을 무시했으며 필체도 제멋대로 엉망이었다. 그들은 편지 수신인에게 도와달라고 부르짖었다. 절망적인 상황에서도 혼자가 아니라는 말이 맞나요? 이런 모든 일이 일어났는데도요? 과연 모르는 사람에게 도움을 받을 수 있을까요?

그들에게는 세상이 붕괴한 것이다. 많은 사람들이 정신적으로 완전히 지치고 기진맥진한 상태였다. 심지어 웬만한 일에는 끄떡 않는 대령의 눈에도 눈물이 맺혔다. 물에 빠진 사람이 지푸라기 잡듯이 사람들은 신문 광고의 구원 메시지에 매달렸다.

편지 발송인 모두에게 개인적으로 일일이 답하기는 불가능했다. 편지를 전부 뜯어서 읽는 것만 해도 두 남자에게는 벅찬 일이었다.

얼추 백 통 남짓 읽었을 무렵, 온니 렐로넨과 켐파이넨 대령은 지쳐서 읽는 것을 그만두고 수영하러 갔다.

"우리가 지금 호수에 빠져 죽는다면, 육백 명 이상의 사람들이 도움의 손길을 받지 못할 거야. 아마 모두들 자살해버릴지도 몰라. 그 사람들이 죽는다면 우리한테 도덕적인 책임이 있지 않을까."

두 사람이 다시 호숫가의 보트 선착장에 앉았을 때, 렐로넨이 말했다.

"맞아……. 1대대나 되는 가련한 사람들의 목숨이 우리한테 달려 있는 탓에, 이제 우리는 자살을 생각할 수 없어."

대령이 렐로넨의 말에 동의했다.

"맞아, 자살 대대야."

렐로넨이 덧붙였다.

남자들은 아침에 자동차를 타고 가까운 쉬스매의 문방구에 가서, 서류철 여섯 개, 펀치와 스테이플러, 봉투 개봉용 칼 각각 한 개, 소형 전동 타자기 한 대, 편지봉투 612장, 타자용지 두 뭉치를 샀다. 그리고 우체국에서 612장의 우표를 구입했으며, 그 기회를 이용해 하일루오토 섬의 자살에 대한 원고를 초등학교 교사에게 돌려보냈다. 동봉한 편지에서, 자살하려는 생각을 포기하고, 그 작품의 학문적인 가치를 인정해줄 만한 다른 적절한 시설이나 정신 건강 단체를 찾아보라고 권유했다.

렐로넨이 식료품 가게에서 시장을 보는 동안에, 대령은 핀란드의 알코올 전문점 알코(핀란드의 국영 알코올 전문 판매점. 핀란드에서는 일반 가게가 아니라 주로 여기에서만 알코올을 구입할 수 있다 — 옮긴이)를 찾아갔다. 그런 다음 둘은 함께 호숫가의 작은 별장으로 돌아갔다.

이제 사우나를 하거나 낚시할 겨를이 없었다. 렐로넨은 새로 구입한 기기를 이용하여 편지 봉투를 뜯는 작업에 착수했으며, 켐파이넨은 기록하는 서기의 역할을 맡아서 편지 발송인의 인적 사항, 이름과 주소를 기록하고 모든 편지에 일련 번호를 매겼다. 이 일을 하는 데 꼬박 이틀이 걸렸다. 편지 개봉 작업이 끝났을 때, 남자들은 편지를 좀더 철저하게 다루어야 한다고 확정 지었다. 이제 편지들을 정리했지만, 그것은 겨우 시작에 불과했다.

두 사람은 서둘러 편지들의 내용을 파악해야 한다는 것을 깨달았다. 한시가 급한 일로, 육백 명이 넘는 사람들의 목숨이 두 사람 손에 달려 있었다. 어떤 식으로든 즉각 편지들에 반응을 보여야 했는데, 둘이서는 너무 오래 걸릴 게 분명했다.

"비서가 한 명 있어야겠어."

편지들을 개봉하고 기입하는 일이 저녁 늦게서야 간신히 끝났을 때, 온니 렐로넨이 한숨을 내쉬며 말했다.

"누가 이 한여름에 비서 일을 한다고 나서겠어."

켐파이넨 대령이 투덜거렸다.

렐로넨이 자살 후보자들 가운데서 어쩌면 이 일에 적합한 능력을 가졌거나 아니면 적어도 일을 마무리 짓도록 도움을 줄 만한 사람이 있을지 모른다는 생각을 해냈다. 남자들은 이런 관점에서 편지 발송인들을 자세히 검토해보기로 결정했다. 먼저 가까운 곳에 사는 사람들을 집중적으로 살펴보는 것이 현명하게 생각되었다. 그래서 해메에 사는 자살 후보자들의 편지 뭉치를 꺼내어, 렐로넨은 열다섯 통, 대령은 스무 통을 읽었다.

하우호와 쉬스매 등지의 주변 지역에 사는 농부들 몇 명이 자살할 의도를 품고 있다고 알렸다. 그러나 농민들이 비서 일을 하기에 단연 적격이라고는 볼 수 없었다. 그보다 좀더 나은 후보자들, 초등학교 여교사 세 명과 포르사 근처의 나이 많은 노처녀가 있었다. 그러다 아주 적절한 인물이 눈에 띄었다. 홈필라에 그 방면으로 전문 교육을 받은 인물이 있었는데, 케미라의 무역회사에 다니다가 퇴직한 쿠카 마리아 오바스카이넨이라는 여자였다. 토이얄라 시민대학에서 부학장으로 일하는 헬레나 푸사리 역시 적절해 보였다. 푸사리 부인은 현재 나이 서른다섯 살이었으며, 시민대학에서 무역 통신을 강의했다. 두 여자는 삶에 환멸을 느껴 진지하게 자살을 생각하는 중이었다. 게다가 성실하게 주소와 전화번호까지 밝히고 있었다.

이미 밤늦은 시각이었지만 사태가 워낙 다급한지라, 남자들은 즉시 두 여인과 접촉을 시도하기로 결정했다. 먼저 홈필라에 전화를 걸었지만, 아무도 전화를 받지 않았다.

"혹시 그동안에 자살해버린 것은 아닐까."

렐로넨이 추측했다.

토이알라의 부학장 푸사리 부인도 때마침 집에 없었다. 그러나 푸사리 부인은 자동응답기를 통해 메시지를 남길 것을 권유했다. 켐파이넨 대령이 간단히 자신을 소개하고 용건을 설명한 다음, 이렇듯 늦은 시각에 무례하게 전화를 걸어서 미안하다고 사과했다. 이미 자정에 임박한 시간이었다. 대령은 긴히 나눌 이야기가 있어서, 친구와 함께 푸사리 부인의 집에 잠깐 들를 생각이라고 말했다.

남자들은 토이알라를 향해 당장 길을 나서기로 결정했다. 저녁에 거나하게 몇 잔 마신 뒤라, 그 상태에서 차를 모는 것은 위험한 일이었다. 그러나 두 사람은 술 취해서 차를 모는 경우에 발생할 수 있는 최악의 일이란 기껏해야 죽음이라고 결정지었다. 그러니 당연히 출발해야 하지 않겠는가. 대령이 운전대를 잡고, 렐로넨은 헬레나 푸사리가 보낸 편지를 소리내어 한 번 더 읽었다.

"제 인생은 이제 고비에 이르렀고, 제 영혼은 위험에 빠져 있어요. 저는 근심 걱정 없는 어린 시절을 보냈으며, 언제나 명랑하고 미래를 바라보는 낙천적인 성격이었지요. 그런데 이곳 토이얄라에서의 지난 몇 년은 저한테 많은 변화를 가져왔어요. 제 자존심은 만신창이가 되었답니다. 이 작은 도시에서 저를 둘러싸고 온갖 소문이 나돌고 있어요. 저는 십 년 전 남편과 이혼하고 혼자 살고 있는데, 이곳 토이얄라에서도 그것은 결코 특별한 일은 아니에요. 그러나 저는 지난 경험에 비추어 또다시 사람을 사귀고 싶지 않았어요. 아니, 사귈 수 없었는지도 모릅니다. 어쨌든 깊은 만남은 원하지 않았어요. 저한테 편집증적인 증세가 있는지는 모르지만, 몇 년 전부터 제 일거수일투족이 끊임없이 관찰당하고 감시당한다는 느낌에서 벗어날 수가 없어요. 마치 이 작은 도시에 갇혀 지내는 것만 같아요. 옛날에는 그렇게 흥미 있었던 가르치는 일마저 이제 넌덜머리가 난답니다. 저는 사람들과의 모든 관계를 끊었으며, 아무하고도 이야기하지 않고 또 아무도 믿지 않아요. 제 생각에는 이럴 수밖에 없는 것 같아요. 주변에서는 다들 저를 관능적인 사람으로 여기는데, 제가 원래 내숭을 떨거나 몸을 사리는 성격이 아니어서 어떤 점에서는 맞는 말인지도 모릅니다. 그러나 이 세상에는, 아무튼 이곳 토이얄라에는 저한테 솔직한 사람이 한 명도 없다는 사실을 여러 차례 확인할 수밖에 없었어요. 이대로는 도저히 더 이상 살 수가 없습니다. 오로지 한없이 오래오래 잠들고 싶을 뿐이에요. 제 이런 감정의 폭발이 극비에 부쳐지기를 바랍니다. 이것이 사람들에게 알려진다면, 이 도시에서의 제 삶은 더욱 어려워질 거예요. 제 손으로 목숨을 끝내는 것 말고는 다른 길이 보이지 않습니다."

남자들은 말없이 밤길을 달렸다. 얼마 후 온니 렐로넨이 푸사리 부인에게 다만 꽃 한 다발이라도 선물로 가져가서, 한밤중의 방문을 사과하는 것이 예의에 맞지 않겠냐고 의견을 제시했다. 대령도 비슷한 생각이었지만, 꽃가게들이 모두 문을 닫은 이 밤 늦은 시각에 당장 어디서 꽃다발을 구하겠냐고 이의를 제기했다. 렐로넨은 잠시 생각하더니, 가는 도중에 직접 들꽃을 좀 꺾어갈 수 있다고 말했다. 여름이 한창이라서 온갖 꽃이 만발해 있었다. 렐로넨은 숲이 나타나면 적절한 곳에 차를 세워달라고 대령에게 부탁했다. 그 기회를 빌려 겸사겸사 용변도 해결할 셈이었다.

온니 렐로넨은 캄캄한 숲 속으로 사라졌고, 대령은 자동차에 남아 담배를 피웠다. 그러다 대령은 꽃을 꺾는다는 유치한 발상에 울화가 치밀었으며, 곧장 자동차로 돌아오라고 렐로넨에게 소리쳤다. 벌써 꽃이 아니더라도 적어도 싱싱한 푸른 것을 찾아냈다고 렐로넨의 술 취한 목소리가 숲에서 대답했다. 렐로넨은 길을 따라서 움직이는 듯했다. 대령은 자동차에 올라타고서 천천히 차를 몰았다. 얼추 500미터 정도 달려가자, 어두운 길가에 서 있는 렐로넨의 모습이 보였다. 렐로넨의 한 손에는 숲에서 꺾은 바늘꽃 다발이, 다른 한 손에는 철망으로 만든 새장 같은 게 들려 있었다. 대령은 차를 멈췄다. 철망 안에서 웬 동물이 으르렁거렸다. 너구리였다.

렐로넨은 무척 흥분한 어조로, 숲을 여기저기 다니며 꽃을 꺾다가 갑자기 덫에 부딪혔다고 이야기했다. 철망 안의 짐승이 느닷없이 소리를 지르는 바람에 자지러지게 놀랐다는 것이었다. 렐로넨은 진짜 살아 있는 너구리라며, 푸사리 부인에게 선물로 가져가는 게 어떻겠냐고 대령의 의견을 물었다.

켐파이넨 대령은, 사나운 들짐승은 자살의 위험에 처한 미지의 부인에게 적절한 선물이 아니라고 말했다. 그러고는 그 짐승을 철망째 원래 있었던 곳에 도로 가져다 두라고 렐로넨에게 부탁했다.

렐로넨은 실망하여 숲 속으로 사라졌다. 그러나 곧 돌아와서, 철망을 발견한 장소를 도저히 찾지 못하겠다고 알렸다. 대령은 다른 적절한 곳에 철망을 내려놓으라고 요구했지만, 렐로넨은 반대했다. 덫을 놓은 사냥꾼이 원래의 장소 아닌 다른 곳에서 덫을 발견할 수 있을지 확실하지 않으며, 짐승이 철망 안에서 갈증과 굶주림에 시달려 죽을 수도 있다는 것이었다.

대령은 너구리를 아무 데나 둘 수 없다는 점은 인정할 수밖에 없었다. 렐로넨은 너구리를 자유롭게 놓아주려고도 하지 않았다. 너구리가 광견병에 걸려 있을 수 있는 데다가, 어쨌든 새둥지나 작은 들짐승들한테 위험한 존재였다. 렐로넨은 철망을 자동차의 뒤 트렁크 안에 내려놓고서, 운전석 옆자리에 꽃다발을 들고 앉았다. 대령은 동승객이 술에 취해서 귀찮은 일을 벌이는 바람에 기분이 상했다. 두 사람은 말없이 토이얄라를 향해 남은 길을 달렸다.

새벽 세 시경, 두 남자는 토이얄라 중심가에 위치한 헬레나 푸사리의 집 초인종을 눌렀다. 푸사리 부인은 4층짜리 건물에 살고 있었다. 렐로넨이 너구리와 함께 시든 들꽃 다발을 들었다. 문이 열리고 방문객들은 집 안으로 들어오라는 권유를 받았다.

헬레나 푸사리는 키가 늘씬하게 컸으며, 머리카락은 불그스름하고 안경을 쓰고 있었다. 얼굴 생김새는 단호한 인상을 주었지만, 왠지 피곤해 보였다. 걸음걸이가 힘차면서도 특이하게 여성적이었다. 검은 옷에 굽 높은 신발을 신고 있었는데, 그녀의 모습은 두 남자를 어리둥절하게 만들었다. 저렇게 예쁜 여자가 이런 소도시에서 자살 위기에 몰리다니, 납득하기 어려웠다.

헬레나 푸사리가 손님들에게 철망을 복도에 내려놓으라고 부탁했다. 그러고는 커피를 끓여서 빵과 함께 내놓았으며 리큐어도 따랐다. 남자들은 그렇듯 불쑥 방문하게 된 동기에 대해 이야기했다. 푸사리 부인은 신문 광고의 배후에 어쩌면 사기꾼들이 숨어 있을지 모른다고 생각했기 때문에, 사실 좋지 않은 일이 일어나지 않을까 우려했다. 그렇지만 달리 어쩔 도리가 없어서 모험을 감행하기로 결정했었다. 이제 광고 배후의 인물들, 렐로넨 사장과 켐파이넨 대령을 알고 보니, 같은 문제로 고민하는 세 사람이 한자리에 모인 것은 운명이 아닌가 생각되었다. 헬레네 푸사리는 너구리에 대해서도 더 이상 의아하게 생각하지 않았으며, 그 불쌍한 짐승을 죽어가도록 숲에 내버려두어서는 안 된다는 생각에 동의했다.

"저는 경험이 많아서 사람들에 대해 잘 알아요. 두 분이 좋은 사람들이라고 확신해요."

푸사리 부인은 렐로넨이 가져온 꽃을 화병에 꽂으면서 말했다.

켐파이넨 대령은 육백 명도 넘는 사람들이 광고에 답신을 보냈다고 이야기했다. 그런데 편지를 모두 읽고 답장을 보내기엔 우리 두 사람의 힘만으로는 너무 벅차지 뭡니까. 특히 렐로넨은 파산한 세탁소 주인이고 저 자신은 한직으로 떨려난 대령이라서, 이 방면에 대해서는 잘 모른답니다. 그러니 푸사리 부인께서 답장을 쓰고 발송하는 일을 좀 도와주시면 어떻겠습니까? 헬레나 푸사리는 즉석에서 대령의 제안을 수락했다. 리큐어 잔을 비우고 너구리가 들어 있는 철망을 들고 모두 함께 자동차에 올라탔다. 해메의 별장으로 돌아오는 길에 교회가 있는 마을 람피를 지나쳤다. 이른 새벽의 엷은 안개가 살포시 대지를 뒤덮고 있었다.

렐로넨은 뒷좌석에서 곤히 자고 있었다. 교회 앞을 지나갈 때, 헬레나 푸사리가 운전석의 대령에게 잠깐 내리고 싶으니 차를 세워달라고 부탁했다.

헬레나 푸사리는 교회 뒤편에 자리한 마을 공동묘지를 찾아갔다. 묘지 사이로 난 안개 낀 길을 거닐고, 낡은 묘비들 앞에 오랫동안 서서 하늘을 우러러보았다. 그러다 한참 만에 자동차로 돌아왔다.

"저는 공동묘지가 좋아요."

헬레나 푸사리가 대령에게 설명했다.

"마음을 차분하게 진정시켜 주거든요."

그들은 호숫가의 여름 별장에 도착했다. 온니 렐로넨이 잠에서 깨어나, 너구리를 집 안으로 데려가기 위해 자동차 트렁크의 뚜껑을 열었다. 그런데 그 짐승이 철망과 함께 사라지고 없었다. 렐로넨은 경악했다. 토이얄라에 너구리를 깜박 두고 왔단 말인가? 대령이 친구에게 진정하라며, 자신이 철망을 람피의 교회 앞 계단에 내려놓았다고 말했다. 그 동물은 틀림없이 아침에 그곳에서 사람들의 눈에 띌 것이며, 교구에서 월급을 받는 사람들에 의해 운명이 결정될 것이라고 설명했다. 누구보다 먼저 목사가 너구리를 발견한다면, 적어도 너구리의 생명은 높은 사람의 손에 들어가는 것이었다.

헬레나 푸사리가 엄청나게 쌓여 있는 편지 무더기를 보고 소리쳤다.

　"세상에, 이런 가여운 사람들! 조금도 꾸물거리면 안 되겠어
요. 얼른 자고 일어나서 일을 시작하자고요."

　헬레나 푸사리는 별장의 다락방에 잠자리를 정했다. 푸사리
부인이 자러 간 후에 남자들은 서로를 바라보았다.

　"정말 과감한 사람이야!"

6

세 사람은 충분한 수면을 취한 후에 작업을 개시했다. 먼저 모든 편지를 하나하나 크게 소리내어 읽으면서 자세히 검토하기로 결정했다. 번갈아가며 한 사람이 열 통씩 읽는 동안, 나머지 두 사람은 편지의 내용에 대해 기록했다. 일은 순조롭게 진행되었으며, 힘들다고 느끼는 사람은 아무도 없었다.

편지 한 통을 처리하는 데 대략 오 분 정도 소요되었다. 사실 편지를 읽는 데는 일, 이 분가량 걸렸고, 그런 다음 편지의 내용에 대해 몇 분 동안 토론하였다. 그런 식으로 한 시간 동안에 얼추 열두 통의 편지를 처리했으며, 두 시간 일한 후에는 매번 삼십 분의 휴식 시간을 두었다. 편지를 읽고 분석하는 작업은 힘든 일이어서 속도를 더 빨리하기는 불가능했다.

모든 편지 뒤에 곤경에 몰린 사람이 있었고, 그 곤경은 결코 사소한 것이 아니었다. 편지를 읽는 세 사람 모두 직접 몸으로 겪어 보아서 누구보다도 그 사실을 잘 알았다.

비록 익명의 암호 주소라 할지라도, 절망에 빠진 여자들이 남자들보다 쉽게 마음을 털어놓을 용의가 있는 듯이 보였다. 세 사람은 답장의 65퍼센트 정도가 여자들의 것이고, 나머지는 남자들의 편지라고 계산했다. 발신인의 성별이 불분명한 경우도 몇 통 있었다. 예를 들어, 아마 라우릴라라는 이름은 남자일 수도 있고 여자일 수도 있었다. 라이모 타빗사이넨이라는 이름도 남자 이름이었지만, 직업을 가정주부로 내세운 것으로 보아 여자라는 인상을 주었다. 그러나 물론 그 사람에게는 그것 말고도 다른 문제들이 있었다. 문제 없는 사람이 어디 있겠는가.

편지를 보낸 사람들 전부는 아니더라도 상당수가 정신적인 문제를 안고 있었다. 그 가운데에는 완전히 제정신이 아닌 듯한 사람들도 여럿 눈에 띄었다. 정신이상에 걸린 사람들도 두서너 명 있었고, 편집증적인 증세를 보이는 사람들도 있었다. 이를테면 라우리살라에 사는 어떤 파출부는 코이비스토 대통령(마우노 헨릭 코이비스토. 1982년부터 1994년까지 핀란드의 대통령을 역임했다 ─ 옮긴이) 이 끊임없이 자신을 괴롭히는 바람에 자살 직전에 있다고 주장했다. 괴롭히는 방법도 아주 지능적이었다. 한번은 코이비스토가 비밀스러운 경로를 통해 유독성 세제를 보냈는데, 희생자는 용의주도하게 주의를 기울인 덕분에 그 기습공격에서 벗어날 수 있었다. 최근에는 대통령이 점점 더 대담해져서, 그 불행한 여인을 밤낮으로 한시도 가만두지 않았다. 대통령의 사무장과 경호원들이 극비리에 라우리살라로 여행을 감행해서 여러 가지 방식으로 그녀의 삶을 힘들게 했다. 그래서 결국 그녀는 스스로 목숨을 끊어서 조국을 구해야 한다는 애국적인 결심을 하기에 이르렀다. 그렇게 되면 코이비스토가 그녀에게서 벗어날 수 있을 것이다. 그녀는 스스로를 희생해서, 핀란드를 상대로 핵전쟁을 일으키려는 빌미의 소지를 없앨 수 있기를 바랐다. 현재 상황에서는 언제든지 핵전쟁이 일어날 수 있었다.

편지 발송인들 중에는 신경증을 호소하는 사람들이 많았다. 성격 장애 증상이 분명한 사람들, 아니면 애정생활이나 가정생활을 침해하는 정신병에 시달리는 사람들도 있었다. 교도소에 복역 중인 절망한 죄수들과 정신병원의 환자들도 눈에 띄었다. 직업 활동이나 학업의 어려움은 또 얼마나 널리 퍼져 있는가. 우울증의 증세가 아주 일찍 시작된 사람들도 상당수에 이르렀다. 전쟁 전에 사람을 살해한 적이 있는데 아직까지 그것을 잊을 수 없다는 사람도 있고, 신앙심에 깊이 빠져 한시라도 빨리 천국에 들어가 전능하신 분을 만나 뵙기 위해 자살하려는 광신도들도 있었다. 동성연애와 의상도착증, 피학대음란증, 노출증, 치유할 길이 없는 색정증처럼 성적으로 특이한 습성을 가진 사람들도 적지 않았다.

고질적인 알코올중독에 시달리는 사람들과 마약이나 습관성 약품 중독에 걸린 사람들도 많았다. 헬싱키의 도심에 살면서 디지털 기기 수입 회사에 다니는 어떤 남자는 자살이 스스로의 삶을 다스릴 수 있는 유일한 효과적인 방법이라는 결론에 이르렀다. 신비적인 현상에 관심이 많고 호기심이 많아서, 도저히 자연사를 기다릴 수 없는 남자도 있었다. 그 남자는 죽음 후의 세상이 어떤지 너무 궁금한 나머지 스스로 목숨을 끊으려 했다.

거의 모든 사람들의 공통점은 심한 외로움과 쓸쓸함에 시달린다는 것이었다. 그것은 광고의 답신을 읽는 사람들도 익히 아는 감정이었다.

그들은 휴식 시간이면 마음을 진정시키고 햇볕을 쏘이기 위해 항상 보트 선착장으로 나갔다. 렐로넨이 소시지 얹은 빵을 준비했으며, 대령은 커피를 끓였다. 호수에서 큰회색머리아비가 울어대는 소리가 들려왔다. 남 핀란드에서는 보기 드문 희귀한 새였다. 새소리가 마치 자살자가 지르는 최후의 비탄처럼 귓가를 맴돌았다.

어느 날 오후, 헬레나 푸사리가 호숫가에서 물에 떠내려온 술병을 발견했다. 푸사리 부인은 술병을 아무 데나 버리며 핀란드의 깨끗한 자연을 쓰레기로 더럽히는 알코올중독자들을 혐오한다고 수선을 피웠다. 물론 자신도 이따금 술을 마시지만, 술병을 집 밖에 버린다는 생각은 꿈에서도 하지 않는다고 덧붙였다.

대령이 호숫가로 내려가서 모래 속에 묻혀 있는 술병을 가져왔다. 스코틀랜드산의 품질 좋은 맥아 위스키로, 십이 년 묵은 카듀였다. 병 안에는 최소한 다섯 모금 이상이 남아 있었는데, 순식간에 남자들의 위장 속으로 사라졌다. 남자들은 술 기운에 고무되어, 후말라애르비 —— 홉(맥주 양조에 사용되는 다년생 넝쿨식물. 맥주 특유의 쌉쌀한 맛과 향을 돋우어준다 — 옮긴이) 호수(후말라애르비의 후말라는 홉, 애르비는 호수라는 뜻이다 — 옮긴이) —— 의 특이한 관습에 대해 헬레나 푸사리에게 이야기해주었다. 호숫가 사람들이 그 남다른 관습을 만들어내는 데, 어쩌면 호수의 이름이 한몫했을 수도 있었다.

그 많은 우편물을 처리하는 데 꼬박 이틀이 걸렸다. 모든 편지와 우편엽서를 일일이 전부 읽고 그 내용에 대해 논의하고 특기할 만한 사항을 기록했다.

편지를 전부 읽고 난 세 사람은 깊은 충격을 받았다. 그들은 육백 명의 목숨에 대한 책임이 어느 정도 자신들의 손에 달려 있다는 확신에 이르렀다. 그동안에 혹시 이미 몇 사람이 끝장을 낸 것은 아닐까? 신문에 광고를 내고 나서 근 열흘이라는 시간이 흘렀는데, 우울증에 빠진 사람들이 그 열흘 동안에 무슨 일이든 저지르지 못하겠는가.

헬레나 푸사리가 해멘린나 시민대학에 전화를 걸어, 편지를 육백 부 복사하고 육백 개의 편지 봉투에 주소를 써야 하는데 시민대학의 복사기를 사용할 수 있는가 문의했다. 시민대학 측에서는 선선히 응낙했다. 전국 각지에 흩어져 있는 자살 후보자들에게 편지를 복사해서 발송하려면, 먼저 편지부터 써야 했다.

편지를 쓰는 데는 헬레나 푸사리가 렐로넨이나 켐파이넨보다 훨씬 더 능숙했다. 푸사리 부인은 한 페이지 정도에 이르는 편지에서 자살의 위험에 처한 사람들을 위로하고 죽으려는 결심을 적어도 잠시나마 연기할 것을 부탁했다. 수천 명의 핀란드 사람들이 같은 의도를 품고 있다고 설명했으며, 또한 육백 명 이상의 사람들이 신문 광고에 답장을 보냈다는 사실도 밝혔다. 그리고 생사가 달린 문제에서 서두르거나 허둥지둥 덤비지 않는 편이 현명하다고 말했다.

켐파이넨 대령은 혼자서 어설프게 저지르는 것보다 여럿이 조직적으로 시도하는 자살이 질적으로 더 고상할 수 있으며, 이 분야에서도 힘을 모으면 더 효과적이라고 지적했다. 온니 렐로넨은 단체 행동의 이점을 생각했다. 세상을 등지기 전에 먼저 단체로 휴가 여행을 떠나자고 제안했으며, 집단으로 자살하는 경우에 유가족들이 장례비용을 할인받을 수 있는 가능성에 대해서도 설명을 잊지 않았다. 세 사람은 마침내 모든 점에서 만족스러워 복사해도 좋다는 생각이 들 때까지, 몇 시간에 걸쳐 편지의 문구와 형식을 다듬었다.

"내 생각에는, 자살하려는 사람들이 자신들의 처지에 대해 허심탄회하게 토론할 수 있도록 세미나를 열어야 할 것 같아요."

헬레네 푸사리가 말했다.

"겨우 이런 위로의 편지 하나 보내는 것으로 불쌍한 사람들을 모른 척할 수는 없어요."

켐파이넨 대령은 보아하니 직업상 헬레나 푸사리가 조금만 복잡한 문제에 부딪혀도 회의나 세미나를 여는 것이 습관이 되어 있다고 이의를 제기했다. 그런 악습은 군대에도 널리 퍼져 있었다. 오늘날 군대에서는 모든 시시콜콜한 일에 툭하면 회의를 열고 위원회를 소집하는데, 그 유일한 의미는 대개의 경우에 장교들이 부인들의 감독을 받지 않는 집 밖에서 실컷 술을 마실 수 있다는 것이었다. 온니 렐로넨도 경제계에서 세미나와 온갖 불필요한 회의들이 뭘 의미하는지 잘 알았다. 그 기회를 빌려 참가자들은 배불리 먹고 마셨다. 때로는 회의가 열리는 호텔에서 며칠씩 편안하게 죽쳤으며, 그 비용은 나중에 회사에서 세금 공제 혜택을 받았다. 핀란드 정부는 사실상 사업가들의 알코올중독을 국가적으로 지원했으며, 중급 이상 간부 사원들의 살을 찌웠다. 이러한 회의의 성과로서, 복사한 자료가 들어 있는 서류철이 나중에 아무도 펼쳐 보는 사람 없이 사무실에서 굴러다녔다. 그런 서류 나부랭이를 읽어볼 사람이 어디 있겠는가. 돈을 낭비하고 며칠씩 시간을 허비하고, 그러다 보니 회사가 망하지 않으려면 박봉의 여자 직원들이 부지기수로 시간외근무를 해야 했다.

대령은 파산의 전문가인 렐로넨이 당연히 이 분야에 대해서는 제일 잘 알지 않겠냐고 냉소적으로 토를 달았다.

헬레나 푸사리가 화를 내며, 지금은 남자들이 시시한 농담이나 주고받을 때가 아니라고 선언했다. 육백 명의 목숨이 경각에 달려 있으며, 그 가련한 사람들은 절실하게 도움을 필요로 했다. 최소한 그 가운데 일부만이라도 불러 모아서, 그들이 안고 있는 문제에 대해 이야기를 나누고 위로를 해야 했다. 그러자면 먼저 적절한 장소를 물색하고, 실제로 유용한 결과를 얻기 위해 프로그램을 준비해야 했다.

대령이 헬레나 푸사리를 진정시켰다.

"헬레나, 흥분하지 말아요. 온니와 나도 결국은 같은 생각이오. 이 위로의 편지와 병행해서 즉시 만남을 주선하자는 것은 좋은 발상이오. 핀란드 자살 후보자들을 위한 대규모 집회 장소로 헬싱키가 적절하지 않겠소? 아니면 때마침 여름이니 야외에서 하는 것은 어떻겠어요?"

온니 렐로넨은 하여간 소도시에서 집회를 열어서는 안 된다고 생각했다. 예를 들어 피엑새매키에서 자살 후보자들이 백 명만 모인다고 치면, 집회의 성격이 비밀로 남아 있을 것 같은가. 핀란드는 소문과 수다라는 면에서 축복받은 땅이었다. 그리고 이런 특별한 일에서는 세상 사람들의 이목을 피하는 게 상책이었다.

헬레나 푸사리가 헬싱키의 퇼뢰 구에 있는 라울루미에스텐 라빈톨라 레스토랑을 제안했다. 그곳 레스토랑의 지하에 여러 사람이 모이기에 적절한 공간이 있었다. 다른 사람들과의 접촉을 꺼리는 모임에 자주 이용되는데, 특히 장례 모임에 적격이었다. 히에타니에미 공동묘지와 템펠리아우키오 교회가 그 근처에 있었다.

"장례식과 그런 밀접한 관계가 있다면, 그 레스토랑이야말로 우리의 목적에 잘 맞는 것 같군."

켐파이넨 대령이 결정을 내렸다.

"다음 주 토요일에 집회를 여는 데 이의가 없다면 곧바로 초대장을 씁시다. 내일 편지를 발송하면, 관심 있는 사람들이 헬싱키로 출발할 준비를 하는 데 시간이 충분할 거요."

렐로넨은 일정이 너무 촉박하다고 이의를 제기했지만, 그의 염려는 중대한 모임을 뒤로 미룰수록, 도움을 주려는 운명적인 동지를 만나기 전에 스스로 목숨을 끊을 자살 후보자들의 수가 늘어날 수 있다는 이유로 거부당했다.

세 사람은 열성적으로 일에 매달렸다. 가능한 한 빨리 장소를 빌리고 초대장을 복사해서 발송해야 했다. 시간이 지체될수록 그만큼 더 많은 죽음을 불러 온다고 그 일에 전념한 세 사람은 예감했다.

7

켐파이넨 대령이 레스토랑의 집회 장소 빌리는 일을 맡았다. 레스토랑 지배인은 지하에 약 이백 명 정도의 인원을 수용할 수 있는 공간이 있다고 이야기했다. 대부분은 홀에 앉고, 나머지 사십 명 정도는 살롱에 자리할 수 있었다. 켐파이넨은 다음 주 토요일 낮 열두 시부터 레스토랑을 예약하고, 음식을 비롯한 서비스 문제에 대해서도 합의했다. 지배인의 말에 따르면, 점심식사 비용은 일인분에 39유로였고, 식사 전에 집회 참가자들에게 샴페인 같은 음료수를 한 잔 돌리는 경우에 일인당 8유로가 추가되었다.

대령은 지배인이 권하는 메뉴를 점심식사로 결정했다.

청어살 무침, 새우 칵테일, 꽃양배추 수프, 연어구이, 곰보버섯찜, 쇠고기 등심 스테이크, 월귤소르베, 모카파르페(달걀과 설탕,

모카로 만든 후식 — 옮긴이), 커피.

온니 렐로넨은 대령이 예약한 내용을 듣고서 자지러지게 놀랐다. 대령이 정신이 나갔는가? 실제로 이백 명의 자살 후보자들이 거기 모여서 주문한 식사를 먹는다면, 그 비용이 엄청날 것이다. 렐로넨은 휴대용 전자계산기를 꺼내어 계산해보았다. 9400유로! 어쨌든 렐로넨 자신에게는 그런 주연을 위해 낼 돈이 없었다. 게다가 어차피 자살하겠다는 사람들 이백 명을 배불리 먹일 가치가 있겠는가? 그들 가운데 상당수는 좋은 음식을 배불리 먹여보았자 틀림없이 돈만 길에 버리는 거나 다름없을 것이다. 이왕지사 죽으려는 사람들인데, 커피 한 잔하고 달팽이빵 한 개면 충분하다는 것이 렐로넨의 생각이었다. 그런 식으로 낭비한다면 그들을 기다리는 것은 파산 말고 또 무엇이 있겠는가.

"온니, 자네는 파산을 좀 병적으로 두려워하는 것 같아."

대령이 말했다.

"나는 레스토랑 비용을 걱정할 필요는 없다고 생각해. 다들 틀림없이 자신이 먹은 음식값 정도는 해결할 수 있을 거야. 만약 그럴 여유가 없는 사람이 있다면, 내가 부담하겠어."

렐로넨은 자신이 아는 한, 온 나라의 미친 사람들을 다 먹여 살릴 수 있을 만큼 장교가 돈을 많이 벌지는 않는다고 투덜거렸다. 그러자 대령은 자신이 월급에 연연하지 않는다고 선언했다. 나한테는 재산이 좀 있어. 정확히 말하면, 내 처갓집이 부자여서 죽은 아내가 유산을 넉넉히 상속받았지. 그래서 아내가 세상을 떠난 이후에 내가 그 재산을 떠맡게 되었어.

헬레나 푸사리가 모임의 프로그램과 관련해 말했다.

"내 대학 동창 한 명을 연사로 초빙하는 게 어떻겠어요? 아랴 레우후넨이라는 친구인데, 대학에서 심리학을 전공하고 지금은 탐페레대학 부속 중앙 정신병원의 다운증후근 병동에서 일하고 있어요. 이 방면의 문제에 대해 여러모로 잘 알고 있어서, 자살의 예방에 대해 강연할 수 있을 거예요."

푸사리 부인의 말에 따르면, 그 여류 심리학자는 자살을 주제로 하는 많은 논문을 발표했으며 다방면으로 인정받은 전문가였다. 무엇보다도 좋은 점은, 그녀가 대학 신입생 시절에 스스로 목숨을 끊으려고 시도한 경험이 있다고 헬레나 푸사리는 기억했다.

이러한 문제들에 대해 논의한 다음, 세미나를 위한 짧은 초대장을 작성했다. 세미나는 7월 중순, 다음 주 토요일 열두 시부터 헬싱키에 위치한 레스토랑 라울루미에스텐 라빈톨라의 연회장에서 열릴 예정이었다. 주최 측은 많은 사람들이 세미나에 참가하고 또 즐거운 여름을 보내길 기원하는 인사말을 집어넣었다. 그러나 초대장의 문구를 한 번 더 검토하는 과정에서, 즐거운 여름을 보내라는 말을 삭제하고 이렇게 덧붙였다.

"절대로 경거망동을 하지 마십시오. 그럼 곧 만나 뵐 때까지 안녕히 계십시오."

그들은 두 통의 편지를 깨끗하게 정서한 후에, 해멘린나의 시민대학으로 편지를 복사하러 갔다. 육백 개의 편지 봉투에 수신인의 이름과 주소를 쓰는 작업이 제일 힘들었다. 그 일만 하는 데에도 꼬박 하루가 걸렸다. 시민대학의 조형미술 강좌 수강생들이 편지를 봉투에 집어넣고 우표 붙이는 일을 도와주겠다고 자청했다. 이튿날 아침에 세 사람은 우편물 꾸러미를 몽땅 해멘린나 우체국으로 가져갔으며, 이제는 자살 후보자들의 대규모 집회를 조용히 기다리기만 하면 되었다. 그들은 각자 헤어져서, 온니 렐로넨은 헬싱키로, 켐파이넨 대령은 위배스퀼래의 집으로, 헬레나 푸사리는 토이얄라로 돌아갔다.

다음 주 토요일 켐파이넨 대령은 먼저 헬레나 푸사리를 데리러 토이얄라로 차를 몰았다. 함께 헬싱키로 가는 도중에, 푸사리 부인은 야나칼라와 투술라 두 곳의 공동묘지에 들렀다. 두 공동묘지는 푸사리 부인에게서 긍정적인 평가를 받았다.

온니 렐로넨은 이미 레스토랑에서 기다리고 있었다. 시계가 열두 시 십오 분 전을 가리켰다. 세 명의 주최인은 연회장을 둘러보고, 모임의 장소가 적절하게 꾸며져 있다고 생각했다. 홀 여기저기 꽃으로 장식되고, 테이블 위에는 흰색 테이블보가 깔려 있었다. 지배인이 주문한 음식 메뉴를 보여주었고, 세 사람은 마이크를 시험해보았다. 모든 게 흠잡을 데 없었다.

"기자들 몇 명이 전화를 했어요."

지배인이 이야기했다.

대령은 공적인 모임이 아니라고 투덜거렸으며, 기자들과 사진사들의 출입을 막으라고 수위에게 일렀다. 그런데도 막무가내로 들어오려 하는 사람이 있다면, 대령 자신이 직접 나서서 일을 해결할 테니 지체 없이 자신을 부르라고 일렀다.

세 사람은 바짝 긴장한 표정으로 기다렸다. 자살의 위기에 몰린 사람들이 과연 이 중요한 모임에 나타날 것인가? 이런 모임을 주최하다니, 혹시 우리들이 과대망상증 환자들이라서 이런 법석을 피우는 것은 아닐까? 도대체 어떤 결과가 나올 것인가?

대령은 사열식에 입는 장교 예복 차림이었고, 푸사리 부인은 붉은 실크 원피스를 입고 있었다. 온니 렐로넨은 네 번의 파산을 버텨낸 가는 줄무늬의 낡은 양복을 옷장에서 꺼내 입었다. 주최 팀은 엄숙하고 중요한 인물들이라는 인상을 주었다. 결국 중요한, 바로 생명이 걸려 있는 중대한 모임이 아니었던가.

시계가 정각 열두 시를 알리면서 긴장된 분위기에서 벗어났다. 레스토랑의 입구가 사람들로 붐볐다. 남자들과 여자들이 떼를 지어 몰려들었으며, 진지한 눈빛으로 주위를 둘러보고 소곤소곤 말을 나누었다. 렐로넨이 레스토랑에 들어서는 사람들의 수를 헤아렸다. 오십, 칠십, 백……. 그러다 곧 헤아리는 걸 포기했다. 레스토랑에 들어선 사람들은 켐파이넨 대령과 헬레나 푸사리가 악수로 맞아들이는 지하의 연회장으로 줄줄이 몰려갔다. 지배인이 종업원들의 도움을 받아 손님들을 자리로 안내했다. 십오 분이 채 지나지 않아서 연회장이 가득 찼다. 커다란 살롱으로 통하는 문이 젖혀지고, 추가로 마흔 명을 위한 자리가 만들어졌다. 그 자리들도 순식간에 채워졌으며, 문가에는 여전히 스무 명 남짓한 사람들이 침묵을 지키며 서 있었다. 그들도 자살을 앞둔 가련한 중생들이었다.

사람들은 웅성웅성 자리를 잡고 앉았으며, 테이블 위에 놓여 있는 메뉴를 들춰 보았다. 다들 기대에 찬 표정이었다. 열두 시 십오 분에 대령이 수위에게 문을 닫으라는 전갈을 보냈다. 레스토랑에는 더 이상 한 명도 들어설 여지가 없었다. 집회가 시작되어야 했다.

캠파이넨 대령이 마이크를 잡고서, 자신과 함께 두 명의 동료, 렐로넨 사장과 헬레나 푸사리 선생을 소개했다. 사람들 사이에서 환영의 중얼거림이 들려왔다. 대령은 개인적으로 이렇게 나서게 된 동기를 설명하고, 예정된 프로그램을 설명했다. 먼저 서로 마음을 터놓고 삶과 죽음에 대해 이야기를 나누자는 데 모임의 주요 목적이 있었으며, 자살 예방에 대한 여류 심리학자의 강연도 프로그램에 들어 있었다. 강연 후에는 레스토랑에서 준비한 점심식사를 할 예정이었다. 혹시 결코 만만치 않은 식사비용을 부담할 수 없는 사람이 있다면, 대령 자신이 알아서 해결하겠다는 이야기도 덧붙였다. 식사 중간에 적절한 때를 보아서 돈을 모금하여, 그 돈으로 모든 비용을 충당할 생각이었다. 식사 후에는 토론이 이어졌으며, 참가자들 가운데 원하는 사람은 누구나 자살이라는 현행 테마에 대해 짧게 자신의 의견을 발표할 수 있었다. 끝으로, 장차 세미나를 계속 열어서 자살자들의 이익을 대변하는 위원회를 창건할 것인지, 아니면 이 한 번의 모임으로 끝낼 것인지 함께 깊이 생각해보자고 제의했다.

"우리 만남의 주제가 어쩔 수 없이 매우 진지하고 극도로 가슴을 짓누르는 것은 사실이지만, 그래도 우리 모두 오늘 하루 이 여름날을 즐겁게 보내길 바라 마지않습니다. 비록 세상으로부터 버림받은 우리들이지만 적어도 하루쯤은 우리의 인생과 만남을 즐길 권리가 있습니다. 부디 오늘 하루 이곳에서 편안한 시간을 보내시고, 이 만남을 계기로 우리의 운명이 희망적인 방향으로 나아가길 바랍니다."

대령이 말을 마쳤다. 대령의 훌륭한 연설에 청중들은 아낌없는 찬사와 함께 우레 같은 박수갈채를 보냈다.

대령이 이야기하는 동안에 연회장의 문가에 대기해 있던 종업원들이 쟁반에 샴페인 잔을 받쳐 들었다. 종업원들은 신속하게 환영주를 손님들에게 돌렸고, 손님들은 모두 자리에서 일어나 잔을 들어 올렸다.

"만수무강을 위하여!"

대령이 잔을 높이 들며 말했다. 사람들의 얼굴에서 긴장감이 사라지면서, 앞다투어 이야기를 나누기 시작했다. 여기저기 테이블에서 서로를 소개하고 음식을 주문했다.

자살 세미나의 1부는 계획대로 진행되었다. 연사로 나선 여성 심리학자 아랴 레우후넨은 자살과 그 예방에 대해 뛰어난 강연을 펼쳤다. 강연은 철저한 연구의 결과였으며, 한 시간 이상 걸렸다. 여류 심리학자는 정신질환과 예외적인 상황, 학문적인 자살 연구, 그 밖에 이 테마에 따르는 많은 것들에 대해 객관적으로 솔직하게 이야기했다. 그녀의 설명은 대부분의 청중들이 알고 있는 문제와 관련 있었다. 청중들은 숨을 죽이고 귀를 기울였으며, 모든 말 한마디 한마디를 마음에 깊이 새겼다.

강연 연사의 의견에 따르면, 자살을 범하는 가장 중요한 이유는 기분 좋거나 아니면 적어도 만족스러운 경험을 유도하는 흥미로운 것을 더 이상 찾아내지 못하는 상황, 다시 말해 일종의 체험 무능력에 있었다.

여류 심리학자는 기타 다른 심리적인 문제들과 비교해서 자살의 독특한 특성을 강조했다. 핀란드에서 자살은 여전히 금기였다. 아무도 자살에 대해 공공연하게 말하지 않았으며, 당사자나 가족은 불운하게도 환자로 낙인찍혔다. 바로 이 금기라는 특성 때문에 자살은 특히 가족들에게 견디기 힘든 후유증을 남겼다.

여성 심리학자의 강연이 끝난 직후에, 한 젊은 남자가 자리에

서 일어나 철사로 엮은 철망을 손에 들고 흔들며 발언권을 신청
했다. 자신도 체험 무능력과 관련해서 남다른 경험을 했으며, 바
로 하느님의 도움으로 거기에서 벗어날 수 있었다는 것이었다.

켐파이넨 대령이 점심식사 후에 자유 토론 시간이 있다며 젊은
남자의 말을 중단시켰다. 그 젊은이는 우선 그것으로 만족해야
했다.

점심식사는 대성공이었으며, 이어서 몇 사람이 집회장을 떠났
다. 보아하니, 그들은 지금까지의 것으로 충분한 듯했다. 대부
분의 사람들은 자리에 머물렀으며, 음료수를 주문하고 활발하게
이야기를 나누었다.

기자들과 사진사 몇 명이 집회에 대한 정보를 얻기 위해 레스
토랑 입구에 나타났다. 그러니까 비밀에 싸인 세미나에 대한 소
문이 언론사에 흘러 들어간 것이다.

대령은 세미나가 사적인 모임이라고 선언했다. 시골 사회에서
증가하는 다운증후군, 사회 전반적으로 유럽 통합에 강도 높게
발맞추어 나가는 상황에서 다운증후군의 문제점과 해결 방안에
대해 토론을 하는 중이라고 설명했다. 기자들은 운명에 승복해
서 한숨을 내쉬고는 두말없이 물러났다.

그런 후에 토론이 시작되었고, 세미나는 지금까지와는 전혀
다른 방향으로 나아갔다.

8

세미나 참가자들은 레스토랑의 서비스를 마음껏 이용하여 맥주와 포도주를 주문했다. 도수 높은 주류를 요구하는 사람들도 눈에 띄었는데, 그런 사람들은 알코올의 도움을 빌려 용기를 내고자 했다. 자유 토론 시간에 누구나 자신의 문제에 대해 말할 기회를 가졌으며, 원하는 사람은 마이크를 사용할 수도 있었다. 그러나 대부분의 사람들은 선뜻 자신의 죽음에 대해 냉정하게 미소를 지으며 말할 용기가 없었다.

참가 인원을 고려해서, 이야기 시간은 오 분으로 제한했다. 고통에 시달리는 사람들이 자신이 처한 상황에 대해 적어도 대충이나마 설명하기에는 충분한 시간이었다. 활발하게 이야기가 오갔으며, 앞서 말한 사람들의 이야기에 공감하는 경우가 많았다. 모두들 비슷비슷한 어려움을 겪는 것처럼 보였다. 점심식사 전에 발언권을 신청했던, 철망을 든 남자가 이제 자신의 생각을 표명할 기회를 얻었다. 그 남자는 자신이 탐페레에서 왔으며 측량 기사로 일한다고 말했다. 이제 제 나이 서른 살이 넘었는데, 지금까지 아주 방탕하게 살았지요. 그야말로 몇 년 동안 죄에 푹 빠져 살았습니다. 그런데도 늘 뭔가 흡족하지 못하고 허전하다는 느낌을 떨쳐버릴 수 없었어요. 제 자신은 의식하지 못했지만, 체험 무능력에 시달린 겁니다. 특히 이번 여름에는 정신적으로 아주 위태로운 상황까지 치달았지요. 저는 신앙심에 귀의했으며, 죄인 중의 가장 큰 죄인에게 자비를 베푸시어 은총의 신호, 특별한 계시를 보내주십사고 지존하신 하느님에게 기도했습니다.

그러나 그토록 바라던 신호는 오지 않았고, 측량 기사는 점점 실의에 깊이 빠졌으며 급기야는 자살하려는 생각을 품게 되었다. 그러던 어느 여름날 밤, 실의에 잠겨 정처 없이 시골길을 달리다 우연히 람피에 이르렀다. 스스로 목숨을 끊겠다는 결심을 하고서 참담한 심정으로 공동묘지를 찾아갔다. 그러나 그때 최후의 순간에 하느님이 구원의 손길을 내미셨다. 그토록 열망하던 신호가 람피 교회 앞의 층계에서 그를 기다리고 있었다!

그 남자는 증거물로서 철망을 높이 들어 올렸다. 바로 그 철망이 은총의 표시로서 교회 앞 층계에 놓여 있었다. 철망 안에는 너구리가 들어 있었으며, 젊은이를 향해 맹렬하게 으르렁거리는 것으로 보아 은총의 표시임을 더 이상 의심할 여지가 없었다. 그

것은 『구약성서』의 불타는 덤불(『구약성서』의 「출애굽기」에서 모세에게
나타난 불타는 떨기나무를 가리킨다. 『구약성서』에 의하면, 하느님은 불타는
떨기나무 속에서 모세에게 말씀하셨다 — 옮긴이) 같은 것이었다.

청중 가운데 한 사람이 용기를 내어 물었다. 하느님이 무슨 뜻
을 품고서 사로잡힌 너구리를 교회 문 앞에 놓으셨다고 생각하시
지요? 도대체 그 짐승의 어떤 점이 신적인가요?

측량 기사는 의혹을 제기한 사람 쪽을 향해서 철망을 흔들며,
하느님의 뜻은 알 수 없는 것이라고 부르짖었다.

누군가가 그 짐승이 지금 어디 있냐고 물었을 때, 그 젊은 남자
는 자신을 구원해주신 하느님께 감사의 제물로 바쳤다고 설명했
다. 탐페레의 제 차고에 제물의 피를 뿌렸지요. 그리고 구원받은
기념으로 나중에 그 동물을 박제할 예정입니다. 또한 제 이름과
함께 너구리 그림을 훗날 제 묘비에 새기기로 결정했지만, 그것
은 아직 급한 문제가 아니라고 생각합니다. 저는 앞으로 오래오
래 살 것이며, 이웃들에게 하느님의 말씀을 알리는 데 제 여생을
바칠 것입니다.

특별히 북 카랼라에서 헬싱키까지 찾아온 어느 시골 여인이
그 모임의 긍정적인 효과를 감명 깊게 강조했다. 저희 남편은 말
이 없고 이해심이 부족한 편이랍니다. 그래서 저는 언제나 젖소
들하고만 지내는데, 젖소들도 남편보다 전혀 나을 게 없어요. 정
말 참 가슴 답답하고 우울하답니다. 그런데 이렇게 이해심 넘치

는 분위기 속에서 자유롭게 생각을 교환할 기회를 가지다니, 마치 옛날 처녀 시절로 되돌아간 것만 같아요. 그 시골 여인은 목숨을 끊는 게 어쩌면 부질없는 짓일지도 모른다는 생각이 들었다고 말했다.

"정말로 마음이 홀가분해졌어요. 차비로 돈이 엄청나게 많이 들긴 했지만, 이곳에 오기를 참 잘했어요. 다행히도 뮈르매키에 사는 조카 집에서 묵을 수 있거든요."

서른 살가량의 한 남자가 자리에서 일어나 자신의 문제에 대해 이야기하기 시작했다. 그 남자는 신경쇠약과 우울증 때문에 이미 두 번이나 정신병원의 신세를 졌다고 털어놓았다.

"하지만 저는 미친 게 아닙니다. 다만 가난할 뿐이지요. 저한테 칼리오 어딘가에 다만 방 한 칸짜리라도 일정한 거처만 있다면, 어려움 없이 잘 살아갈 수 있을 겁니다. 그런데 공동 숙소에서 시달리다 보니 어디 제정신이 남아나야 말이지요."

그 남자는 혼자서 생활을 꾸려 나가는 데 돈이 얼마나 드는지 계산했다고 말했다. 17만 5000유로로, 헬싱키에서 방 한 칸짜리 집이 17만 5000유로였다.

"그런데 저는 결코 술주정뱅이가 아닙니다."

실패한 결혼생활에 대해 하소연하는 남자도 있었다. 이혼한 부인이 아이들을 만나게 해주지 않는데도, 자신은 꼬박꼬박 생활비를 지불해야 한다는 것이었다.

마이크를 붙잡고 울음을 터뜨리는 여자들도 이따금 있었다. 그럴 때마다 좌중은 숙연해졌으며, 모두들 같이 마음 아파했다. 그러나 울음바다가 되는 일은 없었다.

많은 사람들이 공동의 단체를 창건하자는 의견을 제시했다. 그들은 외로움과 실의에 빠지게 되면 자신의 이익을 지키기 어려울 뿐 아니라 세상을 넓게 보지 못하고 무기력해진다고 생각했다. 주변에 도와줄 사람이 아무도 없고 끔찍하게도 언제나 혼자 있는 경우에는, 일상적인 단순한 일을 해결하는 것조차 힘에 부쳤다.

다 함께 운명에 도전해 대규모 집단 자살을 감행하자는 제안이 토론의 의제로 올랐다. 놀랍게도 그 제안은 엄청난 호응을 받았다. 세미나 참가자들 다수가 자리에서 일어나 단체 행동을 지지했으며, 뜻을 모아 함께 자살하는 것은 어쨌든 애정 어린 확실한 해결책이라고 주장했다. 심지어 구체적인 방법을 제시하는 사람들도 있었다. 반타에서 연금을 받아 생활한다는 어느 여인은 공동으로 커다란 배를 빌려서 멀리까지, 가능하다면 대서양까지 배를 타고 가자는 의견을 내놓았다. 그러다 망망대해의 적절한 곳에 이르면 승객들이 배와 함께 물속으로 가라앉을 수 있었다. 그 여인 자신은 그런 최후의 유람 여행에 기꺼이 참여할 용의가 있었다.

연회장 옆 살롱의 한 테이블에서 마실 것을 풍성하게 주문한 후에 목소리들이 높아지더니 단체로 제안을 하나 했다. 많은 돈을 거두어 화주를 대량으로 구입해서, 모든 사람들이 술에 취해 죽을 때까지 쉬지 않고 진창 퍼마시자는 것이었다.

대다수의 사람들이 그 제안을 점잖지 못한 것으로 여겼다. 이왕 죽으려면 품위를 갖추어야 했다. 고주망태로 인생을 마치는 것은 흉물스러웠다.

코트카 출신의 모자란 듯한 젊은이가 집단 자살을 위한 아주 대담한 의견을 제시했다. 그 젊은이는 기구氣球에서 바다로 뛰어내려 인생을 마감하자며, 그것이야말로 아주 웅장한 죽음이라고 역설했다.

"핀란드 전국 각지에서 열기구를 빌린 다음, 순풍이 불기를 기다려 코트카나 하미나 아니면 다른 해안 지역에서 기구를 타고 바다로 나가는 겁니다. 그러다 핀란드 만을 벗어나면 기구의 공기를 빼고 우리 함께 물속으로 몸을 던집시다!"

그 연사는 웅장한 자살 시나리오를 펼쳐 보였다. 석양이 지는 가운데 오십 개의 거대한 풍선이 산들바람을 타고 해변에서 두둥실 떠오른다. 기구마다 각기 여섯 명의 자살 후보자들이 타고 있다. 풍선들이 하늘 높이 올라가 바람에 실려 지는 해를 향해 나아가고, 온갖 고난을 안고 있는 음산한 핀란드 땅은 점점 뒤로 멀어진다. 눈앞에 참으로 웅대한 광경이 펼쳐지고, 숭고한 분위기가 감돈다. 죽음의 항해자들이 망망대해에서 입을 모아 우렁차게 부르는 이별가가 천사들의 합창처럼 우주에 울려 퍼진다. 기구에서 하늘을 향해 폭죽을 쏘아 올리고, 누군가가 감격한 나머지 바다로 뛰어내린다. 마침내 기구의 연료가 소진하고 온 함대가 장엄하게 파도 속으로 가라앉는다. 그와 더불어 지상의 고통도 영원히 막을 내린다······.

이 시나리오는 서정적인 내용 때문에 칭송을 받았지만, 죄 없는 기구의 선장이 함께 죽을 수는 없기 때문에 자살 방법으로서는 거부되었다. 또한 취미 활동 그 자체로 보아서 나무랄 데 없는 기구 비행이 핀란드에서 일시에 금지될 수 있었다.

처음에 예고한 대로 연회장과 살롱에서 돈을 모금하였다. 샴페인 얼음통이 모금함으로 이용되었다. 세미나 참석자들은 후하게 지폐를 내놓았으며, 감히 동전을 집어넣는 사람은 거의 없었다. 헬레나 푸사리와 온니 렐로넨이 모금액을 헤아리고서 벌어진 입을 다물지 못했다. 총액수가 6만 2160유로에 달했다. 은빛 통 속에 지폐가 다발로 들어 있었으며, 심지어는 500유로짜리 지폐 몇 장과 수표도 눈에 띄었다. 액면가가 가장 큰 수표에는 2만 5000유로가 적혀 있었다. 그 수표를 기부한 사람은 칼도아이비 목장협회에서 온, 우츠요키 출신의 순록지기 울라 리스만키였다. 리스만키는 자신의 풍성한 선물에 대한 이유를 이렇게 밝혔다.

"이 많은 사람들을 저승으로 데려가려면 우선 돈이 충분해야 하는 법이오. 오늘날 핀란드에서는 값싼 게 하나도 없지 뭐요.

심지어는 죽는 데에도 돈이 많이 필요하다니까요."

5000유로짜리 수표도 대여섯 장이나 있었다. 그것은 자살하려는 생각을 품은 사람들이 전부 가난한 것은 아니며 결코 인색하지도 않다는 사실을 보여주었다.

자살 세미나가 다섯 시간을 넘겼을 때, 대령이 휴식 시간을 제안했다. 대령은 모금한 돈으로 커피와 음료수를 대접하겠다고 말했다. 모두들 대령의 제안을 환영했다.

세미나 참석자들이 커피를 마시며 휴식을 취하는 동안에, 대령은 조용히 현재의 상황에 대해 의논하기 위해서 헬레나 푸사리와 온니 렐로넨을 데리고 레스토랑 위층으로 물러났다. 아래층 연회장에는 아직도 백 명 이상의 자살자들이 자리를 지키고 앉아 있었으며, 이제 분위기에 취해서 시끄럽게 수선을 피웠다. 마치 기어이 끝장을 볼 때까지 술을 마실 기세였다.

헬레나 푸사리는 모임의 주최자로서 상황을 통제하지 못하는 사태가 벌어지지 않을까 우려했다. 무슨 일이 언제 벌어질지 알 수 없었다.

온니 렐로넨은 몇몇 테이블에서, 모임이 끝난 즉시 근처의 적절한 장소를 찾아내어 집단 자살을 감행하자고 논의하는 소리를 들었다고 말했다.

대령도 세미나가 흘러가는 방향에 대해 깜짝 놀랐다. 이제라도 알코올 섭취를 제한해야 하지 않을까? 그러나 헬레나 푸사리는 성급한 견제 신호가 오히려 참석자들을 자극할 수 있으며, 그렇게 되는 경우 걷잡을 수 없는 사태가 벌어질 수 있다고 지적했다.

"틀림없이 분을 참지 못하고 이 자리에서 죽겠다고 나서는 남자들이 있을지도 몰라요. 지금 아래층 분위기가 그렇다니까요."

렐로넨이 의견을 제시했다.

"우리 음식값을 지불하고서 이대로 말없이 사라지면 어떨까? 아무도 눈치 채지 못하게 서류철을 챙겨 들고 여기서 종적을 감추는 거야. 모금한 돈은 우리가 가져가자고. 우리한테는 주최인으로서 당연히 그럴 권리가 있지 않겠어."

대령이 렐로넨에게 돈에 손대지 말라고 경고했다. 그 돈은 자살하려는 사람들의 이익을 위한 것이지 세미나를 주최한 사람들의 보수가 아니었다. 적어도 대령 그 자신은 죽어가는 사람들의 돈을 절대로 사취하지 않을 것이었다.

연회장에서 난장판이 벌어졌는지 소란스러운 소리가 들려왔다. 누군가가 마이크에 대고 열정적인 연설을 하자, 조용히 하라고 외치는 소리도 들렸다. 몇 명이 노래를 부르기 시작했고, 울먹이는 찬송가 소리도 들려왔다. 그러다 즉시 연회장으로 돌아와 장내를 수습하라며, 세미나 주최인들을 부르는 소리가 들렸다.

"아래로 내려가야겠어요."

헬레나 푸사리가 결정을 내렸다.

"죽어가는 사람들을 모른 척할 수는 없어요."

렐로넨이 지금 아래층에서 난동을 부리는 자들은 죽어가는 사람들이 아니라 술에 취한 사람들이라고 대꾸했다.

세 사람이 홀에 들어서자 순간 조용해졌다. 에스포에서 온 어느 중년 여인이 마이크에 다가가 날카로운 소리로 울부짖었다.

"드디어 저기 와요! 우리는 지금부터 모든 일을 함께하기로 최후의 결정을 내렸어요."

"옳소!"

사방에서 외치는 소리가 들려왔다. 그 여인이 말을 계속했다.

"우리는 지금까지 말 못할 고생을 많이 겪었어요. 우리들 대부분은 앞날에 대한 아무런 희망이 없는 사람들이에요. 그렇지 않은가요?"

그 여인은 소리 높이 외치며 선동적인 눈빛으로 좌중을 둘러보았다.

"아무런 희망이 없소!"

사람들은 이구동성으로 외쳤다.

"이제 최후의 결정을 내릴 때가 왔어요. 조금이라도 주저하는 사람이 있다면 지금 당장 자리에서 일어나 이곳에서 나가주세요. 그러나 이곳에 머무르는 우리는 함께 죽읍시다!"

"함께 죽읍시다!"

사람들이 열광적으로 소리쳤다.

철망을 든 남자의 뒤를 따라 스무 명가량의 사람들이 자리에서 일어나 말없이 홀을 떠났다. 보아하니 자살이 급하지 않거나 아니면 혼자서 최후의 행동을 취하려는 사람들 같았다. 나머지 사람들은 그들이 홀을 떠날 때까지 기다렸다가, 문을 닫고 흥분한 분위기에서 집회를 계속하였다.

마이크를 쥔 여자가 격렬한 몸짓으로 켐파이넨 대령을 가리켰다.

"대령님이 자리를 비운 사이에, 우리는 회의를 열어 대령님을 우리의 지도자로 추대했어요! 대령님한테는 우리를 최후의 목표로 인도할 의무가 있어요!"

턱수염을 희게 기르고 안경을 쓴 늙수그레한 남자가 마이크를 넘겨받았다. 그 남자는 이름이 야를 하우탈라이며, 수도와 도로 건설을 담당하는 관청에서 일하던 퇴직 공무원이라고 자신을 소개했다. 핀란드 서부지방의 도로 유지 보수 분야에서 책임 기술자로 일했다는 것이다. 노인네의 위엄이 좌중을 사로잡으면서, 순간 홀이 쥐 죽은 듯 조용해졌다.

"존경하는 대령님, 우리는 오늘의 테마에 대해 이곳에서 정말로 활발한 대화를 나누었습니다. 그리고 이곳에 남은 사람들은 끝까지 한데 뭉쳐서 함께 자살을 시도하기로 만장일치의 결정을 내렸지요. 오늘 이 자리에서 분명하게 드러났듯이, 우리 모두한테는 각자 그럴 만한 이유가 있습니다. 우리는 켐파이넨 대령님이 우리의 지휘권을 맡아주셔야 한다고 결의했습니다. 그리고 푸사리 부인과 렐로넨 사장님을 대령님의 보좌관으로 임명하는 바입니다. 여러분들께서 우리의 목표가 효과적으로 실현될 수 있도록 위원회를 구성해주십시오."

노 기술자는 켐파이넨 대령과 푸사리 부인, 온니 렐로넨 사장하고 차례로 악수를 나누었다. 청중들 모두 자리에서 일어났다. 뭐라 말할 수 없는 무겁고 숙연한 분위기가 홀을 뒤덮었다. 최후의 결정이 내려진 것이다.

9

예순 명의 세미나 참석자들, 그러니까 신문 광고에 답신을 보낸 사람들 가운데 10분의 1이 결국 스스로 목숨을 끊겠다는 굳은 결의를 선언했다. 그것도 한날한시에 함께 죽겠다는 것이었다. 모임을 주최한 세 사람은 경악했다. 헬레나 푸사리가 핵심 멤버들의 자살 의지를 제어하려고 시도했지만, 그녀의 호소는 결실을 맺지 못했다. 켐파이넨 대령은 그렇듯 운명적인 방향으로 돌아선 집회를 해산할 수밖에 없다고 보았다.

청중들은 대령의 말을 들으려 하지 않았으며, 대책을 세울 것을 요구했다. 그 자리에 남은 사람들은 절대로 헤어질 수 없으며 결단코 단체를 결성해야 한다는 것이 지배적인 의견이었다. 무슨 일이 일어나도 상관없다는 식이었다. 그리고 모두들 무슨 일이 일어날지 알고 있었다.

대령은 흔들리지 않았으며, 나중에 모든 사람들과 다시 접촉을 시도하겠다고 선언했다. 사람들은 그 말에 만족하지 않았다. 대령은 곧바로 이튿날 아침에 다음 만남을 주선하겠다고 약속할 수밖에 없었다. 그래서 일요일 오전 열한 시에 원로원 광장(헬싱키의 심장이라 할 수 있는 곳으로, 주변에 대성당과 시청 등 헬싱키의 중요한 건물들이 모여 있다 — 옮긴이) 의 알렉산더 2세 동상(핀란드를 오랫동안 지배했던 러시아 황제 알렉산더 2세의 동상— 옮긴이) 옆에서 만나자고 단호하게 말했다. 그곳에서 맑은 머리로 조용히 공동의 운명에 대해 토론할 수 있을 것이었다.

대령의 지시에 따라 폐회가 선언되었다. 모두들 레스토랑을 떠난 뒤 곧이어 문이 닫혔다. 핀란드 역사에서 두 번 다시 없을 대규모 자살 세미나가 마침내 막을 내렸다. 시곗바늘이 이미 저녁 일곱 시 이십 분을 가리키고 있었다.

집행부 세 사람은 그날의 사건을 돌아보기 위해 지친 몸을 이끌고 프레지덴티 호텔로 자리를 옮겼으며, 대령과 헬레나 푸사리는 그 호텔에서 숙박하기로 결정을 내렸다. 모금한 돈은 세 사람이 가지고 갔다.

그들은 자러 가기 전에, 간단히 요기를 하고 목을 축일 생각으로 호텔의 나이트클럽에 갔다. 헬레나 푸사리는 끊임없이 춤 신청을 받았다. 붉은 원피스 차림의 모습이 나이트클럽의 번쩍거리는 불빛 아래서 사실 아주 매혹적으로 보였기 때문에 놀라운 일은 아니었다. 대령은 그게 못마땅해서 호텔 방으로 철수해버렸다.

렐로넨 사장은 한 잔 더 마신 다음 택시를 타고 집으로 향했다. 부인은 이미 곤히 자고 있었다. 렐로넨이 법적으로 당연히 누울 권리가 있는 더블베드의 한쪽에 몸을 굴렸을 때, 부인은 잠에 취해 신음 소리를 냈다. 잠든 아내를 바라보고 있자니, 렐로넨은 측은한 마음이 들었다. 그때 부인이 코를 골았다. 한때 아주 열렬히 사랑했던 여인, 아마 처음에는 아내도 렐로넨을 좋아했을 것이다. 그러나 지금은 사랑은 말할 것도 없고, 아무런 감정도 남아 있지 않았다. 파산이 문으로 들이닥치면, 사랑은 창문으로 날아가 버리는 법이다. 파산이 연달아 네 번이나 문을 뚫고 들어오면, 창문으로 던질 만한 뭐가 남아 있겠는가. 모든 것이 사라져버린다. 렐로넨은 아내의 냄새를 맡으려고 코를 킁킁거렸다. 맞아, 바로 이 냄새였다. 심통 난 늙은 할망구 냄새, 그런 냄새는 아무리 애써도 물과 비누로는 씻어낼 수가 없다.

렐로넨은 몸에 이불을 칭칭 감고서, 이 밤이 인생의 마지막 밤이기를, 아니면 적어도 이 침대에서 보내는 결혼생활의 마지막 밤이기를 기원하며 중얼거렸다.

"이젠 정말 지쳤어. 쉬고 싶어. 눈을 감자⋯⋯."

프레지덴티 호텔의 나이트클럽에서는 열정적인 춤꾼 가운데 한 명이 헬레나 푸사리에게 자신이 낮에 라울루미에스텐 라빈톨라 레스토랑에서 종업원으로 일했다고 털어놓았다.

"오늘은 정말 고된 하루였다니까요. 평범한 장례식의 경우보다 매상이 몇 곱절은 더 많았어요."

레스토랑 종업원은 붉은 머리의 매력적인 여선생을 열렬한 눈빛으로 바라보며, 자신도 자살할 수 있다는 생각이 오늘 낮에 떠올랐다고 고백했다. 그리고 맹세코 이미 몇 년 전부터 목숨을 끊고 싶다는 생각을 해왔는데, 자신도 그 모임에 가입할 수 있겠냐고 물었다. 종업원은 세포 소르요넨이라고 자신을 소개했으며, 헬레나 푸사리하고 오로지 단둘이서 죽을 수만 있다면 기꺼이 자살하겠다고 주장했다. 우리 어디 조용한 곳으로 자리를 옮겨서 이런 일들에 대해 이야기를 나누어볼까요? 대령과 렐로넨 사장은 이미 자리를 뜬 게 분명했다.

헬레나 푸사리는 자살 세미나에 대해서 다른 사람들에게 말하지 말라고 소르요넨에게 경고했다. 오늘 모임은 비밀이 보장되어야 해요. 그러니까 나이트클럽에서 그 이야기를 꺼내면 안 되지요. 아니, 벌써 상당히 취한 것 같은데, 어떻게 된 일이지요? 모임은 이제 겨우 막 끝났잖아요.

소르요넨은 낮에 레스토랑의 주방에서 손님들의 잔을 몰래 홀짝거렸다고 실토했다. 그런데다 아직 아무것도 먹지 않은 상태여서 술 취한 것처럼 보이지만, 사실은 그렇지 않아요. 제가 원래 천성적으로 솔직하고 명랑한 성격이라서, 저를 처음 보는 사람은 술을 무척 좋아하는 줄 알아요. 소르요넨은 자신의 솔직함을 증명하기 위해서 지난 과거를 이야기하기 시작했다. 그는 북카랼라 출신이었고, 대학 입학 자격시험에 합격했다. 두 번 약혼했지만 아직 한 번도 결혼은 하지 못했으며, 일 년 남짓 대학에서 고전문학을 공부하고 인생이란 책이 더 흥미롭다고 확정지었다. 우시 수오미와 다른 몇몇 신문사에서 기자로 일했고, 나중에 여러 번 직업을 바꿨으며, 보다시피 현재는 임시로 라울루미에스텐 라빈톨라 레스토랑에서 종업원으로 일하고 있었다. 소르요넨은 자신이 정직하다는 걸 보여주기 위해서, 사실은 지금까지 한 번도 자살을 생각해보지 않았다고 헬레나 푸사리에게 털어놓았다. 다만 그녀하고 대화를 나누기 위해 그렇게 말했을 뿐이었다.

헬레나 푸사리는 이제 겨우 몇 분 대화를 나누었을 뿐인데 벌써 한 번 거짓말을 하지 않았느냐고 소르요넨을 질책했다. 그러고는 소르요넨의 테이블로 돌아가라고 부탁했다. 자살은 아주 심각하고 진지한 일로서, 결코 농담을 주고받을 대상이 아니었다.

세포 소르요넨은 거기에서 물러나지 않고, 헬레네 푸사리에게 정신적으로 모든 도움을 아끼지 않겠다고 약속했다. 그녀 스스로 목숨을 끊을 생각이라는 것을 잘 알기 때문이었다. 낮에 열렸던 세미나의 주제가 바로 그것 아니었던가. 소르요넨은 자신이 남의 말을 귀담아들을 줄 안다며, 마음을 열고 모든 것을 자신에게 털어놓으라고 말했다. 그러기 위해 어디 조용한 곳에 가서 머리를 맞대고 앉아보자는 것이었다.

헬레나 푸사리는 자살하려는 사람들을 정말로 도울 의사가 있다면 내일 오전 열한 시에 원로원 광장으로 나오라고 말했다. 위로가 필요한 사람들이 그곳에 모일 거예요. 그러고는 소르요넨을 혼자 둔 채 자러 올라갔다.

호텔에서 아침을 먹은 후에, 헬레나 푸사리와 켐파이넨 대령은 여름의 한적한 헬싱키 거리를 산책했다. 푸른 하늘에 구름 한 점 없는 상쾌하고 화창한 날씨였다. 대령이 한 팔을 내밀어 헬레나 푸사리를 인도했다. 두 사람은 역을 지나 크루누하카 쪽으로 향했다. 크루누하카에서 바닷가를 따라 카타야노카로 걸은 뒤, 열한 시 조금 전에야 원로원 광장에 도착했다. 온니 렐로넨이 이미 그곳에 와 있었고, 어제의 세미나에서 낯익은 얼굴들도 몇 명 눈에 띄었다.

열한 시가 지나면서, 알렉산더 2세의 동상 주변에 스무 명 이상의 세미나 참석자들이 모였다. 남자들과 여자들, 젊은이들과 노인들, 여러 종류의 사람들이 섞여 있었다. 어제의 열기는 한풀 꺾인 뒤였다. 자살자들의 얼굴은 퉁퉁 붓고 눈빛은 피곤해 보였으며, 밤새 타르 제조공장에서 일하거나 민방위 훈련을 받은 듯 얼굴이 흙빛인 사람도 몇 명 있었다. 그들은 말없이 집행부 세 사람을 둘러쌌다. 모두들 기가 죽은 것 같았다.

"자, 다들 기분이 어떠신가요? 오늘 아침, 참 화창하지 않습니까?"

대령이 사람들의 말문을 열기 위해 쾌활하게 말을 꺼냈다.

"우리는 간밤에 거의 한숨도 자지 못했어요."

포리에서 온 쉰 살가량의 남자가 이야기했다. 어제 세미나에서 경비대원으로 일하는 한네스 요키넨이라고 자신을 소개했던 남자였다. 요키넨의 무거운 짐은 뇌수종에 걸린 아들과 정신 나간 부인이었다. 게다가 그 자신의 머리도 오랜 세월 페인트 용매 물질에 시달림을 받아온 터였다. 다른 사람들 모두 그렇듯이, 참 보기 안쓰러운 사람이었다.

사람들은 아직도 술 기운에서 완전히 벗어나지 못한 듯 보였으며, 이제 서둘러 지난밤에 있었던 일에 대해 이야기하기 시작했다. 레스토랑이 문을 닫고 세미나 참석자들이 전부 자리를 떴을 때, 핵심 멤버들은 히에타니에미 방향으로 움직였다. 그들은 지금 당장 자살을 행동으로 옮길 것을 결의했으며, 다 함께 죽을 수 있는 좋은 방법이 없을까 머리를 짜내었다. 그러다 발길이 히에타니에미 공동묘지에 이르렀는데, 머리를 빡빡 깎은 대여섯 명의 젊은 녀석들이 이미 그곳을 점령하고 있었다. 그 녀석들은 고래고래 소리를 지르며 무덤 사이에서 소동을 피우고, 묘비들을 쓰러뜨리려 하였다. 그런 몹쓸 짓을 도저히 그냥 두고 볼 수 없었던 자살자들은 무덤을 모독하는 젊은 녀석들에게 분을 참지 못하고 덤벼들었다. 격렬한 싸움이 벌어졌고, 자살자들이 특공대처럼 죽기를 각오하고 덤비는 바람에 가죽 잠바를 입은 녀석들은 맥을 추지 못했다. 젊은 녀석들은 결국 줄행랑을 쳤지만, 승리자들도 공동묘지를 떠나야 했다. 치고받는 싸움에 놀란 경비원들이 개를 데리고 출동했기 때문이다.

자살자들은 뿔뿔이 흩어졌지만, 골수분자 스무 명은 똘똘 뭉쳐 바닷가를 따라 북쪽으로 이동했다. 암담한 생각에 잠겨 메일라흐티에 이르렀으며, 거기에서 다시 세우라사리로 향했다. 바닷가의 어느 허름한 야영장에서 불을 피우고 우울하게 한데 모여앉아, 타오르는 불꽃을 바라보며 처량한 노래를 불렀다. 그때 이미 자정이 지난 뒤였다.

그들은 세우라사리에서 람사윈란타 쪽으로 길을 나섰으며 쿠시사리까지 나갔다. 누군가가 디폴리의 나이트클럽이 아직 열려 있다며, 술을 먹고 기운을 돋우기 위해 오타니에미로 가자고 제안했다. 그들은 디폴리에서 케일랄라흐티까지 멀지 않다고 생각했다. 케일랄라흐티에 위치한 네스테 주식회사의 본사 사옥으로 어떻게든 들어가 엘리베이터를 타고 건물 꼭대기까지 올라간 다음 옥상의 탑에서 바다 속으로 뛰어내릴 계획을 세웠다. 그 무렵에 주동자는 세미나에서 열기구를 이용하여 최후의 여행을 떠나자고 제안했던, 코트카 출신의 젊은 남자였다.

그 밤늦은 시각에도 여전히 자살자들은, 60년대에 스탈린의 세계 혁명 과업을 완수하기 위해 앞장섰던 핀란드 극좌파들 못지 않은 불굴의 단호함을 드러냈다. 그러나 물론 자살자들은 노동 가를 부르지 않았으며, 깃발도 앞세우지 않았다. 하지만 극좌파 들과 마찬가지로 처음부터 실패의 운명을 짊어지고 있었다.

자살자들은 케일랄라흐티로 가던 도중에 쿠시사리에서 더 좋 은 기회를 포착하지 않았더라면, 아마 네스테 탑을 점령하려는 계획을 실행에 옮겼을 것이다. 그들은 쿠시사렌티에 33번지 어 느 빌라 옆을 지나다가 길가 쪽으로 난 차고 문이 닫혀 있지 않다 는 것을 발견했다. 차고 안은 상당히 넓었고, 흰색 재규어 카브 리오가 한 대 주차되어 있었다. 순간 그 차가 마치 운명처럼 여겨 졌다. 차의 시동만 걸 수 있다면 차고 안에서 간단히 죽음을 맞이 할 수 있었다. 강한 엔진의 폐기 가스는 차고 안의 사람들을 모조 리 황천으로 보내기에 충분할 듯했다.

그 자리에서 즉각 결정이 내려졌다. 스무 명 모두 우르르 차고 안으로 몰려 들어갔으며, 이중문을 걸어 잠그고 환기통을 막았 다. 코트카의 얼간이를 선두로 젊은 사람들이 시동을 걸기 위해 고급 승용차의 전기 장치를 만지작거렸다. 그러나 자동차 키가 꽂혀 있었기 때문에 사실은 전혀 그럴 필요가 없었다. 재규어는 첫 번째 시도에서 즉각 시동이 걸렸다. 엔진의 소리가 아주 조용 한 것으로 보아 무척 값비싼 차가 분명했다.

코트카 출신 녀석이 죽기 전에 고급 카브리오를 타고 시내 일주를 하자고 제안했다. 그러나 이별의 드라이브가 세상의 이목을 끌 염려가 있는 탓에 그 제안은 거부되었다. 게다가 어차피 그 작은 자동차에 희망자 모두 타는 것은 불가능했다. 특히 나이 든 사람들과 여자들이 지상에서의 마지막 행위로 자동차를 훔치는 것에 반대했다.

코트카 녀석이 운전석에 앉아서 카세트테이프를 틀었다. 아라비아 음악이었는데, 사막에서의 고된 삶을 노래하는 듯, 처량한 여인의 목소리가 단조로운 멜로디를 흥얼거렸다. 어쩐지 그 상황에 잘 어울렸다.

자동차 매연이 차고 안으로 뿜어져 나왔고, 자살자들은 불을 껐다. 엔진이 윙윙거리는 가운데 아라비아 여인의 탄식 소리와 핀란드 기도 소리가 뒤섞였다.

차고 안에서 얼마나 오랫동안 매연을 들이마셨는지 아무도 정확하게 기억하지 못했다. 그러다 별안간 커다란 이중문이 홱 열리면서 경비원이 세퍼드를 데리고 들이닥쳤다. 개는 재채기를 하더니 줄행랑을 놓았다. 경비원이 불을 켜고서 상스러운 욕설을 퍼부었다.

그때쯤에는 이미 대여섯 사람이 의식을 잃고 차고 바닥에 쓰러져 있었다. 간신히 문까지 기어가는 데 성공한 사람들은 걸음아 날 살려라 쿠시사리 숲 속으로 도망쳤으며, 그러는 와중에 산지사방으로 뿔뿔이 흩어졌다. 곧 앰뷸런스와 경찰차들이 질주했다. 의식을 잃었던 대여섯 명이 다시 정신을 차리고 깨어났으며, 앰뷸런스에 실려 병원으로 이송되었다. 그러나 대부분의 사람들은 용케 거기에서 벗어나 혼자 아니면 두세 명씩 무리를 지어, 타피올라와 뭉키니에미를 지나 시내로 돌아왔다. 그러는 사이 날이 샜고, 이제 세미나에서 약속한 대로 그곳에 나타난 것이다.

헬레나 푸사리와 온니 렐로넨, 켐파이넨 대령은 그 어처구니없는 이야기를 듣고 경악했다. 대령이 언성을 높였다.

"이런, 불쌍한 인간들 같으니라고! 다들 완전히 미쳤군!"

대령은 자살자들의 어이없는 무모한 행동을 혹독하게 나무라고, 그들이 들어갔던 차고의 임자가 누구냐고 물었다.

바사에서 온 야르모 코르바넨이라는 젊은 예비역 하사가 경찰서에 연행되어 심문을 받았는데, 그 과정에서 남예멘 대사 관저의 차고라는 사실이 밝혀졌다고 보고했다. 코르바넨은 좀더 자세한 심문을 받기 위해 다음 날 월요일 오전 아홉 시까지 다시 출두한다는 조건하에 겨우 한 시간 전에 경찰서에서 풀려났다.

대령의 표정이 점점 더 어두워졌다. 남모르는 집 차고에 들어가 자동차 폐기 가스를 들이마신 것만으로도 충분히 정신 나간 짓이었다. 그런데 얼마나 어리석으면, 하필 외국 대사의 관저를 자살 장소로 선택해서 자신 일개인만이 아니라 국가의 명성에까지 누를 끼친단 말인가? 대령은 머리를 두 손으로 붙잡고서 큰 소리로 한탄했다.

이제 투르쿠의 퇴직 기술자 야를 하우탈라가 앞으로 나서서 보고했다. 하우탈라는 매연 중독으로 쓰러졌고, 그래서 사태의 추이를 관망하기 위해 메일라흐티 대학 부속 중앙병원으로 실려갔다. 그러다 아침식사를 하는 틈을 타 병원에서 도주하는 데 성공했다. 하우탈라는 포플린 외투 아래 환자복을 입고 있었다. 그에게는 외투가 너무 헐렁했는데, 병원 로비의 옷걸이에서 슬쩍 훔친 것이었다.

　"대령, 우리는 애석하게도 최후의 순간에 방해를 받았소. 우리가 그 차고 안에서 매연을 십 분만 더 들이마셨더라면 틀림없이 다들 행복하게 죽었을 게요. 우리를 너무 나무라지 마시오. 다만 상황이 여의치 못했을 뿐이오. 게다가 우리 모두가 실패한 것은 아니오. 메일라흐티 병원에서 들은 말인데, 우리 가운데 한 명이 나머지 사람들은 이루지 못한 것을 기어이 해냈다는군요. 코트카에서 온 젊은 사람 있지 않소, 그 사람은 성공했대요. 그 젊은이의 시신이 내가 있던 병원으로 운송되었어요. 응급실 의사들이 그 젊은이의 죽음에 대해 하는 말을 내 귀로 들었소."

　그 젊은이는 스포츠카의 운전석에서 죽은 채 발견되었다. 한 발이 가속페달 위에 올려져 있었다. 경찰관들이 병원 복도를 바쁘게 오갔으며, 하우탈라는 스스로 책임을 지고 병원을 떠나는 편이 현명하다고 판단을 내렸다. 게다가 그런 특이한 상황을 겪었는데도 몸이 다시 어느 정도 좋아졌다고 느꼈기 때문이었다.

하우탈라가 간밤의 경과보고를 하는 동안에, 레스토랑 종업원 세포 소르요넨이 알렉산더 2세의 동상 옆에 모습을 드러냈다. 소르요넨은 쾌활하고 즐거운 모습으로 산들바람처럼 하늘하늘 다가왔다. 대령이 못마땅한 눈빛으로 바라보았지만, 소르요넨은 전혀 아랑곳하지 않았다.

10

핀란드의 가장 중요한 광장, 원로원 광장에 우뚝 서 있는 알렉
산더 2세 동상은 수많은 역사적인 사건들을 지켜보았다. 몇 년,
아니 몇십 년 동안 그 광장에서 청동 황제는 러시아 압제에 시달
리던 시절의 카자흐 무리들, 백색 전투를 마감한 승리의 퍼레이
드, 라푸아 운동(1929년 핀란드의 라푸아에서 농민들이 중심이 되어 일어난
반공산주의 운동. 이 운동은 결국 당시 핀란드 정부의 퇴진과 의회 해산을 불러
왔다—옮긴이)에 참여한 농민들의 행진, 2차 대전 후 붉은 군대의
대규모 시위, 김이 모락모락 오르는 엄동설한에 펼쳐지는 섣달
그믐날의 헬싱키 축제를 함께 겪었으며, 수오멘린나 요새로 가
는 암담한 포로 수송 행렬과 나중에는 5월 1일의 무분별한 흥청
거림도 눈을 크게 뜨고 바라보았다. 그러나 지금껏 한 번도 자살
자들에 둘러싸인 적은 없었다.

내가 통치하던 옛날에는 황제 직속의 카자흐인들이 불평하거나 반항하는 자들이 있으면 알아서 모조리 저세상으로 보냈는데, 알렉산더 2세는 생각했다. 지금은 그런 일마저도 황제 혼자 힘으로 해결해야 했다.

술 기운에 찌들은 해쓱한 자살 후보자들 스무 명 정도가 심각한 표정의 동상 주변에 둘러서 있었다. 그 가운데 한 명은 다시는 돌아올 수 없는 길을 떠나고 없었다. 자살 후보자들은 이 곤란한 상황에서 벗어날 수 있는 적절한 대책을 세워달라고 켐파이넨 대령에게 요구했다.

"지금 당장 이 도시를 떠나야겠어."

대령이 결정을 내렸다. 그러고는 한 시간 후에 출발할 수 있도록 버스를 대절하는 임무를 온니 렐로넨에게 맡겼다. 렐로넨이 임무를 수행하러 자리를 떠난 후에, 대령은 헬레나 푸사리와 함께 가련한 무리들을 시장 주변의 레스토랑 카펠리로 데려가 아침식사를 하도록 조처했다.

"조금이라도 기운을 차리려면 잘 먹어야 해요."

헬레나 푸사리가 핏기 없는 사람들을 독려했다.

세포 소르요넨도 그 자리에 합세했다. 즐겁기만 한 레스토랑 종업원이 도대체 자살 단체에 무슨 볼일이 있냐고 묻는 대령의 물음에, 소르요넨은 단지 도와주고 싶을 뿐이라고 대답했다. 제가 몇 년 동안 심리학을 전공한 여자와 사귄 적이 있는데, 그때 인간 영혼의 심층을 철저하게 연구했거든요. 그래서 대령님의 불운한 병사들을 조금이나마 위로할 수 있지 않을까 생각합니다. 헬레나 푸사리는 암울한 사람들 사이에서 작은 불빛이 깜박거린다면 별로 나쁘지 않을 것이라고 생각했다. 그러고는 번거로운 문제를 야기하지 않는다는 조건하에 조용히 따라와도 좋다고 세포 소르요넨에게 말했다. 대령도 그 말에 승복하는 수밖에 없었다.

한 시간 남짓 후에 렐로넨이 돌아와서, 버스가 시장 앞 광장에 대기하고 있다고 알렸다. 이제 출발할 수 있었다. 전날 호텔에 방을 빌렸던 사람들은 방값을 치르고 짐을 가지러 갔으며, 헬싱키에 거주하는 사람들은 여행에 필요한 약간의 소지품을 집에서 가져왔다. 일행 가운데 두 사람이 집에서 가져올 만한 게 전혀 없다고 주장했다. 그 가운데 한 사람은 레스토랑 종업원 세포 소르요넨이었다.

그들은 티쿠릴라에서 잠시 실내 수영장에 들렀다. 대령은 버스가 사십오 분 동안 기다릴 예정이라며, 원하는 사람은 누구나 수영 아니면 사우나를 할 수 있다고 말했다. 간밤의 자동차 폐기가스 여행에 동참했던 사람들은 그 기회를 이용해 기꺼이 몸을 씻고 싶어했다. 집행부 세 사람은 버스에 남았다. 대령이 피곤한 목소리로 말했다.

"내가 이런 근사한 부대를 인솔할 줄이야······. 얼마 전 성 요한절에 목을 매달지 못한 게 참으로 한이야."

온니 렐로넨은 사태를 긍정적으로 보려고 했다.

"헤르만니, 걱정 말아. 알고 보면 다 괜찮은 사람들이야. 모두들 그때 우리 같은 생각을 품고 있다고. 우리도 처음에 성공하지 못했잖아. 그런데다 지금 우리한테는 6만 유로가 넘는 돈도 있어. 다 잘될 거야."

헬레나 푸사리는 여행의 목적지가 어디인지 알고 싶어했다. 버스 운전기사도 벌써 여러 번 그 점에 대해 물었었다. 대령은 우선 3번 고속도로를 타고 북쪽으로 가자고 말했다. 아직은 정확한 목적지가 어디라고 말할 수 없었다.

자살자들이 수영장에서 돌아왔다. 모두들 기운이 팔팔하고 상큼한 냄새를 풍기는 게, 조금 전과는 아주 달라 보였다. 다른 사람들이 된 것 같았다. 심지어는 농담을 하는 사람도 있었지만, 그러다 간밤에 있었던 일을 기억하고는 입을 다물었다. 여행은 다시 계속되었다.

이어서 두 시간 동안 애르벤패와 케라바, 휘빙캐, 리히매키를 지나 되는 대로 북쪽을 향해 달렸다. 그러다 해멘린나에서 잠시 휴식을 취했다.

버스 뒤에서 담배를 피우고 있는 대령에게 운전기사가 다가와 말을 붙이며, 여행의 목적지가 어디냐고 다시 물었다. 대령은 자신도 모른다고 투덜거렸다. 지금 중요한 것은 목적지가 아니라

이동한다는 사실이며, 운전기사는 그것으로 만족해야 한다고 쏘아붙였다.

북쪽을 향한 정처 없는 여행은 해멘린나에서 다시 계속되었다. 버스가 토이얄라 방향으로 접어들었을 때, 헬레나 푸사리가 잠시 집에 들렀다 오겠다고 말했다. 누군가가 시간이 많이 걸리지 않겠냐고 물었고, 푸사리 부인은 여행에 필요한 몇 가지 개인 소지품을 가져올 생각이라고 대답했다.

토이얄라에서 그들은 헬레나 푸사리를 집 앞에 내려주었다. 푸사리 부인이 물건을 챙기는 동안에, 대령은 나머지 사람들을 음식점으로 데려가 점심을 먹였다. 송아지고기 요리와 돼지고기 커틀릿이 그날의 특별 메뉴였는데, 갑자기 스무 명 이상의 많은 사람들이 들이닥치는 바람에 원하는 사람 모두 먹기에는 송아지고기 요리가 충분하지 않았다. 아무러면 어떠랴, 그래서 나머지 사람들은 돼지고기를 먹었다. 대부분이 점심식사에 물이나 탈지우유만을 마셨으며, 대령 혼자 맥주를 주문했다. 헬레나 푸사리를 위해서는 따로 음식을 포장해달라고 말했다.

여행은 또다시 계속되었고, 이제는 남서쪽으로 방향을 잡았다. 버스가 우르얄라를 향했다. 몇몇 승객이 진로 변경에 이의를 제기했지만, 대령은 온종일 한 방향으로만 달리는 게 지겹다고 말했다. 게다가 우르얄라가 다른 곳들보다 특별히 못할 것도 없었다. 누군가가 이대로 곧장 노르웨이의 북쪽 끝, 노르카프(노르웨이의 북단에 위치한 마게뢰위 섬의 북동쪽 곶. 유럽 최북단의 지점으로 높이 307미터의 가파른 낭떠러지가 해안을 이룬다 — 옮긴이)까지 가자고 제안했다. 근사한 여름을 즐기며 흥겹게 여행을 해보자는 제안은 전에도 나온 적이 있었다. 이제야말로 신나게 즐길 좋은 기회가 아니겠는가! 그동안 충분히 우울증에 빠져서 비참한 운명을 한탄하지 않았는가.

유럽의 북쪽 끝으로 가자는 제안에 순록지기 울라 리스만키가 누구보다도 열렬히 찬성했다. 리스만키는 직접 한번 노르카프에 가본 적이 있다며 그곳의 풍경을 칭송했다. 1972년에 노르드칼롤테 지방의 사미Sami인(스칸디나비아의 노르웨이와 핀란드 북부, 러시아 연방령 콜라 반도에 걸쳐 거주하는 소수민족 — 옮긴이) 대표 하기 야유회가 그곳에서 개최되었으며, 그때 스웨덴 노르보텐의 지사였던 랑나르 라시난티도 그 야유회에 참석했다. 라시난티 지사는 정부 측 대표였는데도 무척 친절했으며, 밤에 호텔에서 한판 싸워보자고 울라에게 도전했다. 두 사람은 호텔의 로비에서 두 시간 동안 격투를 벌였고, 결국 라시난티가 승리를 거뒀다.

울라는 자신이 알기로, 노르카프가 세계의 가장 유명한 곳들 가운데 하나라고 단언했다. 아메리카 대륙의 남쪽 끝에 위치한 케이프 혼만큼 유명하다는 것이었다.

그러자 노르카프를 둘러싸고 격렬한 토론이 벌어졌다. 그쪽으로 가자는 편이 우세했다. 특히 일행 가운데 한 사람이 그곳에서 버스를 탄 채 바다를 향해 돌진할 수 있다는 생각을 해냈기 때문이었다. 울라 리스만키의 말을 믿는다면, 그곳에서 아주 쉽게 세상을 하직할 수 있었다. 해안의 절벽이 높고 가파른 데다가 도로가 절벽 바로 끝까지 이어졌다. 버스를 전속력으로 몰아서 그대로 철책을 뚫고 낭떠러지 아래로 질주할 수 있었다.

울라 리스만키가 자신은 그 최후의 비상飛上에 동참하지 않을 것이라고 선언했다. 리스만키는 사실 단 한 번도 자살을 생각해본 적이 없으며, 어쩌다 우연히 이 무리에 끼게 되었다고 말했다.

다른 사람들이 깜짝 놀라서, 그렇다면 무엇 때문에 여기까지 같이 왔으며 음울한 분위기가 답답하지 않느냐고 물었다. 또 진심으로 자살할 생각이 없는 사람이 어떻게 자살 세미나에 참여할 수 있었는지도 궁금한 문제였다. 울라의 삶의 의욕은 여행객들의 불쾌감을 자극했다. 세포 소르요넨의 긍정적인 인생관 역시 당혹감을 불러일으켰는데, 그것은 경박함으로 해석되었다.

울라 리스만키는 자신이 아니라 자신의 이웃집에 사는 오블라 아흐퉁이가 신문 광고에 답장을 보냈다고 이야기했다. 아흐퉁이는 밀수업자이며 순록 도둑인데, 원래 지저분한 유머로 유명했다.

울라가 과거에 그런 비슷한 이야기로 오블라에게 허풍을 친 적이 있었는데, 그것에 복수를 하려고 했을 수도 있었다. 울라는 옛날에 육스에서 아흐퉁이의 할머니를 위해 사미인 미인 선발대회에 참가 신청을 했었다. 개최 장소는 노르웨이의 트론헤임이었다. 그 늙은 여인은 정말로 여행할 행장까지 꾸렸지만, 미인대회를 코앞에 두고 콧물감기에 걸리는 바람에 원통하게도 참가를 포기할 수밖에 없었다.

대령의 초대장이 우편으로 도착했을 때, 울라는 그 모임에 참석하지 말란 법도 없다고 생각했다. 마지막으로 헬싱키에 가본 게 1959년이었는데, 벌써 삼십 년 전의 일이었다. 그렇지 않아도 벌써 몇 년 전부터 핀란드의 수도 헬싱키에 다녀올 만한 적절한 기회가 없을까 엿보던 중이었다. 그런데 마침내 그런 기회가 온 것이다. 울라는 약간의 돈, 몇십만 유로를 호주머니에 집어넣고 이발로에서 헬싱키행 비행기에 올라탔다.

"레스토랑에서 당신들이 하는 이야기를 듣는데, '원 세상에, 이런 일이 다 있다니. 앞으로 어떻게 되는지 한번 끝까지 지켜봐야겠어.' 이런 생각이 들더라고요. 그리고서 많은 일이 벌어졌지 뭐예요. 나는 이 일에 끼게 된 것을 단 한순간도 후회하지 않았어요."

그러나 울라는 아직까지 죽을 생각은 없으며, 다만 공동의 의견을 진지하게 검토해보겠다고 선언했다. 자살하려는 생각이 아주 나쁜 것만은 아닌 것 같아요. 세상이 사실 특별히 살기 좋은 곳은 아니잖아요.

울라는 노르카프 주변 경치에 대한 회상에 빠져들었다. 그곳은 자살하기에 안성맞춤이었다. 버스가 시속 100킬로미터로 절벽을 넘어 그대로 돌진하는 경우에, 먼저 500미터 정도 공중을 부웅 날아갈 게 확실했다. 그만큼 암벽이 높았다. 승객들이 살아남을 가능성은 단연코 없다고 울라는 장담했다. 그것은 좋은 소식으로 평가받았다.

우르얄라에서 버스 운전기사는 주유소에 차를 대고 디젤 200리터를 주유했다. 주유소의 카페에 들어가서 어딘가에 전화를 거는 듯했으며, 커피 한 잔을 마시고 돈을 치렀다. 그러더니 버스에 돌아와 마이크를 잡고서, 자신은 결단코 이런 너절한 무리들을 북 노르웨이로 데려가지 않을 것이라고 간단명료하게 선언했다.

"당신들은 점잖은 여행자들이 아니오. 나는 헬싱키로 돌아가기로 결정했소. 그동안의 경과에 대해 우리 사장님한테 보고한 결과, 즉시 돌아오라는 지시를 받았소. 핀란드에서는 그 누구에게도 미친 사람들을 이리저리 태우고 다니라고 강요할 수 없소."

대령이 우격다짐으로 명령을 내렸는데도, 운전기사는 꿈쩍하지 않았다. 나는 여기에서 1미터도 북쪽으로 갈 수 없소. 버스를 타고 바다 속으로 뛰어들려는 희망은 일찌감치 포기하는 게 좋을게요. 나한테는 딸린 식구가 있을뿐더러, 지금 새집을 짓고 있는 중이란 말이오. 내일 당장 집의 기초를 다질 예정인데, 지금 노르카프에 간다는 것은 말도 안 되는 소리요.

이런 상황에서는 운전기사의 마음을 돌리기 위해 여행 노선을 협상하는 수밖에 다른 도리가 없었다. 양측은 동쪽, 후말라얘르비 방향으로 기수를 돌리는 데 의견의 일치를 보았다. 렐로넨의 여름 별장에 가는 것으로 간신히 운전기사를 설득할 수 있었다. 운전기사는 버스가 아주 비싼 차량이고 자신한테 버스에 대한 책임이 있다며, 그곳의 호숫가가 얼마나 높고 도로에서 어느 정도나 떨어져 있는지 정확하게 알려고 들었다.

11

　그들은 우르얄라에서 며칠분의 식량을 조달했다. 헬레나 푸사리는 커다란 냄비와 프라이팬을 몇 개 구입했다. 별장의 주방 시설로는 그렇게 많은 사람들의 식사를 해결할 수 없었다. 또한 일회용 컵과 접시, 냅킨도 필요했다.

　흥분한 운전기사가 모는 버스 안에서 자살자들은 지친 몸을 웅크리고 앉아 있었다. 레스토랑 종업원 세포 소르요넨만이 쾌활하고 명랑했다. 소르요넨은 오후의 햇살을 받아 찬란하게 빛나는 해메의 여름 풍경에 시선을 좀 돌리라고 승객들에게 권하며, 자연의 아름다움을 찬미했다. 길가를 따라 이어지는 밀밭, 모래 언덕을 에워싼 소나무들, 울창한 가문비나무 숲, 여기저기서 햇살에 반짝이는 호수들. 호수들은 짙푸른 물결을 일렁이며, 수영하는 사람들을 부드럽게 포옹할 수 있기만을 기다렸다. 소르요넨은 이렇게 아름다운 곳에서 자살을 생각하는 것은 커다란 죄악이라고 말했다.

그러나 자연의 아름다움은 말없는 여행자들에게 삶의 의욕을 불어넣을 수 없었다. 여행자들은 제발 입 좀 다물고 있으라고 소르요넨에게 부탁했다.

석양 무렵에 버스가 후말라애르비에 도착했다. 사람들은 주변을 살펴보려고 호숫가와 가까운 숲으로 우르르 몰려갔다. 누군가가 호수에서 술이 반쯤 남아 있는 보드카병을 발견했다.

여자들은 집 안에 머무르기로 하고, 남자들은 마당에 숙소를 정했다. 울라 리스만키가 마당의 야영장을 책임지겠다고 나섰다. 리스만키는 몇몇 남자들의 도움을 받아서, 헛간에 쌓여 있는 장작을 마당으로 날라 모닥불을 피울 준비를 했다. 또한 리스만키의 지시에 따라, 남자들이 임시 움막을 짓기 위해 가까운 숲에서 작은 나뭇가지를 잘라 왔다. 아주 편안한 잠자리가 만들어졌다. 어쨌든 전문가가 나서서 지휘하지 않았던가. 울라는 마당의 마른 소나무 가지를 베어 모닥불을 피울 수 없는 걸 무척 애석하게 생각했다. 그러나 농사를 짓는 남쪽에서는 북쪽의 황량한 들판에서처럼 야영할 수 없다는 점을 인정할 수밖에 없었다. 울라는 커피를 끓이는 커다란 주전자를 모닥불 위에 올려놓을 수 있도록 손을 본 다음, 호숫가의 경사진 제방에 화덕을 만들었다. 보도에 깔려 있는 슬레이트판을 떼어내어 화덕을 덮는 판으로 이용했다. 10리터들이 대형 솥을 화덕 위에 올려놓고 여자들이 소시지 수프를 요리했으며, 남자들은 맥주 두 상자를 차갑게 하기 위해 우물 속으로 내려뜨렸다.

지난 스물네 시간은 일도 많고 사건도 많아서 무척 피곤한 하루였다. 모두들 소시지 수프를 먹은 후에 곧 잠자리에 들었다. 켐파이넨 대령은 헬싱키에 세워둔 자동차를 가져오기 위해, 고집스런 운전기사가 모는 버스에 올라탔다. 그는 헬싱키에서 자동차를 가지고 돌아올 때까지 렐로넨과 푸사리의 인솔하에 호숫가에서 쉬고 있으라고 사람들에게 일렀으며, 모금한 돈을 가지고 가 은행의 계좌를 개설하겠다고 설명했다. 그리고 그동안의 식비에 쓰라고 적절한 액수의 돈을 두 명의 전우에게 맡겼다.

끝으로 대령은 자신이 없는 동안에 절대로 자살을 시도하지 말라고 사람들에게 신신당부했다. 그 누구도 독단으로 노르카프에 가서는 안 되며, 제멋대로 하는 짓에는 이제 넌더리가 난다고 말했다.

"혹시 경찰이 찾아와서 쿠시사리 사건에 대해 물으면, 여러분들은 모르는 일이라고 딱 잡아떼시오. 그동안에 사태가 어떻게 되었는지, 내가 헬싱키에서 자세히 알아볼 생각이오."

말을 마친 대령은 버스에 몸을 실었다. 버스가 별장을 벗어나 시야에서 사라졌다.

켐파이넨 대령은 헬싱키에 사흘 머물렀다. 해결할 일이 한두

가지가 아니었다. 모금한 돈을 은행에 입금하고, 일부는 단기성 투자 예금에 맡기고, 자동차를 정비소에 가져가 이상이 없나 살펴보게 하고, 렐로넨의 집에 들러야 했다. 친구를 위해 몇 가지 물건을 가져왔으며, 친구의 부인에게는 남편의 자동차를 사용할 수 있다는 말을 전했다. 집행관이 휴가 중이어서, 그 문제와 관련해서는 변동 사항이 없었다. 그런 후에 켐파이넨 대령은 참모부의 장교 친구들을 찾아갔는데, 물론 친구들 대부분이 휴가를 떠나고 없었다. 켐파이넨은 옛날에 함께 사관학교를 다녔던 라우리 헤이쿠라이넨이라는 중령이 하지에 세상을 떠났다는 소식을 들었다. 소문에 의하면 자살이라는 것이었다. 라우리는 지독한 술고래였는데, 하짓날 팰캐네에서 '익사했다'. 라우리의 죽음과 더불어 핀란드 군대는 가장 뛰어난 수영꾼을 잃어버렸다.

"전쟁이 없어도 우리같이 노련한 장교들의 수가 이런 식으로 줄어든다니까."

참모부의 커피를 마시는 자리에서 간단명료하게 결론이 났다.

켐파이넨 대령은 아는 사람을 통해서, 휘릴래의 대공 방위 부대 병참에서 군대 막사용 텐트와 텐트용 난방기기를 얻어서 자동차 트렁크에 실었다.

이런 여러 가지 문제들을 해결한 후에는 쿠시사리 사건에 대해 알아보았다. 사람들 눈에 띄지 않게 슬며시 남예멘 대사의 관저 주변을 돌아보았는데, 차고 문만이 아니라 빌라의 철문도 굳게 닫혀 있었다. 대령은 남예멘 대사관에 전화를 걸어, 포휼라 보험 회사의 생명보험 감독관이라고 자신을 소개하고서 주말에 있었던 돌발사건에 대해 물어보았다. 대사 관저의 차고에서 그날 밤에 정확하게 무슨 일이 있었습니까? 대사관 직원은 부랑배들이 남예멘 대사 딸의 스포츠카를 훔치려고 차고에 침입했다고 설명했다. 부랑배들은 다행히도 서투른 얼간이들이어서 자동차의 시동은 걸었지만, 그만 차고 안에 갇혀버리고 말았다. 그들을 발견했을 때는 이미 한 사람이 생명을 잃은 뒤였으며, 나머지 사람들은 도망쳤거나 아니면 병원으로 이송되어 매연 중독 치료를 받았다. 켐파이넨은 보험회사로서는 그 사건과 관련하여 더 이상의 진술이 필요 없다고 선언한 뒤, 같은 핀란드 사람으로서 물의를 일으켜 미안하다고 사과했다.

신문에서는 그 사건에 대해 한마디도 언급하지 않았다. 그래서 대령은 남예멘 대사관의 언론 공보관을 사칭하여 경찰서에 직접 전화를 거는 수밖에 다른 도리가 없었다. 대령은 아랍 악센트의 서투른 영어로 말했는데, 그럴싸하게 들렸다. 그 사건을 담당한 경감은 전체적으로 일을 해결 지었다고 보았다.

"잘 알고 계시겠지만, 한 가련한 인간이 대사 관저의 차고에서 목숨을 잃었어요. 1959년 코트카 출생의 야리 칼레비 코수넨이라고 하는 사람이지요. 현재 실업자라는 사실 말고는, 지금까지 서류상으로 그 사람에 대해 특별히 증명된 사실은 없습니다. 시신을 부검한 결과, 사인이 매연 중독으로 밝혀졌어요. 우리는 현장에 있던 사람들 대여섯 명을 심문하고, 두서너 명은 상태를 지켜보기 위해 병원으로 보내거나 경찰서에 수감했지요."

담당 경감은 연루자들 가운데 현재 경찰서에 수감되거나 병원에 입원한 사람은 아무도 없다고 선언했다. 그는 수상쩍은 인물들이 경찰의 허락 없이 슬쩍 도주했다는 말은 내비치지 않았지만, 그것은 켐파이넨 대령이 이미 잘 알고 있는 터였다. 최소한 예비역 하사 야르모 코르바넨하고 퇴직 기술자 야를 하우탈라는 아침 일찍 도주함으로써 철저한 조사의 손길에서 벗어날 수 있었다.

대령은 경감에게 빈틈없는 조사 활동에 대해 사의를 표하고, 아랍식으로 혀를 굴려 즐거운 여름을 보내길 바란다고 말했다. 그러고는 안도의 한숨을 내쉬며 자동차에 앉아 헤메로 향했다.

대령이 자리를 비운 사이, 후말라애르비의 사람들은 무사히 잘 지냈다. 마지막 손질을 가해 마당의 야영장을 완성했고, 그 옆에는 나뭇잎으로 멋들어지게 작은 정자도 지었다. 자살자들은 이웃 농장에서 도살한 황소 한 마리를 구해 와 별장 앞뜰에서 꼬챙이에 구워 먹었다. 하루 전에는 페인트와 붓을 집어들어서, 렐로넨의 여름 별장을 위에서 아래까지 번쩍번쩍 새로 칠했다. 장작을 빠개어 헛간에 차곡차곡 쌓아놓았으며, 저녁에는 심리 치료를 목적으로 모두 한 곳에 모여 앉아 반쯤 비운 화주병을 호수에 던졌다.

그것뿐이 아니었다. 저녁에는 전화통에 매달려, 같은 운명을 짊어진 전국의 동료들에게 연락을 취했다. 특히 소르요넨이 이 일에 적극적으로 나섰다. 서류철에 기록되어 있는 전화번호에는 하자가 없었다. 자살자들은 인원이 서른 명까지 늘어날지 모른 다고 즐거운 표정으로 대령에게 보고했다. 이제 돌아다니면서 운명의 동지들을 한데 모으기만 하면 되었다. 헬싱키에서의 모 임 후에 뿔뿔이 흩어졌지만, 이제 사태를 바로잡은 것이다. 핀란 드에는 단호한 자살자들이 아주 넉넉히 있는 듯 보였다.

대령은 핀란드 방방곡곡의 자살 후보자들을 모조리 불러 모을 수는 없다고 선언했다. 이제 다시 내 자동차를 사용할 수 있게는 되었지만, 한정된 인원만을 태울 수 있을 뿐이오. 게다가 나는 여기에서 더 이상 인원을 늘릴 생각이 없소. 지금 있는 사람들을 보호하는 것만으로도 내 힘에 벅찰 정도요.

헬레나 푸사리가 대령의 냉혹함을 비난하며, 추가로 몇 명 더 받아들이는 문제에 대해서 무조건 깊이 생각해봐야 한다고 말했 다. 공동체에서 떨어져나간 많은 사람들이 다시 혼자서 문제를 떠맡게 되는 경우에는 자살할 가능성이 높았다.

자살단 회원들은 가장 기쁜 소식을 맨 나중에서야 알렸다. 드 디어 자살단 전용 차량이 생긴 것이다! 아니면 적어도 생길 가능 성이 있었다.

캠파이넨 대령은 비명을 질렀다. 대령이 현재 적지 않은 모금 액을 간수하는 것은 사실이지만, 전용 버스를 마련하기에는 턱도 없었다. 그동안에 친구들이 다시 무슨 엉뚱한 짓을 벌였단 말인가? 나머지 사람들이 대령을 진정시키려 들었다. 대령이 없는 사이에, 소르요넨이 육백 명의 자살 동지들 가운데 혹시 버스나 선박을 마련하는 데 도움을 줄 만한 사람이 없나 서류철을 샅샅이 뒤졌다. 결국 노력한 보람이 있어서, 과거에 호수에서 여객선으로 오가던 배 한 척을 구할 수 있었다! 1912년에 건조된 MS 바리스타이팔레라는 배로, 사이마 호수에서 쿠오피오와 라펜란타를 오가던 여객선이었다. 배 주인은 항해에 대한 믿음을 상실하고 자살하려는 의도를 품고 있었는데, 배에 관심을 가진 사람이 있으면 무상으로 배를 양도할 생각이었다. 그러나 물론 배를 인수하는 사람은 먼저 수선부터 해야 했다. 수년 전부터 배가 사본린나의 수선소에 정박해 있는 탓에 선체에 녹이 심하게 슬어 있었다. 손볼 데가 아주 많았으며, 과연 물에 뜰지조차 의심스러웠다. 자살자들은 그 말에 조금도 동요하지 않았다. 늦어도 가을이 가기 전에, 배와 함께 물속 깊숙이 가라앉는다면 얼마나 실용적이겠는가.

대령은 고물 선박의 소유주가 되는 것을 엄숙히 거절했으며, 그 배는 없었던 일로 깨끗이 잊으라고 사람들에게 충고했다.

그러자 자살단 회원들은 훨씬 더 감격적인 다른 대안을 제시했다. 포리에서 자살의 위험에 직면한 버스 운수 회사 사장, 코르펠라 템포라인 주식회사의 소유주이며 경영자인 라우노 코르펠라를 찾아냈다는 것이다. 코르펠라 역시 다른 사람들처럼 대령과 대령 친구들의 신문 광고에 답장을 보냈었다. 그런데 하필이면 헬싱키에서 모임이 열렸던 바로 그 주말에 새로 구입한 관광버스를 리에토의 자동차 공장에서 인수해야 했기 때문에, 모임에는 참석할 수 없었다. 버스 운수 회사 사장 코르펠라는 자살 단체 회원들의 용건을 듣자, 무척 기뻐했다. 그는 죽어버릴 것인가 아니면 새 관광버스를 길들일 것인가 무척 고심했다고 말했다. 때마침 적절한 순간에 전화벨이 울렸는데, 바로 자살자들의 문의 전화였다.

코르펠라는 사령관, 켐파이넨 대령이 헬싱키에서 돌아오는 즉시 새 버스를 해메로 몰고 오겠다고 약속했다. 그는 출발 허락을 기다리고 있었다. 더 이상 잃어버릴 것이 없었으며, 무슨 일이든 할 각오가 되어 있었다.

대령은 코르펠라에게 전화를 걸지 않을 수 없었다. 버스 회사 사장은 파안대소하며, 당장 출발하겠다고 약속했다.

"대문을 활짝 열어놓고 기다리시오. 내 바람처럼 달려가리다."

코르펠라가 선언했다.

12

새벽 다섯 시 무렵, 대형 호화 버스가 덜커덩거리며 마당에 들어서는 소리에 후말라얘르비의 야영장에서 자던 사람들은 잠에서 깨어났다. 버스 운송업자 코르펠라가 도착했다. 코르펠라는 20톤 무게의 차량을 마당의 임시 숙소들 사이에 바짝 세우고서 뛰뛰빵빵 시끄럽게 경적을 울렸다.

예순 살가량의 코르펠라가 날쌔게 버스에서 뛰어내렸는데, 비행기 조종사처럼 푸른색 양복 차림에 반짝이는 차양이 달린 모자를 쓰고 있었다. 번쩍번쩍한 새 차량의 옆면에 빛나는 금속성 활자로 회사 이름이 씌어 있었다. 코르펠라 템포라인, 포리. 버스 운송 회사 사장은 임시 움막 안의 남자들에게 외쳤다.

"내가 왔소! 그러니까 자살자들이 모두 여기서 진을 치고 있는 게요?"

모두들 우르르 몰려들어, 새 회원을 환영하고 우아한 버스를 감탄했다.

코르펠라는 먼저 대령하고 악수를 하고 나서 나머지 사람들과도 모두 일일이 인사를 나누었다. 호의적인 눈빛으로 둘러선 사람들을 찬찬히 살펴보고 자신의 버스를 소개한 다음, 먼저 여자들부터 버스에 오르라고 권했다. 그 뒤를 이어 남자들도 버스에 올랐다.

"이것은 스칸디나비아 반도에서 돈으로 살 수 있는 가장 비싼 버스라오. 무려 백만 유로가 들었지 뭐요."

코르펠라가 자랑스럽게 말했다. 이제 막 갓 출고된 새 버스로, 리에토의 자동차 공장에서 포리까지, 그리고 포리에서 밤새 이곳 후말라얘르비까지 달린 게 전부라는 것이었다. 버스는 40인승이었으며, 견고한 삼중 차대를 가지고 있었다. 뒷부분에서 거의 400마력에 육박하는 강력한 엔진이 윙윙거렸고, 엔진은 중간에서 한 번 냉각되었다. 버스의 내부는 부분적으로 이층 구조로 되어 있었는데, 운전석은 아래층에, 승객들의 좌석은 위층에 자리했다. 또한 아래층에는 전자레인지와 냉장고를 갖춘 주방, 화장실, 옷 보관소도 있었고, 버스 뒷부분의 위층에는 열 명 정도 모여 앉을 수 있는 회의실도 따로 마련되어 있었다. 비디오와 라디오, 냉방장치도 설치되어 있는 데다가, 좌석은 제트 여객기의 일등석보다 더 넓었다. 정말로 무척 근사한 차량이었다.

곧이어 마당에 불을 지피고서 커다란 커피 주전자를 올려놓았다. 여자들이 별장의 테라스에 아침식사를 차렸다. 야영장에서 당장 내놓을 수 있는 최고의 것들이 식탁에 올랐다. 얄팍하게 썬 소시지, 삶은 달걀, 화덕에 구운 작은 빵, 과일 주스와 커피. 헬레나 푸사리가 버스 운수업자 라우노 코르펠라를 아침 식탁으로 인도했다.

코르펠라는 쾌활하고 활기에 넘쳤으며, 밤새도록 버스를 몰았는데도 전혀 피곤해 보이지 않았다. 그는 버스 시설이 아주 뛰어나서, 중간에 커피를 마시거나 수면을 취할 필요 없이 일주일 동안이라도 쉬지 않고 내리 달릴 수 있다고 선언했다.

대령이 신문 광고의 답장들을 철해놓은 서류철을 가져왔다. 코르펠라의 답신도 그 안에 들어 있었다. 편지 봉투 안에는 회사의 명함 한 장만이 들어 있었는데, 명함의 뒷면에는 이렇게 씌어 있었다.

"나는 자살에 아주 관심이 많지만, 지금은 길게 편지를 쓸 시간이 없소. 나한테 연락을 하시오, 그러면 이 문제에 대해 더 많은 토론을 할 수 있을 게요."

대령은 서류철을 덮고, 버스 운수업자에게 자신이 이끄는 단체에 대해 설명했다. 그는 육백 명 이상의 핀란드 사람들에게서 편지를 받았으며, 그것을 토대로 헬싱키에서 세미나를 개최했다고 말했다. 또한 세미나의 경과와 그 후에 일어난 모든 일에 대해 이야기하고, 우리 단체의 관심사에 대해 제대로 이해했냐고 물었다. 지금 여기에서는 호화스런 여행이 아니라 존재론적인 두려움이 문제요. 우리 모두 힘을 합쳐서 이 두려움을 물리쳐야 하오. 대령은 코르펠라가 어떤 문제를 안고 있으며, 그것에 관해 이야기하지 않겠냐고 물었다.

코르펠라는 자살단의 계획에 대해서 전화로 충분히 설명을 들었으며, 함께 행복한 죽음을 맞이하려는 목적에 대해 잘 알고 있다고 대답했다.

"나는 그 생각에 무조건 대찬성이오."

코르펠라는 자신이 홀아비지만, 문제는 그게 아니라고 말했다. 나한테는 살고 싶지 않은 이유들이 따로 있소. 그것은 분명히 아주 심각한 이유들이지만, 여기 많은 사람들 앞에서 그 이야기를 늘어놓고 싶지는 않소. 다만 나 자신과 무엇보다도 내 차를 무상으로 여러분들한테 제공하고 싶을 뿐이오. 나야 이 세상 끝까지라도 얼마든지 갈 수 있소. 노르카프로 자살 여행을 떠날 생각이라는 말을 전화로 들었는데, 아주 좋은 생각이오. 나는 긴 여행을 다니는 남자로서 절대로 집에서 죽을 생각은 없소. 혼자서도 충분히 성공적으로 자살의 뜻을 이룰 수 있지만, 이 분야에서 합심한다는 것이 내 마음에 들었소.

코르펠라는 언제든지 운수 회사를 포기할 수 있다고 선언했다. 재산을 물려줄 자식도 없고, 그나마 있는 먼 친척들하고는 좋은 사이가 아니었다. 코르펠라의 원래 본업은 핀란드 전국 각지를 돌아다니는 전세 여행인데, 그게 지난 몇 년 동안 영 엉망이었다. 맥주를 퍼마시며 고래고래 소리를 지르고, 깨끗한 차 안을 더럽히고 운전기사에게 무례하게 구는 아이스하키팀이라면 신물이 났다. 상트페테르부르크로 여행 가며 좌석 여기저기에 오물을 토해놓는 퇴역 군인들도 조금도 나을 게 없었다. 이따금 버스를 전세 내는 기독교 단체 또한 반갑지 않은 것은 마찬가지였다. 종교적인 열성분자들은 뭐든지 항상 불평불만이었다. 버스 안은 찬바람이 들어오지 않으면 너무 더웠다. 또 화장실을 찾는 노인네가 끊일 새가 없었으며, 커피 타임이 끝난 후에는 꼭 늑장을 부리는 할멈들이 있었다. 그러면 한없이 기다렸다가 끙끙거리며 그 할멈을 버스 안으로 끌어올려야 했다. 그렇게 고생한 대가로, 몇 시간 동안이나 차를 몰며 음도 박자도 맞지 않는 엉터리 찬송가를 들어야 했다. 정말 머리가 터질 지경이었다.

코르펠라는 이 새 버스, 델타 점보 스타에는 결단코 발로 찬 흠집이 생기거나 돼지우리처럼 토한 찌꺼기가 널려 있거나 누군가 잃어버린 찬송가 책이 환기 구멍을 막는 일이 있어서는 안 된다고 굳게 결심했다.

"게다가 나는 앞으로 더 이상은 시간표에 맞추어 버스를 운행하지 않기로 작정했소. 자, 여러분, 어떻소? 이 사람을 받아주겠소?"

128

캠파이넨 대령이 버스 운수 회사 사장의 손을 잡고 흔들며 환영한다고 말했다. 다 함께 새로운 회원을 위해 큰 소리로 만세를 불렀다. 아침의 조용한 후말라애르비 호수에서 큰회색머리아비가 만세 소리에 놀란 나머지, 호수 바닥의 수렁 속으로 들어가 한참 동안이나 물 밖으로 나오지 못했다.

아침식사를 마친 후에, 시험 주행이 있었다. 시곗바늘이 대략 일곱 시를 가리켰다. 전속력으로 해메 곳곳을 질주했다. 투렌키와 하툴라, 하우오, 팰캐네, 루오피오이넨을 지나 람피에 이르러 간단히 요기를 했다. 그러고 나자 마침 술 가게가 문을 여는 열 시였다. 샴페인 스무 병을 산 다음, 코르펠라 템포라인의 최고 함선 진수식을 축하하기 위해 후말라애르비로 돌아갔다. 주연이 한참 무르익었을 무렵, 검은 승용차가 집 앞에 멈추더니 뻣뻣하고 무뚝뚝해 보이는 남자 두 명이 차에서 내렸다. 두 남자는 테라스와 뜰에서 흥겹게 즐기는 많은 사람들을 보고 어리둥절한 표정을 지었다. 그러고는 근엄하게 헛기침을 하고서 집주인을 찾았다.

두 방문객은 온니 렐로넨에게 자신들을 소개했다. 한 남자는 그 지역 관할 경찰서 경감이었고 다른 남자는 헬싱키에서 온 변호사였다. 변호사는 자신이 렐로넨 사장의 파산 사건을 맡은 담당자라고 말했다. 온니 렐로넨이 손님들에게 샴페인을 권했지만, 두 사람은 함께 파티를 즐길 기분이 아니었다. 그들에게는 다른 세속적인 용건이 있었다.

변호사가 가방에서 서류 다발을 꺼내 들고, 후말라얘르비 호 숫가에 위치한 온니 렐로넨 사장 소유의 가택이 금년 3월 21일 헬 싱키 법원의 결정에 근거하여 처분 금지 판결을 받았으며, 그에 따라 현재 압류된 상태라고 설명했다. 그러므로 렐로넨 사장은 가택 열쇠를 변호사인 자신에게 인도하고, 스물네 시간 이내로 그곳에 있는 모든 사람들과 함께 떠나야 한다는 것이었다.

이 사항을 위반할 시에는 직권에 의해 강제로 철수를 실행할 것이며, 필요한 경우에는 자신 휘하 경찰 병력의 동원도 불사할 것이라고 경감이 덧붙였다.

온니 렐로넨이 항의하며, 자신이 어쨌든 아직까지는 여름 별 장과 별장에 딸린 대지의 소유주라고 주장했다. 그리고 변호사 와 경감의 행동에 대해 핀란드 의회의 법사위원회에 고발하고, 필요에 따라서는 핀란드 공화국 대통령에게 진정서를 내겠다고 위협했다. 그러한 항의는 전혀 효과가 없었다.

그 자리에 있는 사람들은 집 안 냉장고 안의 음식을 가져가도 좋다는 허락을 받았다. 차갑게 하기 위해 우물 속에 재워둔 맥주 상자도 가져갈 수 있었으며, 우르알라에서 구입한 주방기기 역 시 렐로넨이 초대한 손님들의 소유물로 분류되었다. 렐로넨은 바지와 셔츠, 면도용품과 비누, 사우나실의 수건을 가져갈 수 있 었다. 나머지 물건들은 전부 고스란히 집에 두고 떠나야 했으며,

집에는 압류 봉인이 찍혔다. 렐로넨은 침입자들에게 집 열쇠를 건네주고, 압류 서류에 서명하라는 요구를 받았다.

이런 모든 과정은 극히 사무적으로 짧은 시간 안에 이루어졌다. 변호사와 경감은 일을 마친 후에 자동차에 올라타고서 그곳을 떠났다.

변호사가 흥분하여 경감에게 말했다.

"정말 흥청망청이군……. 저러고도 파산하지 않는다면 그게 기적이지요. 저렇게 굴다가는 세탁소 아니라 핀란드 은행이라도 남아나지 않을 게요."

경감도 전적으로 동의를 표하면서, 사업하는 사람들의 세계가 완전히 썩어 있다고 말했다. 압류할 만한 물건은 하나도 남아 있지 않은데 샴페인을 마실 돈은 있다니. 경감은 집 앞에 죽치고 있는 손님들이 적어도 스무 명은 헤아렸으며, 전부 곤드레만드레 취해 있었다고 흥분했다. 파산을 하든 말든 계속 얼씨구절씨구 즐길 수만 있으면 만사 오케이였다.

"분명히 말하는데, 정말 파렴치한 작태라니까요. 저런 인간들을 위해 우리 모두 돈을 내야 하다니."

"저 식객들이 반이나 남아 있는 샴페인병을 물속에 던지는 걸 보고 있자니, 내 참 울분이 치솟아서! 그냥 병뚜껑을 막아서 호수 속에 훌쩍 던지더라고요. 도저히 두고 볼 수 없는 일이 아니겠습니까. 하지만 이제는 그것도 끝입니다."

경감이 덧붙였다.

"그리고 대령이라고 하는 작자 보셨지요. 그 인간이 주동자인 것 같더라고요! 군대의 녹을 먹는 자가 그런 행동을 하다니, 머리털이 다 곤두서더라니까요. 하지만 원래 썩은 고기 있는 곳에 구더기가 꾀는 법이지요. 그렇지 않습니까?"

변호사는 자신도 이따금 샴페인을 마시고 때로는 무척 즐기기도 하지만, 당연히 대부분 자신의 호주머니를 털어 마신다고 말했다. 하지만 파산하여 거덜난 집에서 저런 식으로 흥청망청 주연을 벌이다니, 참으로 한심하기 짝이 없는 일이오. 핀란드에는 아직도 물질적으로나 정신적으로 곤경에 처한 사람들이 많이 있는데 저런 광경을 보다니, 온몸에 소름이 끼칠 정도요. 일 년이면 수백 명의 사람들이 극심한 어려움에 못 이겨 자살을 시도하는데, 파산을 위장한 저런 사기꾼들은 니나노 즐기다니.

13

경감과 파산 관리인이 사라지고 난 후에, 렐로넨 사장은 테라스의 테이블 위에 올라서서 일장 연설을 했다. 렐로넨은 두 관리에게 분통을 터뜨리고 욕설을 퍼부었으며, 어른이 된 이후로 지금까지 바로 그런 관료주의적인 강도들과 끊임없이 투쟁을 벌여야 했다고 하소연했다. 그러니 여러 번 자살의 위기에 몰린 것도 당연하지 않겠냐고 울분을 터뜨렸다. 청중들은 렐로넨의 말이 옳다고 지지했다.

"그렇다고 우리가 그런 불쾌한 사소한 일 때문에 이렇듯 기분 좋게 시작한 하루를 망칠 수는 없지 않겠소."

렐로넨은 차가운 샴페인 거품이 방울져 솟아오르는 종이컵을 높이 들어 올렸다.

"멋진 자살을 위하여."

자살자들은 온종일 샴페인을 마셨다. 군량이 동이 나자 코르펠라와 리스만키가 버스로 보급품을 운송해왔다.

"돌아오는 길에 하마터면 버스를 길가 도랑에 처박을 뻔했다니까."

울라가 신이 나서 보고했다.

켐파이넨 대령이 지나친 음주를 삼가라고 경고했다. 알코올을 지나치게 많이 마시면 신장과 간장에 부담을 줘서 건강을 해친다고 말했다. 그러자 사람들은 자살하는 순간에 간장이 어떤 상태인가는 중요하지 않다고 대답했다. 어차피 죽을 목숨이 아니던가. 그 말에는 대령도 할 말이 없었다.

저녁 늦게 군대용 텐트와 나머지 물건들을 버스 짐칸에 싣고서 전원 모두 버스에 올라탔다. 출발하기 전에 마당에 세운 초막들을 불태워서 파산 관리인에게 따끔한 맛을 보여주자는 결정이 들뜬 분위기 속에서 내려졌다. 그것은 울라 리스만키의 제안이었는데, 별장 가옥과는 달리 그 품목들은 렐로넨 사장의 세탁소 파산 압류 대상에 속하지 않는다는 것이 모두의 일치된 의견이었다. 초막들은 석양 노을 아래서 아주 아름답게 불타올랐으며, 잔잔한 후말라얘르비 수면에 이글거리는 불꽃의 영상을 드리웠다. 때마침 태양이 지고 있었다.

버스 운수업자 라우노 코르펠라가 거나하게 취해서 호화 버스의 운전대를 잡았다. 우선 별 볼일 없는 동쪽 방향을 향해 가기로 의견을 모았다. 어쨌든 운전기사가 깨어 있는 동안 잠시 동쪽을 향해 달리자는 것이었다. 켐파이넨 대령은 헬레나 푸사리와 함께 자신의 승용차에 올라타고서, 집 앞의 좁은 진입로에서 위험하게 덜커덩거리는 버스 뒤를 쫓았다. 그러나 고속도로에 진입한 다음부터는 속도가 빨라지면서, 버스는 안정감을 찾았다.

얼마 후에 코르펠라는 고속도로에서 벗어나 국도로 빠졌으며, 특히 지금처럼 거나하게 취한 상태에서는 뒷길로 달리는 게 좋다고 설명했다. 여름밤에 숲 사이로 난 시골길을 달리면 흥겹다는 것이었다.

한두 시간쯤 그렇게 되는 대로 달리다 보니, 버스는 백시에서 헤이놀라를 향하고 있었다. 그리고 나서는 지금 어디를 달리고 있는지 관심을 가지는 사람이 아무도 없었다.

레스토랑 종업원 세포 소르요넨에게 남모르는 시적인 면이 있었다. 소르요넨은 다 함께 노래를 부르자고 제안했으며, 자살자들은 소르요넨의 주도 아래 무엇보다도 인생의 무상함을 강조하는 노래를 열정적으로 불렀다.

"인생과 근심, 내일이면 모두 지나가리라……."

코르펠라가 아주 빠른 속도로 버스를 모는 바람에, 켐파이넨 대령은 승용차로 뒤를 따라가는 데 애를 먹었다. 대령은 버스가 교통사고를 일으키거나 순찰차의 검문을 받을지 모른다고 염려했지만, 헬레나 푸사리는 쓸데없이 걱정하지 말라고 말했다. 설사 버스가 도랑에 처박힌다 해도 그게 무슨 대수겠는가. 어차피 죽으려는 목숨들 아닌가. 헬레나 푸사리는 자동차 안에서 계속 샴페인병을 홀짝거렸으며, 대령의 어깨에 다정하게 몸을 기대고 술 취한 부드러운 목소리로 칼만(엠머리히 칼만. 1882~1953. 헝가리 출생의 오스트리아 작곡가 — 옮긴이)의 오페레타에 나오는 마리차 백작 부인의 노래를 흥얼거렸다. 정신을 멍하게 하는, 푸사리 부인의 향수 냄새가 자동차 안에 진동했으며, 그녀의 매혹적인 아름다움은 대령의 생각을 혼란스럽게 했다. 대령은 자살하는 것이 결국 그리 나쁘지만은 않다는 확신을 가지기에 이르렀다.

버스가 어느덧 사보 지방에 이르렀을 무렵, 라우노 코르펠라가 운전석에서 꾸벅꾸벅 졸기 시작했다. 어쨌든 꼬박 이틀 동안 잠시도 눈을 붙이지 않고 밤낮으로 운전을 했으니, 전혀 놀랄 일은 아니었다. 처음에 포리에서 해메로 차를 몰았으며, 그 다음에는 일행 전원을 태우고서 해메 곳곳을 시험 주행하고, 또 거기다가 한밤중에 사보까지 운전대를 잡지 않았던가. 아무튼 자살자들은 자신들이 사보에 있다고 믿었다. 코르펠라가 의무를 망각하고 운전석에서 그대로 잠이 든 게 아니라 반쯤 졸면서도 버스를 길가에 세우고 엔진을 껐다는 점으로 보아, 직업에 충실한, 완전한 프로였다. 그런 다음에야 코르펠라는 자신의 안전장치 스위치를 내렸다.

운전석에서 코 고는 소리가 들려왔다. 몇몇 사람이 코르펠라를 버스 뒤편의 회의실로 떠메고 가서 긴 의자에 눕혔다. 야르모 코르바넨 예비역 하사가 화물차 운전면허증을 소지하고 있어서, 다시 버스의 시동을 걸 수 있었다. 코르바넨은 어렵게 버스를 1킬로미터 정도 몰고 가서는, 자갈 채취장에서 주차하기에 적당한 곳을 찾아냈다. 차량은 그곳에 세워두었지만, 황량한 웅덩이 안에 숙소를 마련할 수는 없었다. 자살자들은 여름밤의 희미한 여명 속에서 주변을 이리저리 헤매다가 넓은 들판에 이르렀으며, 그곳에서 밤을 보내기로 결정했다. 울라 리스만키가 주도권을 쥐었고, 곧 군대용 텐트가 세워졌다. 텐트 바닥에는 나뭇잎을 도톰하게 깔았으며, 잠들기 전에 남아 있는 샴페인을 모조리 마셨다. 자살자들은 울라가 막사 앞에 피운 모닥불 주변에 둘러앉아 온갖 이야기를 주고받았다. 대체로 다들 여행에 만족했다. 그때까지 모든 게 근사하게 이루어졌다. 그런 식으로 계속된다면 아무도 불평할 이유가 없었다. 최후의 술병을 비운 후에 남자 여자 모두들 사이좋게 나란히 잠자리에 들었다.

한여름 밤에 흰눈썹뜸부기가 큰 소리로 울고, 작은 개구리들이 건초 위에서 폴짝폴짝 뛰어다니고, 저 높이 어딘가에서 제트 전투기가 윙윙거리며 밤하늘을 날았다. 자살자들의 모닥불이 꺼졌다. 작은 여우 한 마리가 슬며시 다가와 호기심 어린 표정으로 코를 킁킁거렸다. 종이컵 속에 남아 있는 샴페인을 노련하게 핥아먹고는 작은 개구리 한 마리를 안주 삼아 날름 잡아먹었다. 텐트 안에서 잠든 사람들의 숨소리에 섞여 기침 소리와 잠꼬대 소리도 들려왔다.

켐파이넨 대령은 자동차 안에 앉아 들판을 바라보았다. 밤안개가 잿빛 텐트와 그 안에서 잠자는 사람의 아들들을 보호하듯 살며시 감싸 안았다. 켐파이넨은 이것이야말로 정녕 핀란드의 가장 감동적인 야영장이며 가장 암울한 군대라고 생각했다.

"다들 편안히 쉬거라."

대령은 나지막이 말했다. 이 말은 또한 헬레나 푸사리를 향한 것이기도 했다. 붉은 머리의 열정적인 여인 역시 어느새 조용히 휴식을 취하고 있었다. 그녀는 운전석 옆자리에서 세상모르고 곤히 자고 있었다. 대령은 헬레네 푸사리를 버스 안으로 안고 가 편안하게 눕혀주었다. 묵직하게 두 팔을 누르는 그녀의 몸이 기분 좋게 느껴졌다. 대령은 아름답고 늘씬한 여인이 자신의 팔 안에서 쉬고 있으며, 그 여인과 더불어 남은 인생을 행복하게 보낼 수 있지 않을까 어렴풋이 생각했다. 어쩌면 결혼해서 영원히. 그러나 그 여인 또한 곧 세상을 떠날 것이다. 그들 모두 함께 떠난 여행의 목적이 바로 거기에 있지 않았던가. 대령 자신도 따라서 목숨을 끊지 않는다면 또다시 외로운 홀아비 신세가 될 것이다. 이미 그렇게 하기로 의논하고 결정한 터였다. 참으로 슬픈 일이었다.

대령은 헬레나 푸사리에게 여행용 모포를 덮어주었다. 라우노 코르펠라가 긴 의자 위에서 평화롭게 코를 골고 있었다.

켐파이녠은 휘청거리며 안개 낀 들판을 향해 걸었다. 여기저기서 도랑에 부딪혀 비틀거렸지만 결국 텐트를 찾아내어 기어 들어갔다.

자살자들은 밤에 보초를 세우지 않았다. 그 야영장에는 죽음을 두려워하는 사람이 한 명도 없었다.

밤이 깊어가고 새들도 나뭇가지에서 잠이 들었다. 오직 지루하게 노래하는 쏙독새 소리만이 밤의 적막을 갈랐다.

14

농부 우르호 애스켈래이넨은 잠을 쫓으며 축사에 들어섰다. 이제 겨우 새벽 여섯 시였지만, 소를 키우는 농부에게는 일을 시작할 시간이었다. 먼저 젖소들에게 먹이를 주고 젖을 짜고 축사를 청소한 다음, 가축들을 목초지로 몰고 나가야 했다.

서른 살의 우르호 애스켈래이넨은 사보락스 출신으로 뼛속까지 철저한 농부였다. 부모님으로부터 아주 비옥한 농장을 물려받아 외딴 마을 뢴테이쾨살미에서 살고 있었다. 20헥타르의 농지를 경작했는데, 그 대부분에 목초와 사료용 곡물을 재배했다. 그것 말고도 상당히 넓은 사탕무 밭이 따로 있었다. 축사에는 열두 마리의 젖소가 있었는데, 축사를 새로 지은 데다가 직접 생산한 사료가 남아돌아서 젖소 수를 얼마든지 더 늘릴 수도 있었다. 그러나 우유 생산량 할당에 대한 규제가 아주 엄격해서, 우르호는 현재의 상태로 만족할 수밖에 없었다. 게다가 주변 어디에서도 노동력을 구할 방도가 없었다. 신문에서는 끊임없이 실업률이 어쩌고저쩌고 떠들어대는데도 정작 일꾼을 구하려 들면, 일자리를 찾는 사람들은 서류철 뒤로 꼭꼭 숨어버렸다. 여름에 다만 일주일이라도 테네리파에 휴가를 다녀올 수 있도록 자리를 채워줄 일손을 구한다면 정말 감지덕지할 참이었다. 그러나 그것마저도 해마다 뜻을 이루기가 어려웠다.

우르호는 젖소의 젖꼭지를 깨끗이 씻고서 젖 짜는 기계의 흡착기를 젖꼭지에 갖다 댔다. 우유가 탱크 안으로 흘러 들어가기 시작했다. 사실 그것은 우르호의 아내인 카티의 일이었지만, 집에서고 농장에서고 카티의 도움은 전혀 기대할 수 없었다. 뢴테이쾨살미의 결혼 적령기 아가씨들은 학교를 마치자마자 모조리 넓은 세상으로 나가버렸으며, 우르호는 시골에서 신붓감을 찾지 못했다. 평생 독신으로 늙지 않을까 걱정스러울 정도였다. 그러다 몇 년 전에 픽새매키의 농산물 전시회에서 뜻하지 않게 행운을 붙잡았다. 아니면 그걸 뭐라 불러야 좋을까. 컴퓨터의 도움으로, 결혼의 뜻이 있는 젊은 도시 아가씨 카티를 만난 것이다. 카티는 헬싱키의 칼리오 구에 거주하고 있었는데, 시골에서 살고 싶어했다. 승마와 무공해 농산물 재배에 열광했고, 펭어카투의 음식점에서 종업원으로 일했다.

카티는 도무지 시골 일에 익숙해지려 하지 않았다. 젖소가 무섭다며, 젖 짜는 일이라면 진저리를 쳤다. 돼지들한테서 지독한 냄새가 난다는 이유로, 돼지들은 아예 농장에서 키우지도 못하게 했다. 그 젊은 여인은 5월부터 늦가을까지 콧물을 줄줄 흘렸다. 젖소 털, 들판의 유채꽃, 거의 모든 것에 알레르기 증세를 나타냈으며, 또 진폐증은 얼마나 무서워하는지 건초 근처에는 가려고도 하지 않았다. 고무장화를 신으면 발에서 땀이 나는 것도 그 일을 기피하는 이유 가운데 하나였다. 아무튼 애는 낳을 수 있어서, 영아 습진 때문에 밤이고 낮이고 쉴 새 없이 징징거리는 계집아이를 낳았다. 카티는 전직 음식점 종업원으로서 참으로 빼어난 요리사였다. 툭하면 감자 퓌레 곁들인 소시지나 감자튀김 얹은 고기완자를 내놓았다. 그리고 간혹 어쩌다 일요일에 얇은 스테이크 요리를 아주 품위 있게 식탁에 올려놓아 우르호를 놀라게 했다.

우르호 애스켈래이넨은 그날 아침에 썩 좋은 기분이 아니었다. 카티는 언제나처럼 침대에서 일어날 생각을 하지 않았다. 그녀는 음식점에서 새벽에는 일할 필요가 없었으며, 시간 외 초과 근무를 할 때마다 별도의 근무 수당을 받았다고 입버릇처럼 말했다. 한밤중에 일어나서 아침식사를 준비하면, 그에 대한 보수를 지급할 거냐고 물었다. 카티에게는 도저히 이길 승산이 없었다.

군청의 농업 고문관이 우르호 애스켈래이넨에게 컴퓨터 단말기를 한 대 구입하라고 제안했다. 그러나 우르호는 그 제안에 홍미를 느끼지 못했으며, 몇 년 전에 픽새매키의 농산물 전시회에서 컴퓨터에 대한 믿음을 상실했다고 말했다.

우르호는 축사 일을 마치고서, 짐승들을 들판 너머 외진 방목장으로 데려가기 위해 밖으로 내몰았다. 카티는 여전히 자고 있는 게 분명했다. 침실의 커튼이 쳐져 있었다.

우르호는 투덜거리며 열두 마리의 젖소 떼를 지저분한 길 너머로 몰았다. 아침이슬에 젖은 풀 냄새가 상큼하게 코끝을 스쳤지만, 우르호의 기분은 영 나아질 기미가 보이지 않았다. 사는 게 재미가 없다는 생각이 마음속 깊은 곳에 납덩이처럼 무겁게 깔려 있었다. 때로는 이대로 죽어버릴까 싶은 생각도 들었다. 아니면 먼저 카티와 딸아이를 총으로 쏜 다음 자신의 머리통에 총알을 날릴 수도 있었다. 혹시 일주일 내내 쉬지 않고 술을 마신다면, 그런 생각을 행동으로 옮길 수 있을지도 몰랐다.

우르호 애스켈래이넨은 침울한 생각에 깊이 빠져 있어서, 자신의 들판 한가운데 솟아 있는 군대용 텐트를 미처 보지 못했다. 젖소 떼를 데리고 바로 텐트 앞에 이르러서야 어리둥절했다. 이게 대체 웬일인가? 유바에서 기동 훈련이라도 있었단 말인가? 군대가 대관절 무슨 권리로 내 들판을 마구 짓밟고, 한창 잘 자라는 목초지에서 야영을 한단 말인가?

우르호는 천막 입구를 열어젖히고서 '기상'이라고 울부짖었다. 베카라얘르비에서 군복무하던 시절 하사관까지 진급한 경력 탓에, 목소리가 아주 쩌렁쩌렁 울려 퍼졌다.

잠에 취한 신병들 대신에 술에 절은 장교가 성난 표정으로 막사 안에서 기어 나왔을 때, 얘스켈래이넨 하사관은 더욱더 어리둥절해졌다. 우르호는 그야말로 자지러지게 경악했다. 군복을 완벽하게 갖추어 입은 진짜 장교가 텐트 안에서 나온 것이다. 군복 칼라에는 금빛 장미 세 송이가 달려 있었다. 우르호 얘스켈래이넨은 본능적으로 차렷 자세를 취하고 신고했다.

"하사 얘스켈래이넨 신고합니다. 병력 하나 더하기 열둘……."

우르호는 분통이 치밀었다. 빌어먹을. 그는 지금 민간인이며, 이 들판과 농장의 주인이었다. 왜 자신의 들판 한가운데서 알지도 못하는 장교에게 굽실거려야 한단 말인가. 우르호는 얼굴이 붉게 상기되어서 젖소 떼 사이로 물러났다. 제기랄, 젖소들까지 신고하다니.

켐파이넨 대령은 얘스켈래이넨과 악수를 하고, 자신과 자신의 일행이 어느 마을에서 밤을 보냈냐고 물었다. 우르호는 대령님이 지금 계시는 곳은 뢴테이쾨살미 마을의 얘스켈래이넨 농장이라고 대답했다. 웃기는 인간이군, 자기가 지금 어디에 있는지도 모르다니.

텐트 안에서 잠자던 다른 사람들도 일어나서 대령과 농부를 둘러쌌다. 모두 민간인들이군, 우르호는 단정 지었다. 남자들과 여자들, 참 별스러운 족속들이었다. 막사 안에서 기어 나온 사람들은 적어도 스무 명은 되는 성싶었다. 이 한여름에 마음대로 차를 타고 돌아다니면서 점잖은 사람의 들판을 망가뜨리다니, 도시 사람들은 그래도 된단 말인가.

대령은 그곳에서 교회가 있는 가장 가까운 마을이나 도시까지 얼마나 머냐고 물었다. 그 도시 이름은 무엇이오? 헤이놀라인가요? 아니면 라흐티?

우르호 애스켈래이넨은 이곳은 유바 면이라고 대답했다. 헤이놀라는 여기에서 아주 멀고, 라흐티는 그보다 더 멀리 떨어져 있습니다. 이곳에서 가장 가까운 도시는 미켈리이고, 사본린나와 바르카우스 역시 그 정도 떨어져 있지요. 픽새매키도 그리 멀지 않습니다.

"원, 이럴 수가……. 아직도 미켈리 서쪽에 있는 줄 알았는데. 우리가 이렇게 빨리 달렸나. 하긴 지금 어디에 있든 그게 무슨 상관이겠는가. 그런데 우리가 지금 당신 들판에서 야영을 했나 보지요?"

"네, 그렇습니다. 허락도 받지 않고서. 게다가 한창 잘 자라는 목초지에서."

"당신이 입은 손실은 당연히 보상을 해주겠소."

대령은 선선히 약속했다.

우르호 애스켈래이넨은 엉망으로 짓밟힌 들판을 어떻게 돈으로 보상할 수 있냐고 속으로 투덜거렸다. 그렇게 간단히 해결될 문제가 아니었다. 그런데 저 사람들에게 일을 시키면 어떨까? 그런 즐거움이야 우리 농장에서 얼마든지 제공할 수 있을 텐데.

"저는 돈은 원하지 않습니다. 하지만 이렇게 제 들판을 짓밟아 놓으셨으니, 무를 뽑으면 어떨까 싶은데요."

자살자들은 농부에게 도움이 필요하다면 기꺼이 무 밭에서 일하겠다고 선언했다. 농사일은 아주 효과적인 치료 방법일 수 있었다. 그러나 먼저 아침식사를 하고 어딘가에서 몸을 씻어야 했다. 혹시 이 근처에 목욕할 만한 호수가 없습니까?

"그야 물론 여기 사보에 물은 얼마든지 있지요."

우르호는 놀랍게도 불시에 나타난 노동력이 사탕무 밭에 가져올 이득을 따져보았다. 스무 명 이상의 하릴없는 여행자들이 눈앞에 있었다. 그 가운데 몇 명은 상당히 늙었지만, 각자 힘닿는 대로 일한다면…… 조금씩 조금씩 천천히.

여행자들은 근처의 호수에서 목욕을 하고 텐트 앞에서 아침식사를 들었다. 헬레나 푸사리와 라우노 코르펠라도 모습을 나타냈다. 푸사리 부인은 무척 피곤해 보였으며, 왠지 대령의 시선을 피했다. 지금 유바에 있다니, 푸사리 부인과 마찬가지로 코르펠라도 놀라움을 금하지 못했다. 코르펠라는 밤에 버스가 미켈리 시내를 지났냐고 물었다. 그 도시를 보았다는 기억을 하는 사람이 아무도 없었다. 대령도 마찬가지였다. 버스가 옆길로 빠져 리스티나와 안톨라를 지났을 수 있었다. 그걸 누가 알겠는가.

모두들 사탕무 밭을 향해 길을 나섰을 때, 헬레나 푸사리가 대령에게 간밤에 혹시 무슨 일이 있지 않았냐고 물었다. 푸사리 부인은 대령이 자신을 안아다가 버스 안에 뉘였다는 말을 듣고서 마음을 놓았다.

"사실 나는 아무 생각도 나지 않거든요⋯⋯. 그렇게 술을 많이 마시면 안 될 것 같아요. 내가 혹시 흉한 꼴은 보이지 않았나요?"

대령은 그녀의 행동에 나무랄 데가 없었다고 단언했다. 그리고 푸사리 부인이 아침 목욕을 할 수 있도록, 한 팔을 내밀어 수련으로 뒤덮인 근처 호숫가로 인도했다.

자살자들은 그 마을에 사흘 동안 머물렀다. 낮에는 무를 뽑고, 농부의 아낙 카티 애스켈래이넨이 순식간에 뚝딱 불러내는 소시지에 소스와 감자퓌레를 곁들여 먹었다. 저녁에는 호숫가에 모닥불을 피워놓고 둘러앉아서 심리 치료를 위한 대화를 나누었다.

건강한 시골 생활은 모두의 마음에 들었다. 애스켈래이넨의 농장에 더 오래 머물고 싶었지만, 사탕무 밭은 사흘 일거리밖에 되지 않았다.

그동안 일꾼들과 친해졌으며 또 일꾼들의 여행 목적도 들어 알게 된 우르호 애스켈래이넨은 헤어지는 자리에서 슬프게 말했다.

"저도 노르카프까지 따라가서 함께 죽고 싶은 마음은 굴뚝같지만, 농부한테는 여름이 가장 할 일이 많은 때지요. 당장은 이곳을 떠날 수가 없어요. 대신 저 아낙을 데려가면 어떨까요? 저 여자가 없어도 저는 괜찮습니다. 저 여자가 여러분들이 하는 대로 따라 해도 저는 반대하지 않아요."

그러나 대령은 우르호의 제안을 받아들이지 않았다. 애스켈래이넨 부인에게서는 자기 파괴적인 성향이 전혀 보이지 않았으며, 따라서 같이 북쪽으로 여행을 떠난다면 틀림없이 소외감을 느낄 것이었다. 게다가 집에 돌아오리라는 보장도 없었다.

"그렇다면 할 수 없군요. 그저 한번 말을 꺼내보았을 뿐입니다."

우르호 애스켈래이넨은 실망하여 말했다.

여행자들 모두 버스에 올라탔고, 코르펠라가 사본린나 방향으로 운전대를 잡았다. 사본린나에서 MS 바리스타이팔레의 선주 겸 선장이라는 사람이 여전히 자살에 관심이 있다면 버스에 태울 예정이었다. 그리고 이왕 사보에 들르는 김에, 서류철에 기록되어 있는 다른 몇 사람을 더 찾아볼 수 있었다. 버스에는 아직도 자리가 많이 비어 있었다.

헬레나 푸사리가 사본린나에서 꽃가게에 들러, 세상을 떠난 야리 코수넨의 묘지에 보낼 화환을 하나 주문하자고 제안했다. 일행 가운데 앞장서서 세상을 떠난 야리 코수넨의 장례식이 벌써 끝난 것은 아닐까?

자살자들은 코수넨의 장례식에 대해 여기저기 수소문했다. 다행히도 버스 안에 무선 전화기가 있었다. 렐로넨이 코트카에 여러 차례 전화를 걸어서 다음 화요일, 그러니까 이틀 후에 야리 코수넨의 장례가 치러질 예정이란 소식을 알아냈다. 장례식은 코트카의 새 공동묘지에서 아주 조용히 치러질 예정이었다. 야리의 어머니는 아들의 운명에 대한 소식을 듣고 그만 심한 충격을 받아 정신병원에 입원 치료 중이었으며, 아들의 장례식에 참석할 수 있을지도 아직 불확실했다. 이러한 정보를 알려준 사람은 루터파 개신교 교구의 서기였다. 야리의 어머니가 가난한 데다가 다른 가까운 친척도 없었기 때문에, 장례식 비용은 시청에서 부담한다는 것이었다. 야리는 코트카 변두리의 방 두 칸짜리 셋집에서 어머니와 단둘이 살았었다. 그 젊은이는 어쩌다 일거리가 생기면 번 돈을 모형 비행기와 연을 만드는 데 몽땅 쏟어 넣었다고 교구의 서기는 말했다. 야리는 비행기에 미친 녀석으로 시내에 소문이 나 있었다.

대령이 다 함께 코트카에 가서 장례식에 참석하자고 의견을 내놓았다. 나머지 사람들한테 선구자나 다름없는 운명적인 동지의 마지막 가는 길을 배웅하는 게 당연한 도리가 아니겠는가.

서류철을 한 번 더 살펴본 결과, 퀴멘락소에 자살하려는 의도를 품은 사람이 최소한 두 명은 있는 것으로 밝혀졌다. 이 기회를 빌려 겸사겸사 그들을 찾아보고, 만일의 경우에는 북쪽으로 가는 여행에 데려갈 수도 있었다.

15

사본린나의 교외에 위치한 저택에서 엘사 타빗사이넨은 몰매를 맞았다. 가해자는 의처증에다 편집증 증세까지 있는 남편 파보 타빗사이넨이었다. 엘사의 몸은 온통 푸른 멍투성이였으며, 머리에 난 커다란 혹은 심한 통증을 안겨주었다. 엘사는 마룻바닥에 주저앉아 흐느꼈다. 타빗사이넨 부부에게는 사춘기에 접어든 두 아이, 아들 하나와 딸 하나가 있었다. 딸아이는 침실의 침대 위에 뻣뻣하게 앉아서, 마루의 엄마가 맞으며 비명을 지를 때마다 움찔했다. 아들은 거실에 앉아 신경질적으로 킬킬거렸으며, 아버지의 맥주 깡통을 몰래 홀짝거렸다.

폭력은 타빗사이넨 집안의 주중 행사였으며, 폭력의 대상은 언제나 가족의 희생양으로 전락한 어머니였다. 엘사는 제대로 하는 게 아무것도 없었다. 칠칠치 못하고 건망증이 심하고 남자를 밝히고 낭비벽이 있고 지저분하고 가정 선생인데 요리도 할 줄 몰랐다. 엘사는 못생기고 악취를 풍기고 게을렀으며, 아이들도 제대로 키울 줄 몰랐고 침대에서는 뻣뻣하기가 나무토막 같았다. 엘사는 남편과 가족의 삶을 망가뜨렸으며, 모든 점에서 구제 불능이었다.

엘사가 항변하려 들면, 새로운 분노의 폭발과 더불어 더욱 심한 폭력이 이어졌다. 가족의 노예로서의 역할에 만족해도 아무런 소용이 없었다. 무엇을 하든 항상 남편의 징계가 따랐다.

엘사 타빗사이넨은 이제 겨우 서른다섯 살이었는데도 나이 많은 여인처럼 보였다. 심신은 지칠 대로 지쳐 있었으며, 모든 희망을 포기한 지 오래였고, 앞으로 살아갈 일이 끔찍하기만 했다. 밤에 도통 잠을 이루지 못했으며, 매를 맞지 않은 날도 마찬가지였다.

하지가 지나고 나서, 엘사는 신문을 뒤적이다가 우연히 부고들 사이에서 가슴을 울리는 메시지를 발견했다.

"당신은 자살을 생각하는가?"

메시지는 이렇게 물었다. 이 물음에 '네'라고 대답할 수 있는 이유를 엘사만큼 많이 가지고 있는 사람이 또 어디 있겠는가? 엘사는 마지막 남은 혼신의 힘을 모아서 신문 광고에 답장을 보냈고, 곧이어 헬싱키의 세미나에 초대하는 편지를 받았다. 그녀는 위험을 무릅쓰고 헬싱키로 떠났다. 남편에게는 주말에 헬싱키에서 가정 선생들을 위한 전국적인 대규모 회의가 열린다고 둘러댔다.

라울루미에스텐 라빈톨라 레스토랑에서의 모임은 엘사 타빗사이넨에게 많은 위로가 되었다. 꿈에서도 생각하지 못했던 많은 인간적인 따뜻함을 느낄 수 있었다. 엘사는 자살 예방에 대한 강연을 듣고, 편안한 마음으로 점심식사를 하고, 무엇보다도 이해심 많은 사람들과 자신의 문제에 대해 이야기를 나누었다. 같은 운명을 짊어진 동지들을 발견한 것이다.

모임이 끝난 후에, 엘사 타빗사이넨은 자살 후보자들 가운데서도 강경파들을 따라나섰다. 그들과 함께 공동묘지와 세우라사리에도 갔으며, 나중에는 부유층이 모여 사는 에스포 쪽의 어느 섬으로 향했다. 다른 사람들은 모두 차고에 몰려 들어가 문을 잠갔지만, 엘사는 남모르는 사람의 차고에 선뜻 들어갈 엄두가 나지 않았다.

한 성난 경비원이 셰퍼드를 데리고 나타났고, 엘사는 겁에 질려 시내 쪽으로 뛰었다. 얼마 안 있어 앰뷸런스와 경찰차들이 질주하는 게 보였다. 엘사는 무슨 일이 벌어졌는지 알지 못했다. 다음 날 아침 일찍 집으로 돌아갔으며, 그러고는 더 이상 아무에게서도 연락이 없었다. 의심 많은 남편은 그녀가 집을 비웠을 즈음 헬싱키에서 가정 선생들을 위한 모임이 열리지 않은 사실을 알아냈다. 남편의 끔찍한 질투심이 광적으로 불붙었고, 그 이후로 엘사에게는 인간으로서의 품위가 조금도 남아 있지 않았다.

엘사는 모진 학대와 굴욕을 당하고 기진맥진하여 마루에 누워 있었다. 이제 제발 죽어서 안식을 찾을 수 있기만을 바랐다. 그대로 영원히 눈을 감고 싶을 뿐이었다.

그때 집 밖에서 자동차 소리가 들렸고, 곧이어 누군가가 초인종을 눌렀다. 남편이 거실 안에서 울부짖었다.

"이 화냥년아, 문 열기 전에 먼저 그 못난 얼굴부터 씻어!"

엘사는 몸을 일으킬 여력조차 없었다. 간신히 몸을 반쯤 일으켜 문을 빠끔히 열었다.

현관문 밖에 헤르만니 켐파이넨 대령이 서 있었다. 대령은 기진맥진한 부인을 일으켜 세웠다. 엘사의 얼굴은 피투성이였으며, 옷은 엉망으로 구겨져 있었다. 스타킹은 여기저기 찢어지고 신발 한 짝은 어디론가 가고 없었다.

"켐파이넨 대령님! 저 좀 도와주세요……."

엘사 타빗사이넨은 힘없이 대령의 팔에 매달려 흐느껴 울었다.

대령은 엘사를 버스로 데려갔으며, 헬레나 푸사리가 나서서 그녀를 돌보았다. 남자들 몇 명, 코르펠라와 소르요넨, 리스만키와 코르바넨이 버스에서 내렸다. 엘사의 남편이 마당에 나와서 길길이 날뛰더니, 급기야는 분을 참지 못하고 대령에게 덤벼들었다. 나머지 사람들이 재빨리 우르르 몰려들어 그를 붙잡았다. 파보 타빗사이넨은 엘사의 구원자들을 주거침입죄로 고소하겠다고 을렀다. 아들과 딸이 층계에 서서, 남의 집 불구경하듯 무표정한 얼굴로 바라보았다.

엘사는 두려움에 질려 제정신이 아니었으며, 버스 맨 뒤편의 의자 뒤에 숨었다. 헬레나 푸사리가 옆에 앉아서 다독거리는 말로 진정시키려고 애썼다.

마당에서 켐파이넌 대령과 코르바넨 예비역 하사가 폭력적인 전기기사를 좋은 말로 타일렀다. 코르바넨이 전기기사의 가슴에 올라앉아 있었으며, 엘사의 남편은 코르바넨의 엉덩이 아래서 발버둥쳤다.

시끄러운 소리에 놀란 이웃집 사람들이 몰려나왔다. 이웃들은 타빗사이넨이 경찰서 유치장에 들어가야 마땅하다고 생각했다. 그 끊임없는 소동을 배겨낼 사람이 도대체 어디 있겠는가. 이웃 사람들 가운데 한 명이 집 안으로 들어가 경찰서에 전화를 걸었다.

대령은 경찰이 도착할 때까지 타빗사이넨을 꼭 붙잡고 있어 달라고 이웃집 남자들에게 부탁했다. 그들은 그렇게 하기로 약속했으며, 대령이 일에 개입한 것에 고마움을 표했다.

헬레나 푸사리가 개인적으로 필요한 물건 몇 가지를 집에서 가져오지 않겠냐고 엘사에게 물었다. 엘사는 처음엔 겁에 질려서 아니라고 거절했지만, 결국 단호한 여선생과 대령의 보호 아래 집 안으로 들어갈 용기를 냈다. 그녀는 신분증과 핸드백, 여권과 돈, 약간의 옷을 챙겼다. 그게 엘사의 소유물 전부였다. 추억에 남을 만한 물건들은 오랜 세월에 걸친 싸움의 와중에서 모조리 깨지고 박살나 버렸다. 엘사는 집을 나서면서 아이들을 껴안지 않았다. 그리고 아이들도 엄마를 쳐다보지 않았다. 경찰차가 집 앞에 도착했다.

그것으로서 불쌍한 타빗사이넨 가정은 동강나고 말았다. 남편은 경찰서 유치장으로 끌려갔고, 아내는 코르펠라의 버스에 실려갔다. 부모 가운데 한쪽은 교도소가, 다른 한쪽은 죽음이 기다리고 있었다. 사춘기에 접어든 두 아이, 무감각한 소년과 병적으로 경직된 소녀만이 덜렁 뒤에 남았다.

코르펠라는 사본린나 중심가를 향해 버스를 몰았다. 엘사 타빗사이넨은 뒷좌석에서 잠이 들었다. 그렇게 지쳐 있었던 것이다.

헬레나 푸사리가 약국과 꽃가게 앞에서 잠깐 차를 세워달라고 코르펠라에게 부탁했다. 푸사리 부인은 약국에서 엘사를 위해 직접 처방한 진정제를 사고, 꽃가게에서 화환을 하나 주문했다. 화환의 리본에는 '다른 사람들을 위해 앞서간 선구자를 기념하며'라고 쓰게 했다. 그런 후에, 그들은 MS 바리스타이팔레의 선주, 미코 헤이키넨 교사에게 전화를 걸어 부두에서 만나기로 약속했다.

16

코르펠라는 사본린나의 동쪽 다리를 건너갔다. 배가 정박해
있는 곳은 쉽게 찾을 수 있었다. 과거에 호수를 오가던 그 배는
녹이 슬어 수선대 위에 놓여 있었다. 자살자들은 그 처량해 보이
는 거대한 흉물을 보고서, 그 고물 배가 다시는 결코 항해에 나
설 수 없다는 결론에 이르렀다. 배 밑바닥이 아주 심하게 손상되
어 있었다. 그 고물 배가 항해를 시작한 즉시 물속 깊이 가라앉
을 게 뻔했기 때문에, 미리 구입을 포기한 게 천만다행이었다.
자살자들은 이제 더 이상 그런 갑작스러운 죽음에 유혹을 느끼
지 않았다.

시내 방향에서 트럭 한 대가 덜커덩거리며 달려오더니 부두 앞
에서 멈추었다. 사본린나 직업학교의 기술 교사, 45세의 미코 헤
이키넨이 도착했다. 헤이키넨은 녹슨 고물 자동차를 코르펠라의

156

대형 호화 버스 옆에 주차시키고, 자신의 배 주변에 둘러서 있는 자살자들과 인사를 나누기 위해 차에서 내렸다. 그는 기름에 전 푸른색 작업복 차림에, '배르칠래'(선박용 에너지와 모터 부품을 생산하는 핀란드의 세계적인 기업 ― 옮긴이)라고 앞쪽에 인쇄체로 씌어 있는 차양 달린 모자를 쓰고 있었다. 헤이키넨의 얼굴은 햇빛과 바람에 시달려 무척 거칠었다. 술에 전 듯이 보였으며 화주 냄새를 물씬 풍겼다. 대령과 악수를 나누는 손이 살짝 떨렸다.

켐파이넨 대령이 우리는 얼마 전 전화로 배에 대해 알아본 자살 단체라고 헤이키넨에게 이야기했다. 지금 우리는 북쪽으로 가는 중이오. 우선 먼저 핀란드의 여름을 조금 구경하고 몇 가지 일을 해결할 생각이오.

헤이키넨은 수선대에서 처량하게 쉬고 있는 자신의 배를 소개했다. 배의 길이 26미터, 너비 6미터, 총등록 톤 수 145톤. 백오십 명, 아니 어쩌면 그 이상의 승객을 태울 수 있었다. 증기기관의 추진력은 78마력인데, 1차 세계대전 전에 사이마에서 상트페테르부르크까지 운항했다. 헤이키넨은 1973년 어느 경매에서 우습지도 않은 헐값에 그 배를 낙찰받았다. 그때는 정말 아주 유리한 거래를 했다고 믿었는데, 차츰 세월이 흐르면서 그 배는 헤이키넨의 인생을 파괴한 원흉이 되었다.

헤이키넨은 MS 바리스타이팔레에 사다리를 걸쳐놓고 갑판 위로 기어 올라갔으며, 대령을 위시한 남자들 몇 명이 그 뒤를 따랐다. 배 주인이 선실을 보여주었는데, 선실들은 심하게 망가져 있었다. 벽을 덮은 판자의 래커 칠이 떨어져 너덜거렸을 뿐 아니라 부분적으로 심하게 썩어 있어서 겨우 모양을 유지하기도 어려웠다. 아무튼 아무도 벽에 몸을 기대려고 하지 않았다. 헤이키넨은 몇 년에 걸쳐 갑판실을 수선했다. 키는 반들반들 빛나는 황동으로 만들어져 있었으며, 기관실로 통하는 메가폰 역시 열심히 닦았는지 번질거렸다. 헤이키넨이 종의 줄을 잡아당기자 종소리가 낭랑하게 울려 퍼졌다. 헤이키넨은 갑판을 그 이상은 수선할 수 없었고, 메가폰에 대고 소리칠 일도 전혀 없었다. 직업학교 기술 교사는 지금까지 아래쪽에서 대답한 사람이 아무도 없었다고 풀이 죽어 말했다.

남자들은 철제 계단을 지나 기관실로 내려갔다. 기관실 안에는 낡은 증기기관의 부품들이 널려 있었다. 헤이키넨은 전등불을 켜고서, 자신이 십 년 이상 증기기관에 매달려 일했다고 말했다. 백색 합금으로 새 베어링을 주조했으며, 부품들을 전부 청소하고, 또 일부는 새것으로 갈아 끼웠다. 한번은 증기기관을 조립해서 배를 움직여보려고 시도한 적이 있었지요. 1982년의 일이었답니다. 증기 보일러에 약간의 압력이 생기면서 피스톤과 크랭크축 사이의 연결봉이 느릿느릿 움직이기 시작하고, 증기가 굴뚝을 통해 위 갑판으로 밀려 올라갔어요. 그런데 뭐가 잘못되었는지, 회전축이 겨우 몇 번 돌다가는 서버리지 않겠어요. 하마터면 시험 주행하는 동안에 배가 온통 화재에 휩쓸릴 뻔했어요. 다시 증기기관을 분해하여 결함을 찾기 시작했는데, 고장 난 데가 한두 군데가 아니더라고요. 분해된 부품들은 여전히 기관실 안에 널려 있었다.

선주 미코 헤이키넨은 배의 밑바닥을 손으로 더듬었다. 세월이 흐르면서 응축수가 고여 만들어낸 웅덩이 속에 맥주병 몇 개가 둥둥 떠 있었다. 헤이키넨은 기름이 번질거리는 시커먼 액체 속에서 맥주병들을 건져내고는, 대령을 비롯한 남자들에게 다시 갑판실로 올라가자고 권했다.

헤이키넨은 손님들에게 맥주를 권하고서, 갈증이 나는 듯 꿀꺽꿀꺽 병 하나를 들이켰다. 목젖이 욕심스럽게 불룩불룩 움직였으며, 거품 이는 따뜻한 맥주가 위장 속으로 밀려 들어갔다. 헤이키넨의 두 눈이 잠시 감겼다. 그러더니 트림을 하고, 고물 배가 자신을 술주정뱅이로 만들었다고 털어놓았다.

"이 배가 나를 폐인으로 만들었소. 나도 머지않아 이 빌어먹을 고물 배처럼 비참한 신세가 될 거요."

미코 헤이키넨은 자신의 지난 슬픈 이야기를 들려주었다. 십칠 년 전 처음 배를 샀을 때 헤이키넨은 항해에 열광한 순진한 젊은이였으며, 낡은 여객선을 고쳐서 물 위를 가르는 꿈을 꾸었다. 아니 심지어는 사이마에서 여객선 운행을 다시 시작하려는 계획까지도 품었다. MS 바리스타이팔레의 키를 잡고 네바 강을 따라

상트페테르부르크에 입항하여, 역사적인 장갑순양함 오로라
(1917년 러시아 10월 혁명의 상징으로 간주되는 군함. 1956년 이후 상트페테르
부르크에 정박하여 배 박물관으로 변모하였으며 현재 많은 관광객들이 찾는 관
광 명소이다 — 옮긴이) 옆에 웅장한 기선의 닻을 내리는 자신의 모습
을 대담하게 그려보기도 하였다.

　헤이키넨은 처음 몇 해 동안에 여름마다 어두운 배 안에서 열
심히 이것저것 만지작거리며 거의 햇빛 구경을 하지 못했다. 한
없이 여기저기 나사를 조이고 용접을 하고 낡은 철판의 녹을 망
치로 두드려 떼어냈다. 그러나 배의 크기에 비해 노동력이 턱없
이 부족했다. 가망 없는 일이었다. 한 사람의 기술자만으로는 도
저히 따라잡을 수 없을 정도로 배는 빨리 녹슬었다.

　헤이키넨의 모든 수입이 배를 수선하는 데 들어갔을 뿐 아니라
직업학교에서 기술자를 양성하는 교사로서의 일마저 지장을 받
았다. 헤이키넨은 자신이 그때 현실 감각을 상실했다고 시인했
다. 그러다 술을 마시기 시작했고, 집 안은 온통 작업장으로 변
했다. 도면과 기름 묻은 털실 뭉치가 집 안 곳곳에 널려 있었다.
가족들은 넋 나간 배 주인을 경멸하며 외면했고, 결국 부인이 이
혼을 요구하며 아이들을 데리고 가버렸다. 헤이키넨은 집을 잃
었으며, 친척들에게서도 따돌림을 당하기 시작했다. 직장에서
도 쓰라린 조롱을 받기는 마찬가지였다. 동료들이 언제 배를 진
수할 거냐고 끊임없이 물었으며, 크리스마스 파티장에서는 진수

식에 쓰라며 샴페인까지 선물받았다. 그것은 어느덧 연중행사가 되었고, 헤이키넨은 심한 굴욕감을 느꼈다. 그렇게 받은 샴페인이 벌써 열다섯 병을 헤아렸다. 헤이키넨은 비통한 심정으로 어둡고 눅눅한 배 안에서 혼자 그 샴페인을 마셨으며, 울분을 삭이지 못하고 빈 병을 녹슨 난간에 던져 박살냈다.

헤이키넨은 온 도시의 조롱거리가 되었다. 사람들은 헤이키넨을 놓고 악의적인 농담을 주고받았으며, 그를 바리스타이팔레 기선 회사의 육지의 선장이라고 불렀다. 마흔 번째 해 생일에는 나침반을 선물로 받은 적도 있었다. 헤이키넨은 나침반을 중고품 가게에 가져가 팔았으며, 그 돈으로 화주를 샀다.

고물 배한테 들어가는 돈은 한이 없었다. 공구와 새 부품을 사고 정박료와 전기요금을 지불해야 했다. 헤이키넨은 완전히 빈털터리가 됐으며, 직장에서마저 떨려나기 일보 직전이었다. 직업학교는 이미 헤이키넨을 대신할 사람을 찾고 있었다.

헤이키넨은 자신이 배 때문에 미쳤다고 솔직히 인정했다. 올봄에는 고물 배와 함께 린난살미 호수 깊숙이 가라앉는 것이 가장 현명하다고 결론짓고서 배를 물에 띄우려고 시도했다. 그것마저도 성공을 거두지 못했다. MS 바리스타이팔레가 심하게 녹슬어 있어서, 배를 수압기로 들어 올려 물속에 밀어 넣으려고 안간힘을 썼는데도 꼼짝도 하지 않았다. 배는 헤이키넨의 숙명이었다.

미코 헤이키넨은 맥주병을 비우고서 쪼그리고 앉았다. 기름 묻은 두 손에 머리를 묻고는 치솟는 눈물을 억제하지 못했다. 눈물이 주름진 거무스름한 얼굴을 타고 흘러내려 기름에 전 작업복에 방울져 떨어졌다.

"이제 더는 견딜 수 없어요."

그 불행한 남자는 흐느꼈다.

"나를 데려가 주시오. 어디든 상관없으니, 제발 데려가만 주시오."

헤이키넨은 간청했다.

켐파이넨 대령이 많은 시련을 겪은 선주의 어깨 위에 한 손을 올려놓으며 버스에 타라고 권했다.

17

여행단은 사본린나에서 밤을 보냈다. 여름을 맞이하여 때마침 여행 성수기였기 때문에, 갑자기 그렇게 많은 사람들을 위한 호텔 방을 구하기가 어려웠다. 자살자들은 캠핑장에서 묵을 수밖에 없었다. 늘 그렇듯이 울라가 대형 텐트의 설치를 관장했다. 여자들을 위해서는 방갈로 세 개를 빌렸고, 남자들은 텐트에서 잠을 잤다.

저녁 시간에 캠핑장의 사우나를 예약해서, 모두들 몸을 깨끗이 씻었다. 무엇보다도 십칠 년이란 세월 동안 육지의 선장 헤이키넨의 피부에 찌들어 고약한 냄새를 풍기는 기름때와 녹을 박박 문질러 벗기도록 배려했다.

사우나 후에는 린난비르타에서 수영을 하고 모닥불에 소시지를 구워 먹었다. 올라빈린나 성(동부 핀란드에 위치한 휴양 도시 사본린나의 관광 명소. 1475년 축조되었으며, 현재 핀란드에서 가장 잘 보존되어 있는 중세 시대의 성이다 — 옮긴이) 이 거세게 굽이치는 강물에 검은 그림자를 드리웠다. 배신자를 사랑한 성주의 딸에 대한 이야기가 화제로 올랐다. 성주의 딸은 사랑하는 사람 대신 요새의 두꺼운 성벽 속에 갇혔다고 한다. 백 년이란 세월이 흐르는 동안 음침한 성채의 높은 탑에서 검은 물속으로 뛰어내려 목숨을 끊은 사람들의 수가 적지 않으리라는 것을 충분히 짐작할 수 있었다.

사본린나에서 더 오래 휴가를 즐기고 싶었지만, 의무가 그들을 불렀다. 야리 코수넨의 장례식을 놓치지 않으려면 코트카를 향해 길을 떠나야 했다. 무엇보다도 새로이 합세한 두 회원, 가정 선생 엘사 타빗사이넨과 육지의 선장 미코 헤이키넨이 길을 재촉했다. 두 사람은 사본린나와 그곳에 사는 사람들에게 넌더리를 쳤다.

그래서 다시 여행길에 올랐다. 코르펠라의 노정은 사본린나에서 파리칼라와 이마트라, 라펜란타, 코우볼라를 거쳐 코트카로 향했다. 파리칼라에서 산업사회로부터 소외당한 시골의 대장장이, 자살의 위험에 직면한 74세의 타이스토 라마넨을 버스에 태웠다. 도중에 자살단은 이마트란코스키 폭포(핀란드의 남동부에 위치한 높이 18.4미터의 거대한 폭포— 옮긴이)를 구경했다. 때마침 정오 무렵이어서 발전소의 수문들이 열려 있었고, 댐 위에는 많은 관광객들이 북적거렸다. 마법적으로 시선을 사로잡는 거대한 물줄기가 우레 같은 소리를 내며 바위 골짜기를 뚫고 흘러내렸다. 야를 하우탈라는 옛날에 수백 명의 상트페테르부르크 귀족들이 그 폭포에 몸을 던져 목숨을 끊었다고 말했다. 그 폭포는 지난 세기 북유럽에서 최고로 애호받은 자살 장소였다.

이마트란코스키의 용솟음치는 물거품이 자살단 단원들을 특유의 운명적인 흡인력으로 잡아끌었다. 대령이 폭포에 뛰어들지 말라고 단원들에게 명령했다.

"모두들 정신 바짝 차리시오! 여기 많은 사람들이 지켜보는 가운데 바보짓을 할 수는 없소!"

대령은 난간 너머로 몸을 굽히고 폭포 아래를 내려다보는 어린 양들한테 엄중 경고했다.

다리의 동쪽 끝에 무척 인상적인 기념비가 서 있었다. 조각가 타이스토 마르티스카이넨(핀란드의 유명한 조각가. 1943~1982 — 옮긴이)의 청동 동상 '이마트란 임피'였는데, 동상은 머리를 풀어헤치고 떠내려가는 익사한 성모마리아를 묘사했다. 그 재능 있는 예술가도 훗날 어느 호수에 빠져 목숨을 잃었다.

엔소 굿차이트(세계에서 두 번째로 큰 목재 생산 공장 — 옮긴이) 소유의 요우센 공장 앞에서 전직 노동조합 간부이자 골수 스탈린주의자였던 서른다섯 살의 철물공 엔시오 해키넨이 버스에 올라탔다. 해키넨은 여러 가지 이유에서, 특히 동유럽과 발트 해 연안 국가들에서의 변혁 이후로 삶의 의욕을 잃었다. 지금까지 평생 소비에트 연방의 정치, 사회적인 상황을 감탄해왔는데, 이제 그 모든 게 사라진 것이다. 마치 그동안 헌신적으로 후원한 소비에트 연방에게 속은 것만 같은 느낌이 들었다. 그것도 실컷 우롱당한 기분이었다. 사회주의가 붕괴한 이후로 온 세상이 뒤죽박죽이 되었다. 먼저 세상이 혼란스러워진 데 이어 해키넨의 세계관이 혼돈에 빠졌다.

라펜란타에서 서른 살의 제과점 주인 엠미 랑키넨이 일행에 합세할 예정이었지만, 그것은 실현 불가능한 일이 되고 말았다. 그동안에 엠미는 목숨을 끊어버렸으며, 벌써 지난 일요일에 라펜란타의 공동묘지에 안장되었다. 슬픔에 잠긴 엠미의 남편이 이 충격적인 소식을 전해주었다. 남편은 정원의 그네에서 죽어 있는 아내를 발견했다. 엠미는 눈을 감고 그네에 앉아 있었다. 독약을 삼킨 것이다. 남편은 아내의 죽음에 대해 말하면서 목이 메어 제대로 말을 잇지 못했다. 엠미는 최근 몇 해 동안 심한 우울증에 시달렸고, 두 번이나 정신병원에 입원하여 치료를 받았다. 하지가 지나고 나서 한동안은 좀 쾌활했으며 헬싱키에서 열린 세미나에도 참석했지만 그 여행의 효과는 오래 지속되지 못했다.

엠미의 남편은 어쩌다 그런 일이 일어났는지 도저히 납득할 수 없었다. 랑키넨은 몹시 슬퍼했으며, 아내의 죽음이 자신의 탓이라고 느꼈다. 엠미가 스스로 목숨을 끊으려는 생각을 품고 있는 줄 미리 알았더라면, 손을 쓸 수도 있었을 것이다. 그러나 항상

166

바쁘다는 핑계하에, 마음을 터놓고 이야기할 시간과 용기를 내지 못했다. 랑키넨은 죽은 부인이 잠들어 있는 라펜란타의 유서 깊은 공동묘지로 일행을 안내했다. 헬레나 푸사리가 야리 코수넨을 위해 준비한 화환을 엠미의 묘지에 놓았다.

"다른 사람들을 위해 앞서간 선구자를 기념하며."

대령이 단조로운 장교 목소리로 리본에 쓰인 글을 읽었다.

모두 함께 무덤 옆에서 묵념을 올린 다음, 대령은 졸지에 홀아비가 된 엠미의 남편을 자동차로 집에 데려다 주었다.

여행은 계속되었다. 승객들은 깊은 충격을 받았다. 엠미에게 너무 늦게 도착한 것이다. 온니 렐로넨은 엠미 랑키넨이 검은 머리의 약간 풍만한 부인이었다고 기억했다. 헬싱키의 레스토랑에서 살롱에 앉아 있었는데, 세미나가 열리는 동안 한 번도 의사 표현을 하지 않았다. 렐로넨은 서류철에서 엠미의 편지를 찾아냈지만, 편지는 엠미의 운명에 대해 자세한 내용을 알려주지 않았다. 다만 엠미가 자살 일보 직전에 있다는 말만이 씌어 있을 뿐이었다. 케이크를 장식한 글씨처럼 필적이 부자연스러웠다.

헬레나 푸사리가 이제 더 이상 절대로 꾸물거려서는 안 된다고 켐파이넨 대령에게 단호한 어조로 말했다. 더 이상의 죽음을 막으려면, 좀더 기동성 있게 움직여서 남아 있는 최후의 자살 후보자들을 버스에 태워야 했다. 푸사리 부인은 서류철을 철저하게 살펴보았으며, 자살의 위험성이 큰 사람이 아직도 열 명 정도 더 있다는 사실을 알아냈다. 대령도 엠미 랑키넨의 죽음을 거울 삼아 서둘러야 한다고 시인할 수밖에 없었다.

헬레나 푸사리는 나머지 자살 후보자들의 명단을 작성하기 위해서 서류철을 들고 버스 뒤편의 회의실로 자리를 옮겼다. 그래서 코트카에 도착하기 전에, 앞으로의 여행 노선을 제안할 수 있었다. 헬싱키와 해메, 투르쿠, 포리, 사보, 카랼라는 이미 샅샅이 훑은 뒤였으며, 이제 먼저 포한마, 중부 핀란드, 카이누, 쿠사모, 라플란드로 가야 했다. 적어도 아주 심각한 사람들을 위한 자리가 아직 버스에 남아 있었다. 대령은 이게 도대체 다 무슨 짓이냐고 남몰래 혼잣말을 했다. 중증의 환자들이 혼자서 목숨을 끊는 것을 막기 위해 호화 버스에 모아 태워서 뭘 어쩌자는 것인가. 여행의 목적지가 북쪽이 아니던가. 죽음은 다만 잠시 연기될 뿐이었다. 그래 아무러면 어떠랴, 어차피 한 배 아니면 한 버스에 타고 있는데.

여행단은 오후 세 시 무렵 코트카에 도착했다. 야리 코수넨의 장례는 두 시간 후에 시작할 예정이었다. 코르펠라가 일베스 레스토랑 앞에 버스를 세웠고, 모두들 그곳에서 점심을 먹었다. 대령은 헬레나 푸사리와 함께 자동차를 타고 코수넨의 집으로 갔다. 예상대로 집에는 아무도 없었다. 어머니는 정신병원에, 아들은 영안실에 있는 게 분명했다. 코수넨의 집에서 돌아오는 길에 헬레나 푸사리가 꽃가게를 찾았고, 그런 후 모두 함께 버스를 타고 공동묘지로 향했다. 야리의 화환이 엠미의 무덤에 놓여 있었기 때문에, 헬레나 푸사리는 화환 대신 커다란 꽃다발을 샀다. 자살단 회원들은 예고 없이 불쑥 장례식에 모습을 나타내면서 조금 주춤거렸다. 특히 장례식에 어울리는 옷을 입지 못했기 때문에 더욱 그랬다.

야리 코수넨의 장례식은 초라하고 간소했다. 관은 병원의 영안실에서 묘지까지 수레로 운반되었으며, 꼭 필요한 사람들만이 코수넨의 마지막 가는 길을 동행했다. 목사, 교회 관리인, 수레를 끄는 두 사람. 관은 가장 값싼 것이었다. 코트카 시청에서 장례 비용을 부담했는데, 납세자들의 돈으로 호사스러운 장례 비용을 대지는 않기 때문이었다. 코트카 시는 비행에 미친 녀석의 장례보다 다른 더 중요한 일에 돈을 지출했다. 직무상 어쩔 수 없이 따라온 교회 관리인과 두 명의 수레꾼은 박봉을 받는 고용원이었고, 그다지 엄숙한 분위기를 자아내지 않았다. 야리의 관을 실은 수레를 무덤 가까이 끌면서 수레꾼 한 사람은 하품을 했고, 나머지 사람은 등을 긁었다. 목사에게도 돈을 절약한 흔적이 역력했다. 코트카 시는 루터파 개신교회의 풋내기 보조 목사, 간신히 목사 시험에 합격했으며 성직자 사회에서 정말 별 볼일 없는 새파랗게 젊은 목사에게 임무를 맡겼다.

사회복지부의 여직원과 정신병원의 간호사가 야리의 어머니를 무덤으로 인도했다. 그 가엾은 여인은 아들의 갑작스러운 죽음에 그만 이성을 잃고 말았는데, 금방이라도 쓰러질 것 같은 모습이 정말 보기 애처로웠다.

그러나 공동묘지 담장 밖에 코르펠라의 근사한 호화 버스가 정차하고 스무 명 이상의 조문객이 버스에서 내리면서, 원래 장례식에 따르기 마련인 위엄과 분위기가 되살아났다. 자살자들은 이열 종대로 늘어서서, 대령의 인솔하에 무덤을 향해 행진했다. 야리 코수넨의 관은 안장할 준비가 되어 있었다. 야리의 어머니가 아들의 관에 엎드려 흐느꼈으며, 사회복지부의 여직원이 어머니에게 손수건을 건네주었다.

대령과 대형 꽃다발을 든 헬레나 푸사리를 선두로 버스 승객들이 묘지에 이르렀을 때, 목사는 막 기도문을 읽으려던 참이었다. 목사는 조문객들을 향해 서둘러 달려가 대령과 인사를 나누었으며, 어디에서 어떻게 오신 손님들이냐고 물었다. 대령이 고인의 친구들이라고 대답했다. 세포 소르요넨은 야리 코수넨 회원의 마지막 가는 길을 배웅하기 위한 영예로운 임무를 띠고서 북유럽 비행 클럽에서 파견된 사람들이라고 대담하게 주장했다. 그러자 죽은 사람의 취미가 하늘을 나는 것이었다는 사실이 뒤늦게 목사에게도 생각났다. 다만 그렇듯 격식을 차려 많은 조문객이 파견될 정도로 그 분야에서 업적을 쌓았다는 말만은 금시초문이었다.

대령을 비롯한 조문객들이 묘지를 둥글게 빙 둘러쌌고, 장례식이 시작됐다.

목사는 조사弔辭를 제대로 준비하지 않은 자신의 게으름을 마음속으로 탓했다. 죽은 사람이 평범한 노동자이고 소문난 미치광이인 줄 알았는데, 이제 보니 대외적으로 막강한 배경을 가진 중요한 인물인 듯했다. 어쨌든 고위 장교, 대령이 인솔하는 수십 명의 조문객들이 아무 무덤에나 나타나지는 않는다. 목사는 코수넨이 어느 아랍 대사관에서 특이한 죽음을 맞이했다는 소문을 상기했다. 사실 아무나 원한다고 그런 장소에서 죽을 수 있는 것은 아니다. 이제 빨리 즉석에서 머리를 짜내어, 원래 의도했던 것보다 길고 멋진 조사를 해야 했다.

원래 말 못하는 성직자는 없는 법이며, 아무리 풋내기 목사라 해도 이 점에서는 예외가 아니다. 목사는 헛기침을 하고서, 장중한 목소리로 고인의 행적을 평가하기 시작했다. 도저히 칭송하지 않을 수 없는 많은 뛰어난 업적을 남긴 아리 코수넨의 인생 행로를 돌아보았다. 코수넨은 어린 시절부터 남다른 통찰력을 보여 이웃 사람들에게 귀감이 되었으며, 그가 지상에서 걸었던 길은 여러 가지 점에서 많은 사람들에게 본보기가 되었다. 코수넨은 선입견 없는 인간이었고 끊임없이 노력하는 인물이었다. 또한 타고난 겸손과 희생정신, 환상력은 주위 사람들에게 깊은 감명을 남겼다. 인간적으로 보아 너무 짧게 끝난 고인의 인생은 많은 노력과 불행으로 점철되어 있었지만, 고인은 불굴의 인내심을 발휘하여 참으로 극복하기 힘든 난관을 넘었으며, 결국 비행계에서 국제적으로 중요한 위치를 차지하기에 이르렀다. 어려운 경제 형편도 불타는 투쟁 의욕을 꺾을 수는 없었으며, 코수녠은 특유의 단호함으로 모든 곤경을 물리쳤다.

목사는 감동적으로 길게 연설을 했다. 야리 코수녠의 어머니는 목사의 말을 들으면서 눈물 젖은 얼굴을 들어 위를 바라보았다. 노부인의 여윈 몸이 팽팽해지고 가슴은 자랑스러운 슬픔으로 부풀었다. 심지어는 정신병원의 간호사까지 흐느끼기 시작했는데, 몇 년 만에 처음 있는 일이었다.

풋내기 보조 목사는 고인이 영광스럽게 영원한 안식을 누리길 기원했다. 노랫소리 울려 퍼지는 가운데 관이 무덤에 안장되었다. 야리의 어머니가 아들의 무덤을 화환으로 장식한 후에, 켐파이넨 대령과 헬레나 푸사리도 수십 송이의 붉은 장미와 반짝이는 노란 프리지어로 엮어진 커다란 꽃다발을 무덤가에 내려놓았다. 대령이 거수경례를 하고서 군대식의 엄숙한 목소리로 말했다.

"다른 사람들을 위해 앞서간 선구자를 기념하며."

장례식이 끝난 후에, 사회복지부 여직원과 간호사가 공동묘지 앞에서 기다리는 정신병원의 자동차로 고인의 어머니를 데려갔다. 노부인은 묘지를 떠나기 전에 대령과 인사를 나누고 싶어했다. 그녀는 켐파이넨과 악수를 하며 떨리는 목소리로 말했다.

"장교 양반, 야리를 대신하여 정말 고맙소. 공군에게도 꼭 인사말을 전해주시오. 이렇게 마음을 써서 와주시다니, 야리는 전투기 조종사가 되는 게 꿈이었다오."

목사도 대령과 한 번 더 말을 나누기 위해 특별히 버스까지 따라왔으며, 대령 일행이 장례식에 참석해주어서 고맙다고 치하했다. 그리고 사고로 인한 죽음은 언제나 슬픈 일이지만, 이번처럼 젊은 데다가 비행 분야에서 전도유망한 사람이 급작스럽게 세상을 떠나는 경우에는 더욱 말할 것도 없다고 이야기했다. 목사는 대령의 고별사에 전적으로 동감을 표했다. 핀란드는 비행 분야에서 선구자, 대담한 개척자가 필요하며, 그런 의미에서 코수넨의 죽음은 국가적으로 민간 비행 분야의 커다란 손실이라고 강조했다. 작은 나라에서 그런 재능 있는 인물을 잃어버리는 일이 두번 다시 있어서는 안 됩니다. 목사는 무엇보다도 고인의 국제적인 명성을 높이 샀다. 그것은 고인의 고향에서 미처 알려지지 못한 행적이었지요. 제가 알고 있기로, 야리 코수넨은 외국과의 관계에서 중요한 교량 역할을 했으며, 특히 숨을 거두기 직전에는 예멘의 외교관들과 접촉했어요. 아라비아 반도를 휘모는 열풍 속에서의 비행 활동은 이제 고인 없이 계속되어야 합니다.

18

라우노 코르펠라가 모두들 어서 차에 타라고 재촉하며 아주 엄숙하게 말했다.

"자, 출발합시다. 죽음이 기다리고 있소."

거대한 버스에 사람들이 들어차면서, 버스의 생명이 되살아났다. 버스는 공동묘지의 주차장에서 몸을 몇 번 이리저리 흔들더니 거리를 향해 돌진했다. 켐파이넨 대령은 승용차로 버스 뒤를 쫓았다. 버스는 시내를 가로지르고 바다 위에 놓인 코트카 다리를 건너고 포르보 방향의 고속도로에 들어섰으며, 우레처럼 단숨에 로비사와 포르보, 헬싱키에 이르렀다. 핀란드의 수도 헬싱키는 옆으로 비켜 갔다. 그곳에 급한 볼일이 있는 사람은 아무도 없었다. 코르펠라는 헬싱키 외곽 순환도로로 버스를 몰았으며, 고속도로를 타고 포리 방향으로 달리다가, 후이티넨에서 처음으로 버스를 멈추고 디젤 반 톤을 주유했다. 여행객들은 주유소 카페에서 커피와 빵으로 허기를 달랬다.

저녁 열 시 무렵 포리에 도착했는데, 코르펠라는 시내의 공단 지역에 위치한 자신의 운수 회사로 차를 몰았다. 운수 회사 경내에 들어서서는, 회사 버스 여섯 대가 주차해 있는 차고 앞에 정차했다. 회사 경내에 사람은 보이지 않았다.

"지금까지 나는 이 물건들을 가지고 핀란드 각지의 도로를 누비며 먹고살 빵을 벌었다오."

코르펠라가 마이크에 대고 말했다. 그것으로 회사 방문은 끝을 맺었다. 코르펠라는 버스에서 내릴 생각조차 하지 않았으며, 잠시 차고 안의 버스들을 바라보더니 어깨를 움찔하고 허탈하게 웃음을 터뜨렸다. 그러고는 다시 버스의 시동을 걸었다.

포리에서 켐파이넨 대령은 위배스퀼래의 집을 잠깐 돌아보겠다며 일행과 헤어졌다. 그들은 이틀 후 쿠사모에서 다시 만나기로 약속했다. 헬레나 푸사리는 대령을 따라 중부 핀란드로 갔다.

포리를 떠나 여행을 계속하는 동안에, 세포 소르요넨이 서류철에서 흥미로운 우편엽서를 하나 발견했다. 내르피외에서 사카리 피포라는 사람이 보낸 엽서였는데, 밍크들이 놀고 있는 모습이 엽서에 그려져 있었다. 피포는 밍크 엽서의 뒷면에 삐죽삐죽한 필체로 간단한 메시지를 보냈다.

"어째서 일이 이렇게 안 풀리는지 모르겠소. 빌어먹을, 되는 일이 하나도 없소. 가능하면 답장을 주시오. 사카리 피포, 내르피외."

내르피외에서는 파산한 서커스단장 사카리 피포를 모르는 사람이 없었다. 사카리 피포는 교회가 있는 비교적 큰 마을의 변두리에서 지은 지 얼마 안 되는 새집에 살고 있었다. 모피 동물을 사육하는 커다란 농장이 들판에 인접해 있었는데, 사육장의 철책 안에는 밍크나 여우가 단 한 마리도 보이지 않았다. 그 옆쪽으로 좀 떨어진 곳에 낡은 외양간이 보였으며, 외양간 뒤에는 탈곡하는 커다란 헛간이 있었다. 피포가 서커스단을 운영하는 흔적은 농장 어디에도 보이지 않았다.

밤늦은 시간이었지만 소르요넨과 렐로넨이 집 안으로 들어갔다. 두 사람은 집 안에서 흔들의자에 앉아 신문을 읽고 있는 집주인, 스웨터와 승마바지 차림의 중년 남자를 발견했다. 대부분의 자살 후보자들이 그렇듯이, 무척 심각한 표정이었다. 외모로 보아서는 전혀 서커스단장 같지 않았다.

서로 인사를 나눈 후에, 피포가 손님들에게 커피를 대접했다. 피포는 커피잔을 씻으면서, 얼마 전 혼자 살게 된 이후로 집 안 청소나 설거지에는 통 관심이 없어졌다고 침통한 어조로 말했다.

소르요넨이 호기심을 참지 못하고, 마을 사람들이 무엇 때문에 피포를 서커스단장이라고 부르는지 물었다. 과거에 한때 서커스에서 일한 경험이 있습니까, 아니면 혹시 무슨 다른 사연이라도 있는 겁니까?

　사카리 피포는 지난 삶과 현재 안고 있는 어려움에 대해 차분
하고 신중하게 이야기하기 시작했다. 그는 원래 모피 동물을 사
육하는 평범한 농장주였으며, 주로 밍크와 여우를 키웠다. 과거
에는 그랬다. 몇 년 전 자연애호가들이 농장을 비난하고 나섰을
때, 피포는 새로운 대안을 찾았다. 농장 동물들의 생존 상황이
바람직하지 않다는 점을 인정할 수밖에 없었다. 밍크들은 좁은
철창 안에 갇혀 지냈으며, 비바람에 속수무책으로 내맡겨져 있
었다. 그것들은 사납긴 했지만 매혹적인 생물들이었다. 어쨌든
내 손으로 키운 동물의 가죽을 벗길 때마다 마음이 언짢은 것은
사실이었다.

　그 무렵 사카리 피포는 부인과 함께 농산물 생산업자들의 단체
관광을 따라서 암스테르담에 간 적이 있었다. 그때 암스테르담
의 동물원 관람이 프로그램에 들어 있었고, 거기에서 로리스 원
숭이, 아니면 그 비슷한 종류의 작은 원숭이들을 보았다. 원숭이
들은 크기가 밍크만 했다. 피포는 서로 싸워대는 원숭이들보다
밍크가 훨씬 더 예쁘다고 결론 내렸다. 밍크는 육식동물답게 몸
놀림이 유연했으며, 윤기 자르르한 보드라운 털을 가지고 있었
다. 피포에게 기발한 생각이 떠올랐다. 사람들이 우습지도 않은
원숭이들을 보려고 우르르 떼 지어 몰려온다면, 밍크라고 사람
들을 유혹하지 말란 법이 있겠는가. 원숭이보다는 밍크가 훨씬

더 아름다웠다.

피포는 그 생각을 한 단계 더 발전시켜서, 애흐태리의 동물원을 방문하여 야생동물들의 행동을 관찰했다. 천성이 단순한 밍크 자체만으로 관객들의 관심을 충분히 끌 수 없다는 점은 확실했다. 그 이상의 것이 필요했다. 밍크에게 여러 가지 재주를 가르치면 어떨까? 밍크 서커스라는 기상천외의 생각이 그 순간에 피포의 뇌리를 스쳤다. 거기에 필요한 동물들은 농장에 얼마든지 있었다. 다만 장기적인 노력이 필요했다.

피포는 헛간 속에 밍크들을 위한 둥지와 먹이통을 마련하고, 제일 활기 넘치는 밍크 오십 마리를 골라 헛간으로 옮겨놓았다. 그리고 짐승들이 커다란 헛간 밖으로 도망치는 것을 막기 위해 모든 구멍을 꼭꼭 막았다. 이제 넓은 헛간 안에서 마음대로 돌아다닐 수 있는 기회가 밍크들에게 주어졌고, 밍크들은 즉각 그 기회를 이용하였다. 밍크들이 자유로운 움직임을 즐기는 것이 분명했다. 그것들은 민첩하게 벽을 타고 높이 올라가 천장의 대들보로 기어올랐다. 네덜란드 동물원의 작은 원숭이들보다 근본적으로 더 활기에 넘쳤다.

사카리 피포는 농장의 동물들을 서커스 곡예사로 훈련시키기 시작했다. 피포의 계획에 따르면, 밍크들은 서커스에서 흔히 그렇듯이 온갖 익살스러운 재주를 배워야 했다. 줄을 지어 차례로 둥근 테를 뛰어넘고, 음악에 맞추어 춤을 추고, 한데 어울려 여러 가지 대열을 지어 보여야 했다. 피포는 과거에 여러 차례 사냥 개를 훈련시킨 경험이 있었으며, 동물들에게 뭔가를 가르치는 것이 쉽지 않다는 사실을 잘 알고 있었다. 한없이 많은 인내심을 발휘해야 했지만, 개들은 적어도 결국에는 모든 것을 배웠다.

피포는 많은 전문서적을 읽었으며, 유랑 밍크 서커스단의 앞 날이 유망하다는 확신에 가득 찼다. 그것은 시장경제 체계의 명백한 허점이었다. 핀란드에서는 끊임없이 뱀 전시회가 열렸는데, 보아하니 뱀 주인들이 짭짤한 수입을 올리는 게 분명했다. 피포도 그 징그러운 파충류들을 본 적이 있었다. 바구니 안에서 꼼짝하지 않고 똬리나 틀고 있으며 결코 익살이나 재주를 부릴 줄 모르는 게으른 뱀들보다 밍크들이 훨씬 더 앙증맞았다. 농장 주인 피포는 밍크 서커스단의 단장으로서 성공한 자신의 모습을 흐뭇한 마음으로 그려보았다.

밍크의 수송에는 평범한 콤비 차량을 이용할 생각이었다. 코끼리처럼 동물의 수송에 많은 돈을 투자해야 하는 대형동물 서커스단에 비하면 그 점에서 훨씬 더 유리했다. 게다가 밍크들은 코끼리가 먹는 양의 100분의 1이면 충분했기 때문에 사료값도 많이 들지 않았다. 또한 밍크는 자신이 직접 혀로 털을 깨끗하게 핥기 때문에 따로 씻어줄 필요가 없었다. 그러나 무엇보다도 밍크 서커스는 전체적으로 동물애호적인 사업이었다. 동물들은 좁은 철창 안에 갇혀 살 필요가 없었으며, 바깥세상을 풍성하게 감상하고 즐길 수 있었다. 동물애호가들도 앙증맞은 모피 동물들을 이렇듯 새롭게 이용하는 방식에 대해 뭐라 이의를 제기하지 못할 터였다. 피포는 동물들을 무대에 데리고 나가라고 아내를 설득했다. 아내의 몸매는 그 임무를 수행하기에 안성맞춤이었다. 피포는 모피 가공 공장에 연락해 아내의 공연 의상을 맞추었다. 물론 밍크 털로 맞춘 것은 말할 것도 없었다. 순백색의 긴 부츠, 탱가(양옆을 끈으로 묶는 삼각 미니 비키니 팬티 — 옮긴이)와 브래지어, 순백색의 망토, 거기에다 당연히 모피로 장식한 스테트슨 모자(카우보이 모자 모양의 챙이 넓은 모자 — 옮긴이)로 구색을 갖추었다. 피포의 부인은 그 물건들을 걸치고서 처음에는 쑥스러워했다. 그 의상은 두말할 여지없이 아주 섹시했다. 농부의 아내가 눈부신 미인으로 탈바꿈했다.

소르요넨과 렐로넨은 서커스단장이 그동안 노력한 결과를 여행단 모두에게 보여주지 않겠냐고 부탁했다. 피포는 마음 내켜 하지 않았으며, 밍크들을 훈련시키는 일이 개들의 경우보다 훨씬 더 어려웠다고 하소연했다. 밍크들은 고집스러운 피조물이었다. 조련사의 명령에 복종하지 않았으며, 배운 것을 금방 그 자리에서 잊어버렸다. 사실 밍크들은 무관심한 육식동물이었다. 밍크 서커스단이라는 웅장한 구상은 밍크의 천성 때문에 수포로 돌아갔다.

피포는 거의 일 년 반 동안 밍크들에게 곡예를 훈련시킨 헛간을 보여주기 위해, 마지못해 자리에서 일어나 밖으로 나갔다. 자살자들이 피포의 뒤를 따랐다. 자살자들은 밍크들이 빠져나가지 못하도록 재빨리 헛간 안으로 들어가야 했다. 이따금 밍크들이 열린 문틈으로 도망치는 일이 있기 때문이었다. 원래 무척 날쌘 짐승들이었다.

서커스단장이 널찍한 헛간의 불을 켰다. 처음에는 헛간 안이 텅 빈 듯이 보였다. 벽을 따라 철망들이 늘어서 있었는데, 그것은 반항적인 서커스 곡예사들의 잠자리였다. 먹이를 먹는 곳은 헛간 뒤편에 있었다. 육식동물의 오줌 냄새가 코를 찔렀다.

피포는 먼저 숨어 있는 밍크들을 불러냈다.

"자, 정렬!"

의심에 찬 밍크 콧방울들이 철창과 대들보 뒤 아니면 여기저기 구석에서 빠끔히 내보였다. 피포가 거푸 명령을 내리자, 밍크들이 하나 둘 모습을 나타냈다. 짐승들은 무리 지어서 엉성하게 이런저런 대열을 만들어 보이고 시큰둥하게 공중제비를 넘었다. 그 가운데 가장 날랜 몇 마리가 천장으로 올라갔다가 춤을 추듯 다시 밑으로 내려왔다.

피포가 낡은 자전거 바퀴를 손에 들고서, 바퀴를 뛰어넘으라고 밍크들에게 명령했다. 밍크들은 조련사에게 날카로운 이빨을 드러내며 적의를 보였고 도통 말을 들으려 하지 않았다. 피포는 큰 소리로 호통을 치고는 다시 구슬리려 하였다. 그러나 동물들은 마지못해 주춤주춤 다가왔다. 결국 대여섯 마리가 주인의 말을 듣기로 작정한 듯, 바퀴를 향해 달려가 어설프게 뛰어넘었다. 두세 마리가 방향을 잘못 잡았고, 싸움이 벌어졌다. 밍크들은 서로 으르렁거리며 싸우기 시작했고, 그러다 피포가 청어를 나누어 주었을 때야 얌전해졌다. 모두들 먹이는 아주 좋아해서, 번개처럼 재빨리 피포 앞에 와 섰다. 단 한 번도 재주를 부리지 않은 것들 역시 마찬가지였다.

피포는 밍크 훈련이 완전한 실패작이었다고 하소연했다. 특히 부인이 집을 나가버린 다음부터 밍크들은 더욱 고집스럽게 굴었다. 피포의 부인은 포리와 다른 가까운 몇몇 도시에서 바자회나 백화점 개업식 같은 이런저런 기회에 제일 영특한 몇 마리를 데리고 관객들 앞에 나섰다. 그녀는 많은 인기를 누렸다. 동물들이 아니라 매혹적인 의상이 성공의 원인이었다. 남자들이 피포의 부인과 밍크들을 보려고 떼를 지어 몰려왔다. 그래서 어떻게 되었는가? 부인은 새 짝을 찾았고, 현재 이혼 소송이 진행 중이었다. 그녀는 헛간 속에서 밍크와 일하는 것을 그만두고, 현재 라이틸라의 어느 양계업자와 함께 살고 있다. 들리는 소문에 의하면, 사사로이 모피 탱가를 입고 라이틸라의 남자들 앞에 나선다는 것이었다. 어쨌든 소문이 그랬다.

결국 서커스단장은 작은 육식동물들로 인해 서커스 곡예사로서의 소질이 없다는 사실을 깨달았다. 일 년 반 동안 밍크와 씨름

하는 사이에, 많은 빚을 졌으며 농장은 담보로 잡혀 있었다. 수입은 전혀 없었다. 피포는 지난주에 구제 불능의 생도들을 이웃의 모피 동물 농장주에게 팔아넘겼고, 그 농장주가 곧 밍크들을 데려갈 예정이었다. 피포는 완전히 알거지가 되었으며, 그동안 돌보았던 털 달린 짐승들에게 환멸을 느꼈다. 끊임없이 누군가가 나타나서 서커스 사업을 입에 올리며 약을 올리는 바람에 더 이상 사람들 앞에 나서고 싶지도 않았다.

세포 소르요넨과 렐로넨이 자살단과 함께 가자고 제안했다. 북쪽으로 여행을 떠나면, 적어도 한동안은 배은망덕한 모피 동물들 생각에서 벗어날 수 있어서 여러모로 좋을 것이라고 말했다. 사카리 피포는 홀가분한 마음으로 짐을 꾸려서 버스에 올라탔다.

19

켐파이녠 대령과 헬레나 푸사리는 이른 새벽이 돼서야 위배스퀼래에 도착했다. 대령은 시내 중심가에 위치한 널찍한 아파트를 푸사리 부인에게 보여주었다. 편지 몇 통과 함께 신문이 현관에 수북이 쌓여 있었다. 켐파이녠은 신문 더미를 발로 밀어 옆으로 제쳐놓고서 편지들을 주워 들어 거실로 들어갔다. 편지를 열어볼 것인가 말 것인가 잠시 망설였다. 계산서와 광고물, 군대에서 온 편지들이었는데, 열어보고 싶은 생각이 전혀 일지 않았다. 그래서 우편물을 뜯지 않은 채 그대로 휴지통에 던져 넣었다.

거실은 부모님에게서 물려받은 고풍스런 양식의 가구들로 꾸며져 있었다. 사실주의풍의 풍경화들이 벽을 장식하고, 작은 조각품들이 여기저기 놓여 있었다. 서재에는 많은 책들이 꽂혀 있었다. 대부분 군대의 역사와 방어 전략에 대한 책들이었고, 그에

184

비해 일반 대중소설들은 별로 눈에 띄지 않았다. 그리고 상당수의 옛 장검들이 한쪽 벽면에 걸려 있었다. 대령은 조금 부끄러워하며, 자신이 전쟁을 열광적으로 찬미하거나 대검에 미친 사람은 아니지만 장교가 되면 그러한 것들이 저절로 모인다고 헬레나 푸사리에게 설명했다.

대령의 침실은 어두웠다. 대령은 부인이 세상을 떠난 이후로 그곳에서 거처하지 않았다. 그는 침실에 손님을 위한 잠자리를 마련하고, 자신은 거실로 물러났다. 두 사람은 너무 피곤해서, 눕자마자 그대로 곯아떨어졌다. 지난 스물네 시간 동안, 사본린나에서 카랼라를 지나 코트카로 향했고, 다시 코트카에서 포리를 거쳐 위배스퀼래에 이르렀으며, 도중에 묘지에 들러 장례식에 참석했다.

이튿날, 대령은 전기 회사에 연락을 취해 집의 전기를 끊어줄 것을 부탁했다. 그리고 은행에는, 당분간 긴 여행을 떠날 예정이니 앞으로 지출할 일이 있으면 자신의 계좌에서 자동이체를 시키라고 당부했다. 그런 다음에 전화 코드를 뽑았다. 집 안에 화초는 없었다. 대령은 여권과 예금통장, 쌍안경, 사열식에 입는 장교 예복과 에나멜 군화를 챙겼다.

그리고 창문의 커튼을 쳤다. 오랫동안 살았던 집을 떠나는 것이 이렇게 간단할 수 있다니, 고층 건물에서 뿌리를 내리고 살기는 어려운 법이다. 아무튼 장교로서는 어려웠다. 다세대 석조 건물 안의 집은 주부의 손길이 닿아야만 안식처가 될 수 있다. 주부가 집을 나가거나 세상을 뜨는 경우에, 안식처는 거주지, 숙소, 골방이 되어버린다. 대령은 이 점을 헬레나 푸사리에게 설명했다.

"지금도 부인을 잊지 못하세요?"

헬레나 푸사리가 엘리베이터 안에서 물었다.

"그래요. 튀네는 삼 년 전에 암으로 죽었어요. 그러고 나서 첫해가 가장 힘들었지요. 견디다 못해 개를 한 마리 구했는데, 아무리 좋은 종자라도 개가 어떻게 아내를 대신하겠어요."

두 사람이 위배스퀼래를 떠날 때는 하늘이 잔뜩 찌푸려 있었다. 쿠오피오에서 비가 내리기 시작하더니, 이살미에 이르러서는 천둥 번개가 몰아쳤다. 그들은 이살미에서 자살 후보자 한 명을 차에 태웠다. 철도청에서 일하던 40세의 텐호 우트리아이넨이라는 남자였다. 우트리아이넨은 6월 초에 교도소에서 출소했는데, 상사에 대한 폭행과 방화 혐의로 형을 살았다. 그는 자동차 안에서 그 이야기는 언급하려 하지 않았으며, 다만 자신이 오판의 희생양이었다고만 한탄했다. 위증을 믿고서 내가 저지르지도 않은 죄를 저질렀다고 판결을 내리지 뭡니까. 세상이 그렇다니까요. 때로는 억울하게 다른 사람의 죄까지 참회해야 한답니다.

우트리아이넨은 직장 상사와 주먹다짐을 벌여서 상사를 때려

늪힌 것은 사실이라고 인정했다. 사실 참 경솔한 짓이었어요. 그 인간이 그렇게 음험한 사람인 줄 몰랐거든요. 글쎄, 자기 손으로 자기 집에 불을 놓고서 나한테 그 죄를 뒤집어씌우지 뭡니까. 나는 알지도 못하는 일인데, 내가 저질렀다고 증거까지 제시하더라고요. 전 재산이 몽땅 배상금으로 날아간 데다가 집행유예도 없이 일 년 육 개월을 선고받았어요. 그런 일을 당하고서 삶에 무슨 미련이 남아 있겠어요.

그들은 카야니에서 하룻밤을 묵고, 다음 날 쿠사모에 도착했다. 헬레나 푸사리와 켐파이넨 대령은 호텔 앞에서 낯익은 코르펠라의 템포라인을 보는 순간 가슴이 찡했다. 마치 집에 돌아온 기분이었다.

재회의 기쁨은 컸다. 온니 렐로넨은 포한마와 오울루에서 다섯 명의 자살자를 새로이 버스에 태웠다고 보고했다. 새 회원들이 대령과 헬레나 푸사리에게 소개되었다. 여자 둘과 남자 셋이었는데, 내르피외의 사카리 피포를 비롯하여 바사와 세이내요키, 오울루, 하우키푸다스에서 온 사람들이었다. 하나같이 막다른 골목에 부딪힌 인생들이었다. 가장 마음 아픈 경우는 오울루의 공장 노동자 베사 헤이쿠라였다. 헤이쿠라는 이제 겨우 서른다섯 살이었지만, 몸은 완전히 병들어 있었다. 지난겨울에 공장의 기계를 수선하다 새어 나온 독가스를 마시고서 폐가 완전히 만신창이가 되었다. 의사는 가을을 넘기기 어렵다고 진단했고,

최악의 경우에는 몇 주일 만에 숨을 거둘 수도 있었다.

"누가 알겠습니까, 내일 당장 죽을지도 모르지요."

우트리아이넨도 사람들에게 소개되었으며, 완벽한 회원으로 인정받았다. 억울하게 방화범의 누명을 뒤집어쓰고 전 재산을 날린 사람이야말로 그 누구 못지않게 남은 인생에 회의를 품을 만하지 않겠는가.

쿠사모에서 자살 단체의 성원이 한 명 더 늘었다. 구舊 라에스타디아니즘 종파(핀란드와 스웨덴, 노르웨이, 북아메리카에 퍼져 있는 루터파 교회의 보수적인 종파로서, 성경에 따르는 기독교인으로서의 품행을 엄격하게 강조한다 — 옮긴이)에서 축출당한 스물여덟 살의 자동차 판매원 야코 램샐래가 새 회원으로 합세했다. 구 라에스타디아니즘 종파는 램샐래의 생활방식이 너무 세속적이라고 판단하고서, 하느님과의 모든 관계뿐 아니라 종파의 행사 참여까지 금지했다. 자동차 판매원의 삶에 대한 의지는 그것으로 좌절당했다. 아무도 그에게서 자동차를 사려 하지 않았다. 램샐래가 그런 판결을 받은 이유는 쿠사모 소비조합의 의류 판매부 여사원과 비도덕적인 관계를 맺었기 때문이었다. 그 여인은 이혼한 데다가 신앙심이 없었다.

자살단은 쿠사모에서 스물네 시간 이상은 머무를 수 없었다. 케미얘르비와 키틸래에서 각기 한 명씩의 자살 후보자가 죽음을 향한 집단 수송을 기다리고 있었다.

케미얘르비에서 스물다섯 살의 국경 경비병 타이스토 래세이쾨이넨이 버스에 올라탔다. 래세이쾨이넨은 이 년 전부터 누군가에게 추적당한다는 망상과 환각에 시달렸다. 뒤를 쫓는 추적자가 외국 국가들이어서 국경 감시 임무는 생지옥이 되었으며 상황은 갈수록 악화되었다.

키틸래의 아랄퀼래에서 최후의 자살 후보자, 농부 알바리 쿠르키오부오피오를 구원하기 위해 버스가 멈추었다. 알바리는 마흔 살의 노총각으로, 여태까지 평생을 렘피 고모와 함께 살았다. 렘피 부인은 조카를 일방적으로 몹시 엄격하게 키웠으며, 그 결과 알바리는 어른이 되어서도 늙은 여인의 손아귀에서 헤어나지 못하는 남자가 되고 말았다. 독자적인 행동은 말할 것도 없고, 조금이라도 반항하거나 개인적인 생각을 해서는 안 되었다. 고모는 알바리에게 죽도록 고되게 일을 시켰으며, 그래서 고모의 농장은 마을에서 가장 윤택한 축에 속했다. 알바리는 지금까지 오직 두 번 고모의 압제에서 벗어날 수 있었다. 한 번은 오울루에서 군복무를 했을 때였는데, 그것은 벌써 이십 년 전의 일이었다. 또 한 번은 올 여름에 운명에 맞서서, 라울루미에스텐 라빈톨라 레스토랑에서 열린 자살 세미나에 참석하러 평생 처음으로 헬싱키에 갔을 때였다.

집안 환경에서 과감하게 벗어날 수 있는 기회가 무조건 그 남자에게 주어져야 했다.

코르펠라가 마을에 들어서서 길을 물었을 때, 마을 사람들은 쿠르키오부오피오 집안에서 지난주에 성대한 장례식이 있었다고 말했다. 자살단은 불길한 예감에 가득 차 농장에 들어섰다. 그런데 놀랍게도 알바리가 살아서 잘 지내는 것을 확인할 수 있었다. 무덤에 묻힌 사람은 냉혹한 렘피 고모였다.

장례를 치른 지 겨우 일주일밖에 지나지 않았는데도 알바리는 별로 슬픈 기색이 아니었다. 얼굴이 환히 빛났으며, 마음 편하고 홀가분해 보였다. 알바리는 이제 적지 않은 재산을 소유한 자유로운 남자였다. 탄탄한 앞날이 보장되어 있었고, 자살하려는 생각은 눈 녹듯이 사라지고 없었다. 한 사람의 죽음이 다른 사람에게는 생명을 부여했다.

여행단은 알바리에게 행운을 기원하고, 알라퀼래 농장에서 편안한 추모 기간을 보내도록 그를 두고 떠났다.

대령이 잠시 자신의 자동차를 타고 가지 않겠냐고 온니 렐로넨에게 부탁했다. 대령은 기분전환을 위해서 다른 사람들과 함께 버스를 타고 싶었다. 헬레나 푸사리 역시 버스로 자리를 옮겼다. 자동차 판매원 야코 램새가 렐로넨을 뒤따라 자동차에 타면서, 둘이 함께 가면 무척 재미있을 것이라고 선언했다. 두 사람은 어쨌든 경제계에서 활동했으며, 노르웨이로 가는 동안 사업을 하면서 겪은 불운에 대해 서로 허심탄회하게 이야기를 나눌 수 있었다.

코르펠라가 지금 당장 출발한다면 밤에 노르웨이에 당도할 수 있다고 말했다. 그 말은 즉시 행동에 옮겨졌다. 라플란드의 안개 낀 잿빛 풍경이 차창 밖을 스쳐 지나갔다. 순록들이 무심하게 길가에 서 있고, 건초를 말리는 들판의 시렁들이 비에 젖어 고개를 숙이고 있었다.

헬레나 푸사리가 여럿이서 함께 여행을 하다 보니 펜티 한패(핀란드의 소설가. 1905~1955. 파시즘과 전쟁에 맹렬히 반대했으며, 주로 북핀란드에 사는 소박한 사람들의 삶을 그렸다 — 옮긴이)의 소설이 생각난다고 말했다. 『겨울 여행객』이라는 제목의 소설로, 대여섯 명이 어울려 자동차를 타고 북쪽으로 가는 내용을 이야기했다.

"그 소설에서 묘사하는 여행은 어쩐지 가슴을 무척 답답하게 짓누르더라고요. 아마 혹독한 추위 때문이 아닌가 싶어요. 내 생각에는 한패가 어두운 색채의 작가인 것 같아요."

헬레나 푸사리가 수다를 떨었다.

그러자 뒤쪽에서 누군가가 『겨울 여행객』은 한패가 아니라 베이코 후오비넨(핀란드의 소설가. 1927~ — 옮긴이)의 작품이라고 외쳤다.

그 문제를 두고 한동안 토론이 벌어졌지만, 분명한 결론에 이르지는 못했다. 그러나 『겨울 여행객』이 믿을 만한 소설이 아니라는 점에서는 의견의 일치를 보았다. 소설에서 그렇듯 장엄하게 묘사되는 혹한의 날씨에 북쪽으로 갈 만큼 미친 사람이 어디 있겠는가.

여행객들은 팔라스툰투리(핀란드 북부 산악지대에 위치한 국립공원이
며, 겨울 스포츠 지역으로 유명하다 — 옮긴이) 근처의 호텔에서 얇게 썰
어 구운 순록 요리를 먹었다. 식사를 하면서 그 기회를 이용하여,
최종 인원이 몇 명인지 확인했다. 전부 서른세 명의 자살자들이
모여 있었다. 대집단이었지만, 코르펠라의 버스가 원래 40인승
이어서 자리는 아직도 넉넉했다. 대령은 음식값을 치르면서, 이
것이 세상에서 마지막으로 먹은 구운 고기 요리였다고 조금 처량
한 심정으로 생각했다. 이제는 더 이상 이 여행객들을 위해서 순
록을 도살하거나 순록 요리에 곁들일 월귤을 딸 필요가 없었다.

자살단이 팔라스툰투리를 출발할 무렵부터 잿빛 구름이 온통
하늘을 뒤덮었다. 아래쪽 숲을 지나가는데 거센 폭풍우가 기습
공격을 가해 버스 승객들을 놀라게 했다. 라타마 마을 근처에서
폭풍우는 절정에 이르렀고, 코르펠라는 버스를 잠시 정차시켜야
했다. 비가 억수로 쏟아지는 바람에 윈도 브러시가 제대로 기능
을 발휘하지 못했다. 비에 흠뻑 젖은 순록 한 마리가 시골길을 따
라 터벅터벅 걸어왔다. 앞이 전혀 보이지 않았기 때문에, 순록은
하마터면 버스에 부딪힐 뻔했다. 순록은 히잉 울더니 꼬리를 나
부끼며 폭풍우 속으로 사라졌다.

핀란드 땅의 마지막 구간을 달리는 동안, 비바람은 내내 여행
단의 뒤를 따라왔다. 팔라스툰투리에서부터 에논테키외를 지나

노르웨이 국경에 이르기까지 불굴의 힘으로 날뛰었다. 폭풍우는 자살단과 같은 방향으로 움직였다. 분위기가 이상야릇하게 으스스해졌다. 여행자들을 마중하기 위해 죽음의 힘이 길을 나선 듯했다. 국경 초소에 이르기 직전, 버스 아주 가까운 곳에서 번개가 번쩍이면서 순간 버스 안의 불이 꺼지고 라디오가 침묵을 지켰다.

코르펠라가 전기 시설의 안전장치를 갈아 끼우고 국경을 향해 차를 몰았다. 길 여기저기에 물웅덩이가 깊게 파였고, 우박이 길가의 도랑을 하얗게 뒤덮고 있었다.

울라 리스만키가 국경에서 일하는 토피 올리카이넨이라는 이름의 세관원을 안다고 말했다. 그 세관원은 비바람을 맞으며 차단기 옆에 서서 관광버스를 향해 손을 흔들었다. 울라는 버스의 앞문을 잠시 열어달라고 코르펠라에게 부탁하더니, 버스의 계단에 서서 세관원을 향해 반갑게 손짓하며 외쳤다.

"토피! 신문을 잘 읽고 라디오 뉴스를 귀 기울여 듣게나. 곧 무슨 일인가가 벌어질 걸세. 내 말 명심하라고! 죽음의 후보자들이 자네한테 안부 전하네!"

20

저녁이 되면서 뇌우는 핀란드 편에 머물렀다. 코르펠라는 카우토케이노를 지나 얼음 바다를 향해 달렸다. 그곳 노르웨이에는 해가 비치고 있었다. 곧 자정이 될 시각인데도 해가 지지 않았다. 소르요넨은 라플란드에 사는 사람들이 자신의 땅을 소유하지 못한 탓에 그곳에서는 해가 지지 않는다고 설명했다. 겨울에는 해가 지평선 너머로 사라지지만, 그때에는 대지가 눈과 얼음에 뒤덮인다.

코르펠라가 이 길로 곧장 목적지까지 달려야 할 만큼 죽는 게 급하냐고 승객들에게 물었다. 쿠사모에서 여기까지 몇백 킬로미터를 달려왔더니 좀 피곤하군그래. 여기 한적한 고원에서 최후의 밤 아닌 밤을 보내는 게 어떻겠소.

자살자들은 아무도 코르펠라의 생각에 반대하지 않았다. 마음만 먹으면 언제든지 죽을 수 있었다.

작은 호수 몇 개가 옹기종기 모여 있는 곳에 버스가 정차했다. 이제 그들은 바람이 거세고 해수면보다 높은 평원에 있었다. 숲은 거의 없는 대신 늪지대가 그만큼 넓게 이어졌다.

올라가 불을 피우고 나서는 커피를 끓이고 한 호숫가에 텐트를 쳤다. 물속에서 송어 한 마리가 첨벙거렸다. 잔잔한 물 위에 동글동글하게 물살이 퍼져나갔다.

붉게 작렬하는 한밤중의 태양빛을 받으며, 자살자들은 두고 온 조국에 대해 이야기꽃을 피웠다. 조국 핀란드가 그곳에 사는 사람들을 잘못 다룬 탓에, 특별히 조국을 그리워하는 사람은 없었다.

여행자들은 핀란드 사회가 냉혹하다고 입을 모았다. 삭막한 관습이 핀란드를 지배했으며, 핀란드 사람들은 서로에게 잔인하고 질투심에 찌들어 있었다. 탐욕스런 마음이 널리 팽배했고, 완강하게 돈을 움켜쥐기에만 급급했다. 핀란드 사람들은 의심이 많고 음흉했다. 웃는 경우에는 기뻐서라기보다는 남의 불행을 고소해하는 마음이 컸다. 사기꾼, 협잡꾼, 거짓말쟁이들이 많았다. 부자들은 가난한 사람들을 착취하고, 눈앞이 핑 돌 정도로 많은 집세를 갈취했으며, 터무니없이 엄청난 이자를 우려냈다. 가난한 사람들은 걸핏하면 소동을 피우고 모든 걸 망가뜨리기 일쑤였으며, 아이들을 제대로 교육시킬 줄 몰랐다. 아이들은 그야말로 국가적인 애물단지였다. 집과 물건, 기차와 자동차에 지저분하게 낙서를 하고 창문을 깨뜨리고 엘리베이터 안에 잔뜩 토해 놓든지 아니면 용변을 보았다. 핀란드의 관직에 앉아 있는 신사 분들은 앞을 다투어 새로운 신청서 양식을 만들어내서는 국민들을 욕보이고 이 창구에서 저 창구로 허겁지겁 달려가도록 강요했다. 소매업자와 도매업자들은 가난한 사람들의 호주머니에서 마지막 남은 동전 한 닢까지 우려내었고, 투기꾼들은 이 세상 다른 어느 곳에서보다 비싼 집을 지었다. 몸이 아파 병원에 달려가면, 교만한 의사들이 사람을 당장 도살해야 하는 늙은 말처럼 다루었다. 이런 모든 걸 참지 못하고 신경쇠약에 걸리면, 정신병원의 험상궂은 간호사들이 강제로 환자복을 입히고서 마지막 남은 한 줄기 분명한 생각마저 흐리게 하는 주삿바늘을 정맥에 꽂았다.

산업 콘체른과 삼림 소유주들이 사랑하는 조국의 재산을 제멋대로 갈취했으며, 그나마 남아 있는 것은 나무좀벌레들이 깡그리 갉아먹었다. 하늘에서 산성비가 내려 대지를 오염시키고 불모의 땅으로 만들었다. 농부들이 들판에 비료를 마구 뿌려대는 바람에 강과 호수, 바닷가에서 유독한 해초들이 무성하게 번식했다. 공장의 굴뚝과 하수구에서는 오염물질이 쏟아져나와 사람의 눈과 공용 하천으로 스며 들어갔다. 물고기들이 떼를 지어 죽었고, 새 둥지에서는 가련한 새끼 새들이 너무 일찍 알을 깨고 나왔다. 국도에서는 무모한 속도광들이 날뛰었고, 그 불행한 희생자들은 공동묘지와 병원의 중환자실을 채웠다.

공장과 사무실에서 일하는 사람들은 기계들과 경쟁을 해야 했고, 그러다 지치면 자리에서 떨려났다. 윗사람들은 끊임없이 높은 실적을 요구하며 부하직원들을 욕보이고 짓밟았다. 여자들은 수시로 괴롭힘을 당했다. 그렇지 않아도 셀루라이트(주로 엉덩이나 넓적다리 부위에 오렌지 껍질처럼 뭉쳐 있거나 울퉁불퉁하게 튀어나온 피부를 말한다 — 옮긴이)에 시달리는 여자들의 엉덩이 움켜쥐는 것을 당연한 권리로 여기는 허풍스런 녀석이 항상 어딘가에 있었다. 남자들은 쉴 새 없이 능력을 증명해야 했으며, 심지어는 짧은 휴가 기간 동안에도 거기에서 벗어날 수 없었다. 혐오스러운 직장 동료들이 기회만을 엿보다가 자신보다 약한 자가 있으면 신경쇠약에 걸릴 정도로 심하게 몰아붙이고 괴롭혔다.

술을 마시면 간장과 췌장이 망가졌고, 음식을 좀 양껏 먹으려 들면 혈관의 콜레스테롤 수치가 증가했으며, 담배를 피우면 치명적인 암세포가 폐 속에 둥지를 틀었다. 뭘 하든 결과는 항상 나쁜 쪽으로 나타났다. 열심히 조깅을 하면 과로로 길에서 쓰러졌고, 조깅을 하지 않는 사람은 지나친 지방질 섭취로 관절이 망가지거나 척추에 문제가 생겼으며 결국에는 심장마비로 세상을 떴다.

여행자들이 입을 모아 이런 이야기들을 나누다 보니, 비참한 조국에서 가련한 삶을 연명할 수밖에 없는 다른 핀란드 사람들에 비해 갑자기 자신들이 행복한 처지에 있는 듯이 생각되었다. 그들은 이런 인식에 힘입어 정말 오랜만에 처음으로 기쁨을 만끽했다.

그러나 언제나 흥을 깨는 사람이 있기 마련이다. 세포 소르요넨이 허락도 받지 않고서 핀란드에 대한 이야기를 하기 시작했다. 그런데 더욱 나쁜 점은 소르요넨의 조국에 대한 기억이 전적으로 긍정적이라는 사실이었다. 소르요넨은 핀란드의 사우나를 예로 들었다. 그의 생각에 따르면, 단순히 사우나가 존재한다는 사실 하나만으로도 핀란드 사람에게는 어떤 상황에서든 결코 자살을 할 권리가 없다는 것이었다. 어쨌든 목숨을 끊기 전에 사우나에서 땀을 푹 내지 않고서는 자살할 권리가 없었다.

소르요넨은 부드럽고 조용한 목소리로 북 카랄라 지방의 훈증 사우나에 대해 이야기하기 시작했다. 자신이 훈증 사우나 안에서 세상에 태어났길 바랐는데, 사실 그러지 못했다고 말했다. 하지만 지금까지 살아오는 동안 가장 즐거웠던 몇 순간을 그 사우나 안에서 보냈다는 것이었다. 그 사우나는 각목으로 지은 아주 평범한 오두막 안에 있었다. 소르요넨은 어머니, 아버지와 함께 그곳에서 사우나를 할 수 있었다. 온 가족이 힘을 합해 사우나 준비를 했다. 아버지는 여름에 직접 벤 오리나무를 쪼개어 장작을 만드셨고, 어머니는 사우나의 의자를 닦고 러시아식 파이를 구우셨으며, 소르요넨은 물을 길어 날랐다. 아버지는 화주를 조금 마셨고, 어머니는 볼썽사납다며 아버지를 타박하셨다. 거름 더미 뒤편의 나무에 까치들이 고개를 갸웃 숙이고 앉아서는, 오리나무 연기가 뭉실뭉실 피어나는 연통을 바라보았다. 연기는 구름이 되어 하늘로 흩어졌다. 소르요넨은 아직도 그 냄새가 코에 물씬 묻어나는 것만 같았다.

소년은 어두운 사우나실의 맨 위쪽 벤치에서 어머니와 아버지 사이에 어깨를 높이 세우고 말없이 앉아 있었다. 뜨거운 증기가 소년을 에워쌌다. 소년은 혼자서 물을 더 부어도 좋다는 허락을 받았다. 아버지는 소년에게 아주 잘했다고 칭찬하셨으며, 어머니는 그렇게 금방 과장하지 말라고 대꾸하셨다.

아버지는 생각에 잠긴 눈빛으로 어머니의 늘어진 커다란 젖가슴을 바라보셨다. 세포는 그 두 분이 자신을 낳아준 부모님이라는 사실을 새삼 깨달았다. 어머니가 소년에게 자작나무 가지 다발(핀란드 사우나에서 땀을 내기 위해 사용된다. 먼저 자작나무 가지 다발을 물속에 담갔다가 뜨거운 증기 속에서 세게 흔든 다음, 그것으로 몸을 때린다. 상큼한 자작나무 잎 냄새와 어우러지는 약간의 통증은 핀란드 사우나의 최고 절정을 이룬다─옮긴이)을 건네주면서, 그것으로 어머니의 등을 너무 세지 않게 조금 두드리라고 말씀하셨다.

"애야, 그렇게 보지 마라."

어머니는 우라스 출신이셨고, 아버지는 원래 포햔마 분이셨다.

세포는 물을 더 부은 후에 호수로 달려 나가, 아직 수영을 할 줄 모르는데도 물속에 뛰어들었다. 아버지가 소년에게 개헤엄 치는 법을 가르쳐주셨고, 어머니는 보트 선착장 뒤에서 분홍빛 속옷을 물에 헹구셨다. 그런 다음 모두 함께 다시 오두막에 들어 갔다. 이번에는 아버지가 자작나무 가지 다발을 거세게 휘두르 셨다. 뜨거운 공기가 사우나 구석구석에 퍼졌다. 어머니가 씻을 물을 벌써 목욕통에 받아두셨는데도 세포는 사우나의 벤치에서 일어나려 하지 않았다.

"고추 씻는 걸 잊지 마라."

어머니가 밖으로 나가면서 말씀하셨다.

세포와 아버지는 땀을 뻘뻘 흘렸다. 그런 다음에야 사나이 대 장부들처럼 함께 잔디 깔린 뜰을 가로질러, 갓 구운 러시아식 파 이 냄새가 향긋한 거실로 들어갔다.

어머니가 세포의 커다란 유리잔에 우유를 가득 따라주셨다. 그러나 아버지 앞에는 빈 잔이 그대로 놓여 있었다. 아마로 만든 향긋한 수건 냄새가 아버지와 아들을 에워쌌다. 아들은 수건에 푹 감싸여 있었다. 어머니가 아버지의 수건 속에서 화주병을 끄 집어내셨다. 아버지가 헛간에서 마신 바로 그 술병이었다. 어머 니는 아버지에게 한 잔 따라주고는 술병을 보이지 않는 곳에 감 추셨다. 어머니가 살짝 소리 내어 웃으셨고, 세포는 무슨 뜻인지 이해했다.

세포는 잠시 후에 우유 컵과 파이를 들고 밖으로 나갔다. 계단에 앉아서 우유를 마시고 따뜻한 파이를 베어 먹었다. 그리고 몇십 년이 지난 지금, 멀고 먼 노르웨이의 이 이름 모를 연못처럼 잔잔했던 호수를 바라보았다. 그때에는 해가 졌지만, 지금은 아직도 해가 환하게 세상을 비추고 있다.

이 가슴 뭉클한 사우나 추억에 취해서, 세포 소르요넨은 시도 썼다고 털어놓았다. 그러고는 시를 몇 편 암송했는데, 전부 비통한 분위기와는 거리가 멀었다.

여행단은 소르요넨을 '슬픔의 훼방꾼'이라고 불렀다.

차츰 말수들이 줄어들었고, 앞으로의 운명을 전혀 가늠할 수 없는데도 자비로운 잠이 사람들 위에 살포시 내려앉았다.

대령이 텐트 입구를 닫고서 바로 그 앞에 누웠다. 군인들은 개들과 비슷한 점이 있다. 전혀 그럴 필요가 없는데도 알아서 보초를 선다. 대령은 헬레나 푸사리가 앞쪽으로 미끄러져 와 자신 옆에 눕는 것을 잠결에 어렴풋이 느꼈다.

21

핀란드 국가정보부의 에르메이 랑칼라 반장은 시큰둥한 표정으로 서류철을 뒤적거렸다. 올 여름 최대의 희귀 사건으로 보이는 일과 관련하여 어렵게 수집한 정보들이 서류철을 채우고 있었다. 랑칼라 반장은 이 복잡하게 뒤엉킨 사건 때문에 휴가를 뒤로 미루어야 했다. 그래서 지금 이 무더운 오후에 라타카투의 허름한 집무실에 앉아서, 정보부 일이라는 것이 왜 이리 재미가 없을까 생각하는 중이었다. 터지는 사건마다 고약하고 음산하고 오리무중으로 얽혀 있었다.

랑칼라 반장은 이제 육십을 바라보는 나이였으며, 국가정보부의 보람 없는 일에 넌더리가 났다. 아무리 뼈 빠지게 열심히 일해도 제대로 평가해주는 사람은 없었고, 악의적인 국민과 특히 언론은 국가의 존립을 위해 중요할 뿐 아니라 때로는 꼭 하지 않을

수 없는 수사관들의 일을 깎아내리지 못해 안달이었다. 어디선
가 굴러 들어온 글쟁이들은 그저 기회만 닿으면 뻔뻔하게도 말도
안 되는 허무맹랑한 소리를 신문에다 떠들어댔다. 그런데도 그
런 허튼소리에 대처하는 것은 관청의 관례가 아니었다. 무슨 일
이든 비밀이라고 하면, 사람들은 으레 엉뚱한 생각을 하기 마련
이다. 그런데 바로 비밀인 탓에, 오해인 줄 알면서도 오해를 시
정할 수 없다. 그것은 모순이었고, 그 모순 때문에 에르메이 랑
칼라 반장은 세상으로부터 소외당하고 자신이 하는 일에서 멀어
졌다. 반장은 자신이 핀란드를 보호하는 보이지 않는 손이라고
느꼈다. 그런데 배은망덕한 국민들은 은인을 몰라보고서 그 손
을 물어뜯었다.

　　에르메이 랑칼라는 냉소적인 웃음을 터뜨렸다. 국민들은 공공
연히 어리석은 짓을 저지르고, 누군가는 그 치명적인 결과를 비
밀리에 막아야 한다. 비밀경찰은 공적으로 활동할 수는 있지만,
공공연히 나설 수는 없다.

　　현재 문제되는 사건은 처음엔 별일 아닌 듯이 보였다. 자살하
려는 의도를 품은 사람들과 관련된 신문 스크랩이 어느 날 에르
메이 랑칼라의 책상 위에 올라왔다. 랑칼라 반장은 으레 그렇듯
이 그 사건을 조사했다. 자살은 원래 정보부 소관이 아니었지만,
무엇 때문에 그런 광고가 공공연하게 신문에 실렸는지 경위를 밝
혀야 했다. 반장은 수상하게도 여러 번에 걸쳐 부도를 낸 온니 렐

로넨이라는 이름의 사업가가 신문 광고의 배후 인물이라는 사실을 어렵지 않게 밝혀내었다. 우편물을 단서로 추적한 결과, 해메에 소재한 렐로넨의 여름 별장이 사건의 진원지였다. 렐로넨이 헬싱키에서 비밀 집회를 열려 한다는 사실도 드러났다. 게다가 핀란드 군대의 한 대령까지 일에 연루되어 있었다.

랑칼라는 레스토랑에서 열린 집회에 수사관을 한 명 파견했다. 예상보다 많은 사람들이 그곳에 모인 것은 사실이었지만, 그 자체로 법을 위반하는 일은 발생하지 않았다. 집회의 목적은 무엇보다도 심리 치료에 있었고, 자살 세미나가 국가의 안전에 직접적으로 큰 위협이 되는 건 아니었다. 집회에 뒤이어 극히 의문스러운 사망 사건이 발생하지 않았더라면, 그 일은 그대로 넘어갔을 것이다. 랑칼라 반장은 의혹을 억누를 수 없었다. 사망 사건이 남예멘 대사의 관저에서 일어났다는 점이 관심을 끌었다. 그렇다면 그 집단이 구체적인 방식으로 핀란드의 대외 관계에 개입했단 말인가. 그 사건의 전모를 철저히 밝혀야 했으며, 그것은 국가정보부가 할 일이었다. 그 별난 무리가 처음의 예상과는 달리 심상치 않은 일을 벌일 가능성이 있었다.

국가정보부 수사망은 켐파이넨이라는 이름의 대령이 이미 언급한 사업가 온니 렐로넨과 함께 그 무리를 인솔한다는 사실을 밝혀냈다. 또한 토이얄라 시민대학의 부학장인 헬레나 푸사리라는 젊은 여인도 인솔팀에 끼어 있었다. 그 집단은 순식간에 활동

영역을 핀란드 전국으로 확대했다. 자살의 의도를 품은 사람들에게서 상당한 액수의 기부금을 받았으며, 최신형 호화 버스를 타고 다녔다. 적어도 스무 명 이상으로 이루어진 그 집단이 추적의 손길을 떨쳐버리려고 노력하는 게 분명했다. 그들의 목표는 집단 자살을 꾀하는 데 있었다.

국가정보부의 발의에 의해서 렐로넨의 여름 별장에 처분 금지 결정이 내려졌을 때, 그 집단은 정보부의 감시망에서 벗어났다. 압류 처분이 내려진 날, 랑칼라 반장은 렐로넨의 파산 관리인과 함께 직접 그곳에 가보았다. 집은 텅 비어 있었고, 다만 불타버린 초막들의 재에서 연기가 뭉실뭉실 피어올랐다.

사본린나에 사는 타빗사이넨이라는 이름의 전기 기술자가 부인이 납치되었다고 신고하지 않았더라면, 흔적은 거기서 영영 사라졌을 것이다. 타빗사이넨은 처음에 그 지역 관할 경찰서에 도움을 요청했지만, 담당 경찰은 부인이 그곳을 찾아온 사람들을 따라 멀리 떠난 데는 전혀 문제가 없다고 선언했다.

철저한 탐문 조사 결과, 타빗사이넨 부인이 헬싱키의 자살 세미나에 참석했던 사실이 드러났다. 그러나 이리저리 장소를 옮겨 다니는 그 집단의 꼬리를 잡기도 전에, 그들은 다시 사본린나에서 종적을 감추었다.

그 집단의 호화 버스가 다음으로 모습을 나타낸 곳은 코트카였다. 그들은 뻔뻔하고 방약무인하게도 이미 세상을 떠난 조직원의 장례식에 참석했다. 랑칼라 반장은 사람을 시켜 그 젊은 녀석의 장례식을 감시하지 않은 자신을 비난했다. 그러나 후회한들 무슨 소용이 있겠는가. 버스는 사라진 지 이미 오래였다.

반장은 지금까지 조사한 내용으로 보아, 그 수상한 조직이 핀란드를 떠나려는 게 아닌가 우려하지 않을 수 없었다. 그 조직의 실제 목적지가 어디인지는 아직 정확하게 알 수 없었다. 그렇지만 그 무리가 집단 자살을 계획한다면 사태는 심각했다. 법률상으로 자살이나 자살하려는 시도는 범죄가 아니었다. 그러나 그동안에 규모가 아주 확대된 그 집단 활동의 배후에 상황에 따라서는 매우 심상치 않은 일이 숨어 있을 수 있었다. 랑칼라는 직속 상사와 의논을 한 후에 국경의 세관원에 도움을 요청했다. 핀란드 국경을 벗어나는 신형 관광버스, 특히 승객들이 아주 우울해 보이는 버스에 주목하라는 지시가 모든 국경 초소에 하달되었다.

켐파이넨 대령의 주변도 조사해보았지만, 특별히 이상한 점은 눈에 띄지 않았다. 대령은 레스토랑의 집회에 참석한 후에 잠깐 참모부를 방문했는데, 그 점은 물론 수상쩍었다. 그 밖에 대령은 휴가 떠날 준비를 하고, 위배스퀼래 집의 전기를 끊도록 조치했다. 정말로 모종의 대대적인 일을 준비하는 듯한 인상이 들었다. 랑칼라는 도대체 그게 무슨 일인지 알고 싶었다.

랑칼라 반장은 그 조직이 타고 다니는 버스의 특징과 소유주를 알아내기 위해 많은 노력을 기울였다. 목격자들의 진술에 따르면, 관광에 이용되는 버스는 최신형 호화 버스였다. 자동차 공장을 통해 알아낸 바에 따르면, 포리에 사는 버스 운수업자 코르펠라의 버스로 추측되었다. 코르펠라는 버스와 함께 행방이 묘연했다. 랑칼라는 수사관 한 명을 시켜 코르펠라의 회사를 감시하게 했는데, 그것은 잘한 짓이었다. 버스가 회사 경내에 모습을 나타낸 것이다. 그러나 제대로 한 번 정차하지도 않고서 그대로 다시 떠나버렸다. 랑칼라가 파견한 수사관은 낡은 라다(러시아의 소형 자동차 — 옮긴이)를 타고 있었다. 코르펠라의 버스는 고속도로에 들어선 즉시 수사관을 떨쳐버렸고, 내르피외에 이르러서는 완전히 수사망에서 벗어났다. 추측건대 버스는 북쪽을 향하는 듯싶었다. 그러는 동안에 핀란드 여기저기에서 사람들이 행방을 감추었다. 마지막으로 들어온 정보는 케미애르비의 국경 경비대원에 대한 것이었다. 랑칼라는 골똘히 생각에 잠겼다. 외무부와 군대 관계자들이 개입한 데 이어 국경 경비대원까지 일에 끼어들었단 말인가?

에르메이 랑칼라 반장은 오리무중으로 얽힌 그 사건이 증오스러웠다. 애당초 신문 스크랩을 받아 들었을 때 휴지통에 던져버리지 않은 것이 후회막급이었다. 랑칼라는 이제 노인네였으며, 그렇게 복잡하게 꼬인 사건을 해결할 힘이 없었다. 국가정보부는 인력난에 시달렸다. 젊은 수사관들은 종종 성의가 부족했고 자금은 빠듯했으며 시설은 낡고 노후했다. 지금 다시 그런 사실을 절감해야 했다. 랑칼라는 이 회귀한 사건이 미궁에 빠져버릴까 두려웠다. 많은 점으로 보아 대형 사건이 분명했다.

국가정보부 역사에서 전국을 흔들었던 대형 사건들 가운데 하나는 이른바 무기 은닉 사건이었다. 처음에 그 사건은 아주 사소한 듯 보였지만, 차츰 국가의 존립을 위협하는 일련의 커다란 사건들로 이어졌다. 결국 정치인들과 법조인들이 힘을 모아 그 사건의 전모를 완전히 밝히는 데 오륙 년이란 시간이 걸렸다. 에르메이 랑칼라 반장은 자신이 손에 들고 있는 서류철에 그것과 규모는 비슷하지만 훨씬 더 복잡하게 얽힌 사건이 숨어 있을지 모른다고 추측했다.

랑칼라 반장은 시계를 보았다. 이미 점심 먹을 시간이 조금 지나 있었다. 그 골치 아픈 일 때문에 커피를 너무 많이 마셨는지 속이 쓰렸다. 반장은 서류철을 옆으로 밀어놓고 사무실을 나섰다. 햇살이 거리를 비추었다. 어쨌든 여름이었다. 랑칼라 반장은 시장을 향해 발걸음을 옮겼다. 토마토 한 개를 사서, 묻어 있을지 모르는 병충해 방제 약품을 윗도리 소매에 꼼꼼하게 문질러 닦아낸 다음 한 입 베어 물었다. 토마토에서 흐른 물이 넥타이에 튀었다. 언제나 그런 식이었다. 기를 쓰고 노력하는데도 되는 일이 없었다. 반장은 붉은 토마토 덩이를 길바닥에 던지고 발로 짓밟았다. 그러고는 부둣가에 섰다. 순간 기름이 둥둥 떠 있는 물속에 뛰어들어 죽고 싶은 충동이 일었다.

22

마침내 자살자들은 알타(북 노르웨이의 북극권에 위치한 도시. 태양이 5월 16일부터 7월 26일까지는 지지 않고, 11월 24일부터 1월 18일까지는 뜨지 않는다 — 옮긴이)에 도착했다. 육지의 선장 미코 헤이키넨은 자살 같은 중대한 최후의 결정을 내리기 전에는 반드시 술을 마셔서 원기를 돋우어야 한다고 주장했다. 대령은 반대하지 않았다. 어쨌든 하루 알코올을 마신다고 파멸하는 사람은 없다. 그리고 이제 모두 어차피 살날을 겨우 하루 남겨놓은 처지가 아니던가.

헤이키넨 선장이 어느 건물의 뒤편에서 알코올 전문 판매점을 발견하고 행동을 개시했다. 헤이키넨은 가게 안으로 들어가 서른세 병의 화주를 주문했다. 판매원들은 어떻게 할 것인지 의논하기 위해 뒷방으로 물러났다. 그들은 핀란드 여행객들이 화주를 즐겨 마시는 데는 이미 익숙해 있었지만, 이번처럼 심한 경우는 아직까지 본 적이 없었다. 판매원들은 단 한 사람의 술주정뱅이에게 과연 화주 서른세 병을 팔아야 할 것인지 가게 주인에게 물었다. 가게 주인이 직접 손님을 살펴보기 위해 나왔다. 주인은 핀란드 남자가 굉장한 소비자인 것을 단박에 알아보고서 화주를 내주라고 지시했을 뿐 아니라 노르웨이산 아쿠아비트(스칸디나비아 반도의 독한 특산주 — 옮긴이)까지 추가로 권했다. 헤이키넨은 가게 주인의 제안을 받아들여 아쿠아비트까지 총 마흔다섯 병의 술을 샀다. 켐파이넨 대령이 술값을 치르고 버스까지 술병 나르는 것을 도와주었다. 대령은 그렇게 많이 사지 않았어도 충분했을 거라고 말했다. 헤이키넨은 일생에 한 번 죽지 두 번 죽느냐는 말로 변명했다.

식료품 가게에서 먹을 음식도 구입했지만, 단 한 끼분으로 제한했다. 다들 더 이상은 필요하지 않다는 의견이었다. 여행의 목적지가 코앞에 있었다.

울라 리스만키가 약간의 마른 나무 장작이 필요하다고 말했다. 다른 사람들이 궁금해하자, 리스만키는 장작이 필요한 이유를 설명했다. 나는 당신들을 끝까지 쫓아갈 생각이 없소. 슬픔의 훼방꾼 세포 소르요넨과 함께 뒤에 남아서, 버스가 노르카프 암벽에서 빙해의 파도 속으로 곤두박질치는 광경을 지켜볼 생각이오. 그러자니 이 찬바람 부는 바위 위에서 몸이 얼지 않으려면 땔감이 좀 필요하지 않겠소. 이곳은 어찌나 황량한지 키 작은 자작나무도 못 자라지 뭡니까.

울라는 땔감을 어디서 구할 수 있는지 그곳 주민들에게 물었으며, 잘게 빠개진 것이면 더욱 좋겠다고 덧붙였다. 도시 변두리에 사는 한 농부가 벽난로용 마른 장작을 팔았다. 울라는 코르펠라의 버스 짐칸에 장작을 실었다. 그 기회를 이용하여 핀란드 각지를 누비는 동안 가득 찬 버스 화장실의 거대한 탱크를 농부의 정화조에 비웠다.

알타에서 북동쪽 방향으로 산악 고원지대가 이어졌다. 코르펠라의 호화 버스가 덜커덩거리며 달리는 그 지역의 낡은 노선 버스를 간단히 추월했다. 백미러를 통해 보니, 알타와 함메르페스트 사이를 오가는 시외버스였다. 자신의 최신형 점보 스타가 얼음 바다에 풍덩 빠뜨리기에는 사실 너무 아깝다는 생각이 그 순간 코르펠라의 뇌리를 스쳤다. 낡은 차량으로도 얼마든지 바다에 뛰어들 수 있었다. 그런데 바로 그런 낡은 차량을 방금 추월하지 않았던가. 이 호화 버스를 덜커덩거리는 시외버스와 맞바꾸어서 노르웨이 국민경제에 보탬이 되도록 마지막 선행을 베푼다면 어떨까? 코르펠라는 마이크를 통해 승객들의 의견을 물었다. 승객들도 그렇듯 호화스런 버스로 집단 자살을 시도하는 것은 쓸데없는 낭비라는 데 동의했으며, 좀더 우아하지 못한 차를 타고 죽을 각오가 되어 있다고 선언했다.

코르펠라는 엉금엉금 뒤를 따라오는 시외버스를 길가로 밀어

붙였다. 그러고는 혹시 승객 가운데 노르웨이 말을 할 수 있는 사람이 있냐고 물었다. 헬싱키의 상류층에 속하는 쉰다섯 살의 아울리키 그란스테트 부인이 노르웨이 말을 할 수 있다고 알렸다. 지금까지 여행하는 동안 내내 침묵을 지키며 깊은 생각에 잠겨 있던 그 부인은 언어 솜씨를 발휘할 기회가 주어지자 갑자기 활기를 띠었다. 코르펠라와 그란스테트 부인이 시외버스 운전기사에게 버스를 교환하자는 제안을 하기 위해 차에서 내렸다.

노르웨이 운전기사는 자신을 강제로 몰아붙인 코르펠라에게 분통을 터뜨렸다. 그러나 그 희귀한 제안을 받고는 욕설을 중단했다. 지금 길 한가운데서 차를 맞바꾸자는 말인가? 저 핀란드 운전기사가 돌은 게 아닌가? 아니, 그는 한적한 국도에서 시시한 농담이나 주고받을 한가로운 처지가 아니었다. 운행 시간표에 묶여 있는 몸이었고, 저녁에 함메르페스트에 차를 대야 했다. 스무 명 가까운 승객이 버스 안에 있었으며, 그들 가운데 적어도 몇 명은 후르티루텐 배를 타야 했다.

코르펠라는 지금 평생에 단 한 번 있을까 말까 한 좋은 기회를 만난 거라고 그 남자를 설득하려 했다. 추가로 돈 한 푼 내지 않고서 호사스런 관광버스의 운전대를 잡을 수 있는 절호의 기회였다. 차량 관계 서류에는 조금도 문제가 없었으며, 버스 대금은 완불된 상태였다. 지금이 국도 한가운데서 한몫 잡을 수 있는 유일무이한 기회라는 것을 그래도 이해하지 못하겠는가?

노르웨이 운전기사는 갑자기 큰돈을 벌 수 있다는 황홀한 생각을 받아들이지 못했다. 그러자 코르펠라가 노르웨이 승객들에게 자신의 버스를 한번 보라고 권유했다. 승객들은 코르펠라의 권유를 흔쾌히 받아들였다. 그리고 아주 근사한 거래라고 생각했으며, 노르웨이 운전기사가 지나치게 소심하다고 비난했다. 그렇게 유리한 교환 제안을 받으면 그 기회를 놓치지 말고 덥석 움켜잡아야 하는 법이었다. 그러나 물론 그들은 자신들의 버스 운전기사에 대해 잘 알았으며, 원래 우유부단하고 관료적인 사람이라고 생각했다.

그러자 노르웨이 운전기사가 다시 분통을 터뜨리며 더욱 고집을 부렸다. 그는 길 한가운데서 차를 바꾼다는 것은 도저히 있을 수 없는 일이라고 말했다. 버스는 자신의 개인 소유물이 아니라 국가의 재산이므로 운전기사로서 버스를 제삼자에게 양도할 수는 없으며, 교환의 대가로 훨씬 더 좋은 차를 받는다 해도 마찬가지라는 것이었다.

그 문제를 놓고 노르웨이 운전기사와 승객들 사이에 싸움이 벌어졌다. 주민들은 새 버스가 알타와 함메르페스트 사이를 달리길 원했지만, 얼간이 같은 운전기사는 차를 바꿀 생각이 전혀 없었다. 차를 바꾸려고 하기는커녕 오히려 운행 시간표와 소유 관계만을 고집스럽게 들먹였다. 승객들은 운전기사가 정말 미련퉁이라고 입을 모았다. 코르펠라 역시 넌더리를 내며 자신의 대범한 제안을 철회했다. 그러고는 통역사와 함께 자신의 버스로 돌아와서는 쏜살같이 그 자리를 떠났다. 고집스러운 시외버스 운전기사는 성난 표정으로 운행 시간표에 맞추어 함메르페스트를 향해 길을 재촉했다. 승객들은 나머지 길을 가는 동안 내내 운전기사를 욕했다.

코르펠라가 속도를 내어 잽싸게 한 시간 남짓 달린 후에, 그들은 다시 얼음 바다에 도착했다. 포르상비크라는 곳이었다. 여행객들은 목적지에 가까워질수록 말수가 줄어들었으며, 진한 잿빛으로 넘실대는 얼음 바다의 파도를 보고서는 완전히 입을 다물었다. 당연한 일이었다. 버스가 피오르드(빙하에 깎여 생긴 골짜기에 바닷물이 들어와서 이루어진 좁고 깊은 만. 협만峽灣이라고도 한다 — 옮긴이)를 지나 10해리 정도 더 달려서 마게뢰위 섬에 이르면, 그 아래 거품을 일며 일렁이는 파도가 바로 그들의 무덤이었다. 마게뢰위 섬의 북쪽 끝에 위치한 황량한 노르카프 곶은 얼음장 같은 북극해에 솟아 있었다.

여행의 나머지 구간은 순식간에 지나갔다. 마치 노르카프가 버스를 향해 마주 달려오는 것만 같았다. 버스를 실은 카페리가 눈 깜짝할 사이에 해협을 건넜다, 어쨌든 모두에게 그렇게 생각되었다. 그러더니 버스가 어느새 다시 단단한 땅 위에 서 있었다. 코르펠라는 지체하지 않고 곧장 호닝스보그에서 노르카프를 향해 질주했다. 저녁 늦게 지구상의 가장 북쪽에 위치한 암벽에 도착했다. 코르펠라는 섬의 북쪽 끝을 1킬로미터 남겨둔 지점에서 버스를 세우고, 울라 리스만키와 세포 소르요넨에게 소지품과 땔감을 챙겨서 버스를 떠나라고 요구했다. 그곳이 야영하기에 적절했다. 두 사람은 미리 낭떠러지로 달려가서, 코르펠라가 속도를 높여 철책을 뚫고 바다 속으로 돌진하는 광경을 볼 수 있을 것이다.

"비디오카메라가 없어서 유감천만이야. 전설적인 장면을 촬영할 수 있었을 텐데!"

울라 리스만키가 소르요넨과 함께 땔감을 버스에서 내려 툰드라에 던지며 애석해했다. 그들은 두 사람분의 식량도 차에서 내렸다.

"화주는 어떡하지? 얼음 바다에 가라앉히기엔 너무 아깝지 않아?"

울라가 말했다. 그 말은 사실이었다. 헤이키넨이 사들인 마흔 다섯 병의 술은 거의 고스란히 남아 있었다. 헤이키넨 본인이 한 병을 비우고 두 병째 땄을 뿐, 나머지 사람들은 거의 술에 손대지 않았다. 그 많은 화주를 폐기할 이유가 없다고 대령이 울라의 말에 동의했다. 그러고는 울라에게 술병들을 버스에서 내려놓으라고 일렀다. 순록지기의 두 눈이 기쁨으로 빛났다.

렐로넨과 램새 역시 대령의 자동차를 타고 도착했다. 대령은 자동차 열쇠를 소르요넨에게 건네주라고 말했다. 죽음의 후보자들이 앉을 자리가 한 차에 충분한데 괜히 두 대를 없앨 필요가 없다는 생각이었다. 대령이 이제 버스에 올라탈 시간이라고 렐로넨과 램새에게 말했고, 두 사람은 느릿느릿 대령의 말을 따랐다.

코르펠라가 버스를 출발시켰다. 강력한 모터가 운명적으로 부르릉거렸다. 드넓게 펼쳐지는 바위들 사이를 뚫고 섬 끝으로 이어지는 좁은 길이 눈앞에 열렸다. 그곳에 작은 건물이 한 채 있었다. 해발 300미터 지점이었다. 아직은 그랬다!

자살자들은 입을 굳게 다물고 뻣뻣하게 자리에 앉아 있었다. 드디어 운명적인 순간이 왔다. 몇 명이 눈을 감았고, 나머지 사람들은 머리를 두 손으로 감싸쥐었다. 헤이키넨만이 화주를 들이켰다.

울라 리스만키와 세포 소르요넨이 버스를 지나 땅 끝을 향해 달렸다. 두 사람은 친구들의 마지막 비행을 놓치지 않으려고 서둘렀다. 울라가 숨을 헐떡거리며, 이런 광경은 날마다 볼 수 있는 게 아니라고 말했다.

아직 시간 여유가 조금 있었다. 리스만키와 소르요넨이 낭떠러지 끝에 이르려면 잠시 시간이 필요했다. 대령이 앞쪽의 코르펠라에게 다가가서, 지금 이 죽음의 순간에 자살하려는 이유를 털어놓지 않겠냐고 물었다. 코르펠라는 대령의 눈을 똑바로 바라보며 선언했다.

"우리 포리 사람들은 원래 자신의 사생활에 대해 말하고 싶은 욕구를 모른다오……. 그러니 우리 이대로 덮어둡시다."

리스만키와 소르요넨은 그 사이 저 멀리 앞에 이르러 있었다. 코르펠라가 동행자들을 돌아보며 마이크를 통해, 이제 시간이 되었다고 말했다.

"자 그럼, 모두들 잘 가시오. 그동안 고마웠소. 지금부터 내 능력껏 이 기계의 힘을 짜내겠소. 꼭 붙잡고 계시오. 저 앞 낭떠러지에 이르면 틀림없이 차가 흔들릴 테고 그러다 삼십 초 동안 공중을 날아갈 게요. 그 다음에 어떻게 될지는 여러분들 상상에 맡기겠소."

대령이 마이크를 잡고서 무사히 여행을 마치게 된 것에 고마움을 표했다. 그 순간 군대의 유명한 훈령을 인용하면 어떨까 하는 생각이 뇌리에 떠올랐다. 지금까지 많은 전투에 참가해 싸웠지만 이 자살자들처럼 용감하게 생명을 걸고 싸운 사람은 아직까지 보지 못했다고 말한다면 아주 적절하지 싶었다. 그러나 대령은 그 훈령을 그대로 가슴속에 묻어두었다. 죽음의 순간에 농담을 하는 것은 금기였다.

"아무도 여러분들에게 굳이 함께 죽으라고 강요하지 않는다는 사실을 끝으로 한 번 더 강조하고 싶소. 여러분들 모두 각자 자신의 운명에 대해 다시 한 번 조용히 심사숙고해보길 바라오. 버스의 문은 열려 있고, 누구나 자유롭게 그 문을 이용할 수 있소. 저 밖에서 삶은 계속될 것이오."

대령의 마지막 권유에 당황한 듯 침묵이 이어졌다. 자살자들은 당혹스러운 표정으로 서로를 바라보았다. 혹시 누군가가 버스에서 내려 살아남으려는 생각을 품은 것은 아닐까? 그러나 자리에서 몸을 일으키는 사람은 아무도 없었다. 모두들 자리를 굳게 지키고 앉아 있었다.

대령은 헬레나 푸사리 옆에 앉았다. 푸사리 부인이 대령의 손을 꼭 쥐었다. 두 사람은 차창 밖의 드넓은 바다를 바라보았다. 1킬로미터 앞, 바람 부는 절벽의 끝에 울라 리스만키와 세포 소르요넨이 서 있었다. 울라가 어서 오라고 손짓했다.

라우노 코르펠라가 가속페달을 밟고 사이드브레이크를 풀었다. 기어를 넣자, 엔진이 빠르게 돌아가고 기기의 바늘이 붉게 표시된 곳을 가리켰다. 코르펠라는 클러치페달에서 천천히 발을 떼었다. 폭탄을 가득 실은 폭격기가 이륙하기 위해 활주로 끝에서 엔진을 한껏 가동할 때처럼, 버스가 진동하기 시작했다.

코르펠라가 속도를 높였다. 호화 버스가 400마력의 힘으로 노도처럼 질주하자 바퀴에서 연기가 났다.

속도계의 바늘이 위로 치솟고, 바퀴들이 길을 따라 쏜살같이 돌진했다. 낭떠러지가 무시무시한 속도로 다가왔다. 코르펠라가 경적을 울렸다. 경적 소리가 사방에 울려 퍼지고, 검은 매연 구름이 바람을 타고 흩날렸다. 버스가 미친 듯이 점점 더 빠르게 질주했다. 얼음 바다의 차가운 무덤이 기다리고 있었다.

그때 별안간 운전석 위쪽의 붉은 등이 깜박거리고 차 안 여기저기서 날카로운 신호음이 울렸다. 비상등이 빛을 발했다. 살고 싶어하는 많은 손들이 높이 올라가 정차 스위치를 눌렀다. 코르펠라가 브레이크를 거세게 밟았다. 버스가 순간 요동을 치면서 승객들이 좌석에서 튕겨나가고, 급브레이크에 충격받아 바퀴에서 연기가 뭉실뭉실 피어올랐다. 얼음 바다가 가까이 다가왔다. 리스만키와 소르요넨의 어리벙벙한 얼굴이 순식간에 차창을 스쳐 지나갔다. 방호용 철책이 버스 앞에 모습을 드러냈다. 낭떠러지 끝에서 코르펠라는 전력을 다해 핸들을 옆으로 꺾었으며, 최후의 순간에 버스를 길 쪽으로 조종할 수 있었다. 버스가 조난당한 배처럼 위태롭게 옆으로 기울었다. 먹이를 기다리는 얼음 바다가 한순간 섬뜩한 검은 자태를 차창 밖으로 드러내는가 싶더니 사라졌다. 버스가 낭떠러지 끝을 따라 100미터 정도 미끄러져 내려가다가 마침내 멈추었다. 차량의 압력장치에서 요란하게 쉿 소리가 났다. 모터가 과열되면서 냉각수가 끓어오르고 엔진 주변에 증기가 피어올랐다. 코르펠라는 충격받은 인간 서른 명이 앉아 있는 버스 안을 돌아보았다. 모두들 하얗게 죽음의 공포에 질려 있었다.

23

자살자들은 우르르 버스에서 몰려나와 얼굴의 식은땀을 닦았다. 코르펠라가 버스의 시동을 끄고 맨 마지막으로 자리에서 일어났다. 울라 리스만키와 세포 소르요넨이 허겁지겁 달려왔다. 울라는 열정적으로 시작한 집단 자살이 중단되어서 실망한 기색이었지만, 세포 소르요넨은 삶을 긍정하는 방향으로의 급선회에 감동과 기쁨을 표시했다. 소르요넨은 위험을 넘긴 사람들에게 달려가 진심으로 축하했다. 모든 사람들을 하나하나 껴안고 어깨를 두드리며 감격의 눈물을 흘렸다.

울라 리스만키가 도대체 뭐가 잘못되었냐고 물었다.

코르펠라도 같은 물음을 던졌다. 도대체 어설프게 정차 스위치를 누른 사람이 누구란 말인가? 이게 다 무슨 짓인가? 코르펠라는 최후의 순간에 급브레이크를 밟아야 했다. 하지만 이미 나이가 너무 많아서 그런 식의 농담을 이해할 수도, 또 인정할 수도 없었다. 한번 죽기로 결심했다면 죽음 앞에서 망설여서는 안 되었다. 양단간에 분명하게 결정을 내려야 했다. 행동을 함께하고 싶지 않은 사람이 있으면, 얼마든지 빠지면 될 일이었다.

"게다가 그런 식으로 무리하게 조작하면 새 차가 망가진다고."

코르펠라가 툴툴거리며 분을 참지 못하고 버스의 앞바퀴를 발로 꽝 걷어찼다.

나머지 사람들은 침묵을 지켰다. 북극의 망망대해에서 차가운 바람이 몰아쳤다. 지칠 줄 모르는 태양이 북쪽 수평선에서 수면을 핏빛으로 물들였고, 거센 파도가 요란한 소리를 내며 가파른 암벽에 부딪혔다. 부리가 붉은 큰회색머리아비가 뻔뻔스러운 갈매기들하고 싸움을 벌였다. 이따금 자살자들 사이로 새똥이 우수수 떨어졌다.

코르펠라는 밤새도록 여기 절벽 끝에 서 있고 싶지 않다고 선언했다. 그러고는 버스에 올라타고서 나머지 사람들도 어서 타라고 재촉했다. 다시 한 번 시도해볼 작정이었다.

자살자들은 말없이 차에 올라탔다. 울라 리스만키가 이번에는 정말이냐며, 지금 바다 속으로의 주행을 보기 위해서 두 번째로 달려갈 생각인데 괜히 헛수고하는 게 아니냐고 물었다.

이제 대령이 나섰다. 대령은 마이크를 잡고서 침착하고 조용한 목소리로, 죽음을 향한 주행의 절정에서 적어도 열 명 내지 열다섯 명의 여행객이 정차 스위치를 누르는 것을 보았다고 말했다. 그리고 자신도 그 가운데 한 사람이었으며, 처음부터 그럴 작정이었다고 고백했다.

코르펠라가 죽을 생각도 없는 사람들이 무엇 때문에 자신의 버스에 앉아 있냐고 물었다. 대령은 자신이 심리 치료를 목적으로 모험을 감행했다고 대답했다. 죽음의 경험이 삶의 의욕을 불러일으킨다는 것은 예부터 알려진 지혜였다.

"내가 버스를 세우지 않았더라면 어쩔 뻔했소? 그랬더라면 우리 모두 지금쯤 저 아래 바다 속에서 물고기의 먹이가 되었을 게요."

코르펠라가 투덜거렸다.

"살다 보면 때로는 모험을 감행해야 하는 법이오."

대령이 말했다. 그리고 오늘 하루는 죽음의 주행을 그만두는 게 어떻겠냐고 제안했다. 방금 전의 경험이 너무 충격적이어서, 모두들 다시 마음의 평정을 되찾으려면 시간과 휴식이 필요했다. 대령은 다 함께 울라의 물건이 있는 곳으로 돌아가서 야영할 준비를 하라고 지시했다. 그곳에서 오늘밤을 보냅시다. 그리고 기분 내키면 알타에서 산 화주병을 딸 수도 있지 않겠소. 내일 아침에 다시 최후의 시도를 합시다.

그 제안은 만장일치로 받아들여졌다. 자살단은 죽음의 주행을 시작했던 곳으로 돌아갔다. 그곳에서 울라의 장작으로 모닥불을 피웠고, 여자들은 빵으로 식사를 준비했다. 자살자들은 밤새도록 깨어 있기로 결정했다. 리스만키와 소르요넨은 화주병을 도로 내놓아야 했으며, 다들 화주를 나누어 마셨다. 홀가분한 분위기가 텐트 안을 지배했고, 사람들은 마치 다시 태어난 듯 행복한 표정이었다. 슬픔의 훼방꾼 소르요넨이 낙천적인 견해로 흥을 돋워가며 재미있는 이야기를 들려주었다. 울라 리스만키는 절벽에서 독일 사람 두 명과 핀란드 사람 한 명을 보았다고 이야기했다. 코르펠라의 버스가 바다를 향해 돌진할 때, 그들은 때마침 망원경으로 새들을 관찰하고 있었다. 버스가 급정거한 후에, 세 사람은 가까이 다가와서 자살자들이 하는 말을 들었다. 독일 사람들은 핀란드 남자가 통역해준 이야기를 끝까지 듣고서 말없이 고개를 절레절레 저었다.

자살단 회원들은 즐거운 분위기에 취해서 울라의 이야기에 크게 개의치 않았다. 독일인들이야 어차피 항상 핀란드 사람들을 보고 감탄했다. 울라는 마음을 놓을 수 있었다.

이튿날 아침 일찍 코르펠라는 잠에서 깨어나 버스의 엔진을 예열시켰다. 새롭게 시도할 작정이었다.

버스는 텐트 옆 길가에 주차되어 있었다. 코르펠라가 열린 차창을 통해, 자 이제 일어나서 차에 탈 시간이라고 소리쳤다. 이번에는 승객 모두가 정차 스위치를 눌러도, 절대로 버스를 멈추지 않을 생각이었다.

텐트 안에서는 아무도 대답하지 않았고, 기어 나오는 사람도 없었다. 이런, 아직도 다들 곤히 자는 모양이군. 코르펠라는 버스의 시동을 끄고서, 최후의 주행을 위해 자살자들을 깨우려고 텐트 안으로 들어갔다.

텐트 안에서는 이상하리만치 코 고는 소리가 요란했다. 마치 자살자들은 몇 주일 동안이나 밤을 꼬박 지새운 듯 곤히 자고 있었다. 코르펠라가 코 고는 사람들 가운데 한 명의 다리를 잡아 흔들자, 그는 한 번 숨을 깊이 들이마셨을 뿐 돌아누워 계속 잤다. 심지어는 헬레나 푸사리와 그란스테트 부인마저 텐트가 흔들릴 정도로 크게 코를 골았다.

코르펠라가 기상이라고 울부짖었다. 코르펠라는 필요한 경우에 투사처럼 사방이 쩌렁쩌렁 울릴 만큼 소리를 지를 수 있었다. 모두들 화들짝 놀라서 벌떡 일어났는데, 깊이 잠들지 않았었다는 것을 한눈에 알 수 있었다. 다만 코르펠라가 운전하는 죽음의 버스에 타고 싶지 않았던 것이다. 어제의 일을 겪은 후 자살하고 싶은 마음이 사라지고 없었다. 그 사이에 삶을 긍정하는 쪽으로 분위기가 바뀐 게 분명했다.

사람들은 마지못해 텐트 밖으로 기어 나왔지만, 길가에 대기 중인 버스에 올라타는 사람은 단 한 명도 없었다. 그 대신 부산하게 아침식사 준비를 했다. 육지의 선장 미코 헤이키넨은 술 기운에 속이 쓰리다고 하소연하며, 화주병을 들고 해장술을 들이켰다. 다른 사람들도 속이 아리긴 마찬가지였지만 차 마시는 것으로 만족했다.

헤이키넨은 술을 몇 모금 마신 후에 다시 기운을 차리고서 자살에 대해 말하기 시작했다. 나로 말하면, 우선은 자살하고 싶은 마음이 없어졌어. 앞으로 남은 인생 동안 실컷 술을 마실 생각이야. 여기까지 차를 타고 오는 동안에, 녹슨 MS 바리스타이팔레가 안겨준 걱정거리를 잊을 수 있었어. 그리고 그 문제라면 나중에 언제든지 죽을 수 있지 않겠어?

많은 사람들이 헤이키넨과 같은 생각이었다. 퇴직 기술자 야를 하우탈라는 헬싱키에서 열린 세미나 끝에 집단 자살이 의제에 오른 순간부터 자신은 그 생각을 지지했다고 말했다. 나는 결국 죽는다는 전제 조건하에 여러분들과 흔쾌히 함께 지냈소. 내 나라를 한 바퀴 빙 돌면서 여름과 소속감을 즐길 수 있어 무척 좋았다오. 또 도중에 장례식에 참여한 것도 괜찮았고, 특히 북쪽으로의 여행이 나한테는 많은 기운을 북돋아주었지요.

"그러나 우리의 원래 목적지에 이른 지금, 특히 어제의 시도가 실패한 후에, 나는 집단 자살을 연기해야 한다는 결론에 이르렀소. 내 마음속에서 삶의 의욕이 꺼지지 않고 희미하게 불타고 있었어요. 그런데 어제 죽음을 향한 길에서 그 불꽃이 거세게 타올랐지 뭐요. 나는 오늘 아침에 눈을 뜬 순간, 죽을 생각을 하자 마음이 심란해졌소. 우리 친구 코르펠라가 버스에 타라고 외치는 소리를 듣고서 큰 소리로 코를 골기 시작했지요. 가만히 보니 다른 사람들도 모두 자는 척하는 게 분명했소. 내 생각에는 우리 모두 아직 죽을 때가 안 된 것 같아요. 개인적으로는 알코올을 높이 사지 않지만, 헤이키넨 선장의 입장을 잘 이해할 수 있어요."

코르펠라는 불쾌한 표정으로 하우탈라의 말을 들었다. 다른 사람들의 뜻을 좇아서 선선히 도와주겠다고 나섰으며, 유럽의 끝까지 값비싼 버스를 몰지 않았던가. 그런데 이제 그 모든 여행이 헛일이 돼버리다니, 바보 취급당한 것이다. 수천 킬로미터를 달리며 핀란드 전국 각지에서 자살자들을 불러 모았는데 결과가 고작 이거란 말인가. 이렇게 한 남자를 웃음거리로 만들 수가 있단 말인가.

"그러니까 자네들 생각이 그렇단 말이지. 참 고맙군! 나는 엉덩이가 짓무르도록 운전대를 잡았는데, 이제 아무도 죽을 생각이 없단 말이지. 좋아, 하지만 분명히 한 가지 말하겠는데, 나는 이 떨거지들을 결단코 핀란드로 싣고 갈 생각이 없으니까 그리들 알라고. 다들 알아서 혼자 힘으로 집으로 돌아가야 할걸. 공짜 여행은 이것으로 끝이야."

그러자 모두들 코르펠라를 달래려고 하였으며, 죽음을 영영 포기하고 오래오래 살겠다는 최종 결정을 내린 것은 아니라고 말했다. 다만 자살을 잠시 연기하자는 뜻이라니까. 코르펠라 자네가 친구들의 이런 심정을 이해해주라고. 차가운 얼음 바다가 핀란드에서 생각했던 것만큼 마음을 끌어당기지 않아서 그래. 하지만 집단 자살을 의의 있고 가치 있는 일로 생각하는 마음은 지금도 변함이 없다니까.

그때 그란스테트 부인이 나서서 흥미 있는 제안을 했다.

"우리, 스위스로 가면 어떨까요? 난 옛날에 그곳에서 대학을 다녔는데, 스위스보다 더 아름다운 나라는 없을 거예요! 코르펠라 씨, 우리를 그곳으로 데려다 줘요."

그란스테트 부인은 스위스의 알프스 지방이 더없이 아름다우며 엄청나게 깊은 골짜기들이 많이 있다고 이야기했다. 알프스에서는 집단 자살을 하기가 아주 쉬워요. 아무 계곡에나 버스를 들이밀면 그것으로 만사가 깨끗하게 끝이라니까요.

켐파이넨 대령이 그 제안에 흥미를 보였다. 대령은 과거에 장교 대표로서 스위스를 방문한 적이 있었으며, 그때 알프스의 골짜기들이 무척 장관이었다고 기억했다. 이 점과 관련하여 유럽에서는 스위스를 따라갈 나라가 없다는 게 대령의 생각이었다. 알프스의 길을 달리다 보면 어느 골짜기로 뛰어내릴 것인지 결정하기가 몹시 어려울지 몰랐다. 대령은 스위스로 떠나자는 그란스테트 부인의 제안을 열렬히 지지했다.

그것으로 결정이 났다. 울라 리스만키 빼고는 모두들 여권을 소지하고 있었다. 울라는 풀이 죽었다. 그도 스위스에 따라가고 싶은데, 여권 때문에 거기 노르카프에 혼자 남아야 했다.

그래서 머리를 맞대고 일을 해결할 방안을 모색했다. 대령이 무선 전화기로 우츠요키의 경찰서에 전화를 걸었다. 당직 경찰관은 우츠요키에서는 여권을 발급하지 않으며, 그 대신 이발로의 이나리 지역에 여권 발행을 담당하는 경감이 있다고 설명했다. 그 경찰관은 일주일 이내로 여권을 발급받을 수 있다고 덧붙였다. 대령은 가능한 한 빨리 여권을 발급받기 위해 그 자리에서 바로 울라의 신원증명서를 신청했다. 그리고 자신의 자동차로 울라와 함께 이발로에 가서 여권을 가져올 생각이라고 말했다.

여행단은 스위스에 가자고 코르펠라를 설득했으며, 가는 동안에 코르펠라에게 특별히 잘해주겠다고 약속했다. 예비역 하사 코르바넨은 코르펠라가 과로하지 않도록 필요한 경우에는 언제든 버스를 운전하겠다고 나섰다. 코르바넨은 화물차 운전면허증을 소지하고 있어서 일시적으로 버스도 운전할 수 있었다.

코르펠라는 생각에 잠겼다. 코르펠라도 스위스의 알프스에 대한 추억이 있었으며, 아름다운 곳이라는 데는 의심의 여지가 없었다. 스위스에 가지 말라는 법도 없었다. 스웨덴과 덴마크, 독일을 횡하니 지나면 바로 스위스였다. 코르펠라는 유럽 각지를 누비는 전세 관광여행을 했고, 유럽 대륙의 고속도로에 대해 경험이 많았다. 그런 점에서 보면 전혀 문제될 게 없었다.

그래서 집단 자살을 연기하고 장소를 이동하기로 만장일치의 결정을 내렸다. 켐파이넨 대령과 울라 리스만키는 아침식사를 마친 즉시 여권을 발부받기 위해서 이발로로 떠났다. 일주일 후에 하파란다(스웨덴 남부, 핀란드와의 국경에 위치한 도시— 옮긴이)의 시립 호텔 아니면 늦어도 말뫼(스웨덴의 최남단에 위치한 항구 도시 — 옮긴이)에서 만나기로 약속했다.

제2부

죽음과는 유희할 수 있지만,
삶과는 유희할 수 없다. 만세!

아르토 파실린나

24

켐파이넨 대령과 울라가 출발한 후에, 나머지 단원들은 먼저 노르웨이에서 휴가를 즐기기로 결정을 내렸다. 최후의 순간에 거의 만장일치로 암울한 집단 자살을 포기하자 전체적으로 아주 홀가분한 분위기였다. 이제 빙해를 둘러싼 웅장한 산악지방에서 일주일 동안 휴가를 즐길 수 있었다. 울라의 여권이 발행될 때까지 적어도 그 정도는 걸릴 것이었다.

코르펠라는 노르웨이의 아름다운 곳을 돌아보자는 부탁을 들어주었다. 먼저 노르카프에서 하룻밤을 보냈지만, 식량이 바닥나는 바람에 육지로 돌아가기로 의견의 일치를 보았다. 포르상비크에서 현지 어부들에게 약간의 연어를 구입하고, 스바르트비크의 한 마을에서 가게의 물건을 바닥내었다. 외브레 몰비크바튼에 도착해 피엘(스칸디나비아 반도의 거의 나무가 자라지 않는 고원지대─옮긴이)의 한 호숫가에 텐트를 쳤으며, 셀이에네스를 구경하고, 키나요카에서 회색 송어를 무더기로 잡았다. 그리고 라크셀브에서 하룻밤 호텔 방을 빌려 모두 몸을 씻었으며, 번갈아가며 침대에서 잠을 잤다. 그러나 바나크 군용 비행장의 항공기 소음이 너무 시끄러워서 다시 이동했다. 여행단은 좁은 샛길을 10킬로미터나 달려 가카요카의 황량한 들판에 도착했으며, 그곳에서 이틀을 보냈다.

가정 선생 엘사 타빗사이넨이 식사 준비를 떠맡고 나섰다. 연어와 회색 송어가 풍성한 노르웨이 땅이었기 때문에, 타빗사이넨 부인은 기가 막히게 맛있는 생선 요리로 사람들을 호강시켰다. 다른 여자들의 도움을 받아서 연어를 소스에 절이거나 냄비에 끓이는 등 온갖 방식으로 조리했고, 크기가 작은 회색 송어는 불에 구웠는데 입 안에서 살살 녹았다. 요리사들은 피엘에서 생선 수프에 넣을 야생 파를 꺾었으며, 시골의 버터와 감자로 더욱 맛을 돋우었다. 사람들이 연어 요리에 질리지 않도록, 엘사 타빗사이넨은 염소젖 치즈와 양고기, 말린 순록 고기를 현지에서 구입하여 환상적인 스튜와 수프를 만들어냈다. 염소젖 치즈는 순록 고기를 곁들여 빵을 굽는 데도 적절했으며, 혹은 돌 위에서 구워져 식탁에 올랐다. 요리사들은 순록 고기의 야생적인 맛을 강조하기 위해 늪지대에서 덩굴월귤을 땄다.

자살단은 즐겁게 휴가를 보내며, 밤에는 적막에 싸인 들판에서 야영을 하고 신과 세상에 대해 이야기를 나누었다. 단원들 모두 노르카프에서 있었던 죽음의 주행을 아주 진지하게 돌아보았다. 단원들은 집단 자살을 연기한 것은 참 현명한 행동이었다고 생각했다. 누군가는 죽음의 공포 가운데서도 가장 끔찍한 것은 어린아이가 지구, 어머니의 모태로부터 우주의 한없는 심연으로 영영 추락할 때 느끼는 공포라는 글을 어디선가 읽었다고 말했다. 노르카프의 죽음을 향한 주행에서 그 비슷한 공포를 느꼈다는 것이었다.

삶과 죽음의 비밀을 흡족하게 설명해줄 만한 심오한 사상을 지닌 사람, 진정으로 뛰어난 천재가 그 모임에 한 명도 없는 것을 다들 안타깝게 여겼다. 어딘가에 분명 그런 사람들이 존재할 테지만, 그 여행에서는 평범한 시민들의 경험과 세포 소르요넨의 감상적인 이야기로 만족해야 했다. 그런데도 그 여행은 삶과 죽음에 대해 깊이 생각할 수 있는 많은 소재를 제공했다.

이런 대화를 나누던 중 문득 일행 가운데 한 사람이 자살자들의 협회를 창건하거나, 아니면 지금의 모임을 공식적으로 세상에 발표하자는 의견을 내놓았다. 그렇지만 사실 헬레나 푸사리와 온니 렐로넨, 켐파이넨 대령이 성 요한절 후에 이미 그런 단체를 창건한 것이나 다름없었다. 물론 그 단체를 관청에 등록할 필요는 없었으며, 끝까지 자유롭게 열린 단체로 남아 있어야 했다. 그러다 늦어도 스위스의 알프스 산중에서 마침내 모든 자질구레한 것들과 승객들을 실은 채 값비싼 버스를 깊은 산속의 골짜기로 몰고 갈 수 있는 기회가 코르펠라에게 주어지는 날, 맡은 임무를 완수할 것이었다.

그 단체는 '죽음을 향한 무명인사들의 열린 협회'라는 명칭을 얻었다. 따로 특별히 정관을 제정하지는 않았으며, 다만 회원들이 형제애의 정신으로 힘을 모아 투쟁한다는 데에만 의견의 일치를 보았다. 회원들은 겨울 전쟁(1939년 11월 소련군이 일방적으로 핀란드를 침략하여 벌어진 전쟁. 핀란드는 장비와 병력이 열세한데도 온 국민이 일치단결하여 격렬하게 저항하였으며, 소련군으로부터 세계 역사상 보기 드문 승리를 이끌어내었다. 그러나 결국 핀란드는 영토의 일부를 소련에 할양하는 조건으로 1940년 3월 강화조약을 체결한다 — 옮긴이)의 시련을 기념하는 뜻에서, 최후의 한 사람까지 영웅적으로 싸웠던 핀란드 군인들과 그 투쟁정신을 본보기로 삼기로 했다. 동료를 혼자 살아남게 해서는 안 되었다. 옛날 겨울 전쟁의 전사들은 서로 가슴과 가슴을 맞대고 전사하지 않았던가. 죽음을 향한 무명인사들도 그 뒤를 따를 것이었다. 그러나 무명인사들의 적은 과거의 침략자 소련 연방보다 훨씬 더 무서웠다. 이번에는 온 인류, 세상, 삶이 적이었다.

이 단계에서 사회적인 모순은 더 이상 자살자들의 관심을 끌지 못했다. 일행 중에는 빈곤에 시달리는 가난한 사람들도 많이 있었지만, 윤택한 사람들, 아니 그란스테트 부인이나 울라 리스만키처럼 큰 부자들도 여럿 있었다. 자살하는 이유가 주로 돈 때문이거나 아니면 오로지 돈 때문인 경우도 간혹 있지만, 핀란드 사람들의 자살은 대부분 경제 형편과는 무관하다고 다들 입을 모았다.

헬레나 푸사리는 그 기회를 놓치지 않고 노르웨이의 공동묘지 몇 군데를 돌아보았다. 켐파이넨 대령이 이발로에 머무는 동안, 온니 렐로넨이 자진하여 푸사리 부인과 동행했다.

드디어 코르펠라가 이것으로 노르웨이에서의 휴가는 끝이라고 선언하는 날 아침이 왔다. 여행단은 일주일 동안 황량한 북구에서의 삶을 즐겼다. 이제 남쪽으로, 켐파이넨 대령과 울라 리스만키가 곧 도착할 하파란다로 떠나야 했다. 엘사 타빗사이넨이 연어 20킬로그램을 소스에 절였다. 그러고서 최후의 야영장을 철거하고 마지막으로 목욕을 한 후에 출발했다.

켐파이넨 대령과 울라 리스만키는 그 사이 여권 문제를 해결하기 위해 이발로에 도착했다. 대령이 사무실로 경감을 찾아간 동안에, 울라는 옛 친구들 몇 명을 만나 수다를 떨 생각으로 호텔에 남았다.

대령은 경감을 만나보고 깜짝 놀랐다. 전부터 아는 사람이었던 것이다. 두 사람은 하미나에서 예비역 장교 강좌를 같이 수강한 적이 있었다. 아르마스 수텔라 경감, 전에는 비쩍 마르고 수줍음을 타는 젊은이였는데, 이젠 쉰 살 안팎의 건장한 중년 남자가 되어 있었다. 그러나 새에 대한 관심만은 여전해서, 지금도 틈만 나면 새를 관찰했다. 수텔라는 켐파이넨과 길게 이야기를 나눌 수 없다며 애석해했다. 우츠요키에서 파렴치한 범죄가 발생했는데, 여름 내내 거의 그 사건에 매달려 있었지만 해결의 실마리를 찾지 못하고 있었다. 수텔라 경감은 신청한 신원증명서가 우츠요키에서 도착하고 울라 리스만키의 사진이 준비되는 즉시 순록지기의 여권을 발행해주겠다고 약속했다. 그러면 리스만키가 직접 출두해서 서류에 서명을 해야 했다.

대령은 여권이 발부되길 기다리는 동안에 울라 리스만키와 이나리 호수에서 흰송어를 잡으며 시간을 보낼 생각이라고 말했다. 그러니 적어도 하루 이틀 함께 시간을 보낼 수 있냐고 경감에게 물었다. 그 밖에 특별히 다른 소일거리가 없으면 물새를 관찰하고, 또 하미나 시절의 옛 추억에 대해 이야기를 주고받을 수 있었다.

경감은 초대를 받아들일 수 없어서 참으로 유감이라고 대답했다. 우츠요키 사건이 너무 복잡하게 꼬이는 바람에 도무지 시간과 정력이 남아돌지 않는다는 것이었다.

그 파렴치한 범죄는 노르웨이 국경에서 10킬로미터 정도 떨어진 케보 국립공원의 북동쪽 들판, 피숫수올람배리 부근에서 발생했다. 여름에 접어들 무렵, 열 명으로 이루어진 미국의 영화제작팀이 그곳에 도착했는데, 러시아 북서부 보르쿠타에 위치한 스탈린 시대 죄수 수용소의 생활 여건에 대한 시리즈를 촬영할 계획이었다. 현재 정치적으로 개방적인 분위기인데도 제작팀은 원래의 장소를 촬영할 수 있는 입국허가서를 받지 못했다. 보르쿠타에서 한참 극성을 부렸던 광산 파업이 이유일 수 있었다. 그래서 핀란드 쪽에서 주변 경관이 유사한 지역을 물색하여, 삭막한 죄수 수용소를 원래 모습대로 지어보자는 의견이 제시되었다. 영화 제작팀은 현지 안내인의 도움을 받아 피숫수올람배리 부근에서 적절한 장소를 찾아냈다. 정말로 황량한 툰드라 지역이었다. 헬리콥터로 장비를 수송한 데 이어, 러시아 양식의 커다란 강제수용소를 짓기 시작했다. 간악한 현지 안내인이 범죄적인 인물로 드러나지만 않았더라면, 만사가 순조롭게 진행되었을 것이다. 안내인은 영화팀의 자금을 슬쩍하고서 줄행랑을 쳐버렸는데, 그것은 적지 않은 돈이었다. 경감의 추정에 따르면 거의 25만 유로에 이르는 거액이었다. 수용소 건설은 중단되었다. 겨우 망루 몇 개와 철조망 100미터가 완성되었을 뿐이었다. 미국 영화팀은 그 불운에 몹시 화를 냈으며, 경찰에 사건을 고발하고서 핀란드를 떠나버렸다. 선량한 영화 예술가들의 돈을 훔친 사악한 인간에게 분노한 기사가 미국의 몇몇 신문에 실렸다. 들리는 소문에 의하면, 폴란드의 마주리(폴란드 북부에 위치한 곳으로, 수 천 개의 호수와 울창한 숲, 늪지대로 이루어져 있다 — 옮긴이) 늪지대가 새로운 촬영지로 물색되었다고 한다. 그곳도 참 황량한 곳이어서, 처

량한 피슛수올람배리만큼이나 보르쿠타의 주변 경관을 잘 보여
주었다.

"그래서 영화계와 외무부 두 방면으로 국제적인 망신살이 뻗
쳤지 뭔가. 제기랄! 이 일에 연루된 사람들은 보르쿠타와 캘리포
니아, 폴란드에 있고, 나는 여기서 숨을 헉헉거리고 있다니까.
헤르만니, 이제 내가 낚시할 시간이 없다는 말 이해하겠지?"

다음 날, 대령은 울라와 함께 이나리 호수에서 흰송어를 잡으
며, 옆의 동료를 유심히 살펴보고 생각에 잠겼다. 우츠요키의 들
판에서 어느 건달이 저질렀다는 대담한 범죄에 대해 도저히 울라
에게 이야기하지 않을 수 없었다. 울라의 손에서 낚시찌가 미끄
러져 물속으로 떨어지고, 얼굴이 하얗게 질렸다. 울라는 수상쩍
게 헛기침을 했다.

두 남자는 이나리에서 통통한 흰송어를 엄청나게 많이 잡았
다. 그리고 불가에 누워 여름 하늘을 올려다보았다. 일주일 후에
울라는 여권을 가지러 경감의 사무실을 찾아갔다. 경감은 직접
우츠요키 지역으로 출장을 떠나고 없었다.

이제 두 남자는 대령의 자동차를 타고 하파란다로 떠날 수 있
었다. 자동차 트렁크 안에는 두 개의 커다란 통 가득히 소금에 절
인 흰송어가 들어 있었다. 울라는 스위스의 알프스에 도착할 즈
음이면 흰송어에 맛이 제대로 밸 거라고 예상했다. 그러면 친구
들이 최후의 만찬에서 약간의 별미를 맛볼 수 있으리라.

25

하파란다의 시립 호텔에 도착한 켐파이넨 대령은 프런트에서 혹시 자신에게 온 메시지가 없냐고 물었다. 코르펠라의 버스는 아직 호텔에 도착하지 않은 모양이었다. 대령은 불길한 예감이 들었다. 혹시 그 사이를 못 참고 값비싼 관광버스를 관 삼아 얼음 바다 깊숙이 가라앉은 것은 아닐까? 대령은 불길한 예감에 휩싸인 채 이인실 호텔 방을 하나 빌리고 짐을 방으로 옮겨달라고 울라에게 부탁했다. 저녁 무렵, 대령의 우려가 전혀 근거 없는 것으로 드러났다. 코르펠라의 버스가 호텔 앞에 도착했고, 승객들이 밝은 표정으로 호텔 로비에 몰려들었다. 모두들 재회의 기쁨을 누렸다. 자살자들은 노르웨이에서의 일주일 휴가가 참으로 근사했다고 앞을 다투어 말했다. 푹 휴식을 취한 듯 건강한 모습들이었으며, 죽음에 대해서는 일언반구도 내비치지 않았다. 헬레나 푸사리가 모두들 보는 앞에서 대령을 껴안았다. 대령과 헬레나 푸사리가 시내로 산책을 나섰을 때, 온니 렐로넨은 뒤로 물러났다. 두 사람은 하파란다의 조촐한 공동묘지를 방문했다. 그 묘지에는 영웅의 무덤이 하나도 없다는 점에서 핀란드의 공동묘지들과 달랐다.

이튿날, 대령은 자신의 자동차를 토르니오(스웨덴과의 국경에 위치한 핀란드의 남부 도시. 스웨덴의 하파란다와 인접해 있다 — 옮긴이)의 암거래상에게 팔았다. 가격은 만족스럽지 않았지만, 이제는 차가 필요 없는 탓에 어떤 식으로든 처치해야 했다.

하파란다에서 식료품과 그 밖에 필요한 물건들을 사서 버스에 실었다. 그곳 백화점에서 수건 서른세 장, 빗과 거울 각기 서른세 개, 면도용 솔 열다섯 개, 팬티스타킹 이백 켤레, 감자 70킬로그램, 구두약 1킬로그램, 소시지 천 개를 샀다. 육지의 선장은 시스템볼라그(스웨덴의 국영 독점 알코올 판매점. 핀란드 및 노르웨이와 유사하게 스웨덴에서도 알코올은 주로 이곳에서만 구입할 수 있다 — 옮긴이)를 찾아 나섰고, 화주 백 병과 맥주 열두 상자를 샀다. 대령이 값을 지불했다.

여행단은 오후에 남쪽을 향해 출발했다. 때마침 내리기 시작한 비가 사람들을 길에서 내모는 바람에 통행량이 많지 않았다. 그래서 수월하게 스웨덴을 통과할 수 있었다. 코르펠라와 코르바넨 예비역 하사가 번갈아가며 운전대를 잡았고, 밤에 벌써 말뫼에 도착했다.

버스를 타고 가는 동안에 세포 소르요넨이 즐거운 분위기를 북돋았다. 소르요넨은 직접 쓴 시를 마이크를 통해 암송했으며, 교훈적인 이야기들을 들려주었다. 그러다 스톡홀름을 지날 무렵에는, 동화도 썼다고 털어놓았다. 하지만 주제가 아주 흥미로울뿐더러 그 밖의 많은 점에서 뛰어난데도 아직까지 관심을 보인 출판사가 없다고 덧붙였다.

승객들은 소르요넨에게 그 동화를 이야기해도 좋다고 허락했다. 때마침 스웨덴 라디오 방송에서는 아무도 듣고 싶어하지 않는 시끄러운 록 음악이 흘렀으며, 다른 방송국에서는 스포츠 중계방송을 했다.

세포 소르요넨은 그 동화를 이 년 전에 썼다. 우연히 신문에서 핀란드 다람쥐들의 생활환경에 대한 기사를 읽었는데, 다람쥐들의 생존 여건이 최근 몇 년 사이에 급격한 악화일로에 있었다. 썩은 고기를 먹는 조류의 증가가 다람쥐들의 수를 감소시켰을 뿐 아니라, 다람쥐들의 중요한 먹이인 전나무 열매도 예전만큼 풍성하지가 않았다. 그러나 무엇보다도 심각한 사태는 다람쥐 둥지를 짓는 데 꼭 필요한 소나무겨우살이가 더 이상 숲에서 자라지 않는다는 것이었다. 소나무겨우살이의 부족은 공기 오염 때문이었다. 남 핀란드 지방에서는 이제 소나무겨우살이를 눈 씻고 찾아보아도 찾을 수 없었으며, 라플란드 동부, 살라 지방에서도 콜라 반도의 산업 폐기 가스 때문에 심각한 상태였다. 다람쥐들은 두송나무 줄기의 껍질을 갉아서 그것으로 집을 짓는 수밖에 없었다. 도시나 마을 근처에 사는 다람쥐들은 소나무겨우살이 대신 유리섬유로 만든 단열재를 사용하였다. 단열재는 공사장 주변에 얼마든지 널려 있었다. 그러나 이 대체 물질은 품질 면에서 자연산 소나무겨우살이에 미치지 못했다. 어린 다람쥐 새끼들이 건강에 좋지 못한 습기 찬 둥지 안에서 추위에 떨었으며, 게다가 유리섬유는 어린 새끼들에게 폐암을 유발할 수 있었다. 새단장하는 건물 주변에 벽지 조각들이 아무리 많이 널려 있어도, 다람쥐들은 둥지에 벽지를 바를 수 없었다.

동화꾼 소르요넨은 다람쥐의 주거 문제에 대해 깊이 생각에 잠겼으며, 그러다 그 문제를 주제로 한 아동용 동화를 한 편 쓰면 어떨까 하는 착상이 떠올랐다. 그래서 이런 이야기를 쓰게 되었다. 뱃사공 일을 하며 고기도 잡는 쉰 살의 야코 랑키넨이라는 사람이 우연히 다람쥐들에 대한 신문기사를 읽는다. 랑키넨은 결혼하여 슬하에 두 자녀를 두었지만, 아내가 세상을 떠난 이후로 혼자 살고 있다. 아이들은 그 사이에 자라서 어른이 되었다. 랑키넨은 먹고살기에 걱정이 없을뿐더러 시간 여유도 많다. 특히 기나긴 겨울이면 시간이 많이 남아돈다. 랑키넨은 천성이 착한 사람으로, 어느 커다란 호숫가에서 혼자 살며 소규모로 자연보호 운동을 벌인다.

야코 랑키넨은 어린 다람쥐 새끼들을 가엾게 여기고, 다람쥐들의 생활 여건을 개선할 수 있는 좋은 방법이 없을까 고심한다. 소나무겨우살이를 대체할 만한 적절한 물질을 찾아 여기저기 알아보지만, 학자들은 다람쥐 둥지를 짓는 데 천연 겨우살이 말고는 적절한 다른 재료가 없다고 선언한다. 그런데 이제 핀란드의 숲에서는 소나무겨우살이가 자라지 않는 것이다. 그렇다면 다람쥐들이 소나무겨우살이를 이용할 수 있도록 인위적으로 겨우살이를 숲에 퍼뜨려야 한다.

시베리아에서는 겨우살이가 아주 많이 자란다는데, 뱃사공 야코 랑키넨은 혼잣말을 한다. 시베리아 곳곳은 아니지만 적어도 산업 시설에 의해 자연이 파괴되지 않은 지역에는 아직도 겨우살이가 많이 있다. 랑키넨은 직접 눈으로 상황을 확인하기 위해서 우랄산맥 너머로 여행을 떠난다. 랑키넨의 추측은 사실로 확인된다. 랑키넨은 그 기회를 빌려 시베리아의 국영 농장 소프호스 주민들과 우정을 맺고, 소나무겨우살이를 구입하려는 계획에 대해 이야기한다. 그리고 인기 있는 서구의 화폐로 대금을 지불하겠다고 약속한다. 소프호스와 그 밖의 인접한 다른 국영 농장에서 일하는 수천 명의 노동자들이 겨울에는 별로 할 일이 없는 탓에, 소나무겨우살이 채집에 나설 수 있다. 그러나 사태는 그리 간단하지 않다. 머리를 짜내어 작업 방식을 구상하고, 필요한 허가를 얻기 위해 지루한 서류 전쟁을 벌이고, 해외 무역공사로부터 거래 승인서도 발부받아야 한다. 야코 랑키넨은 이런 모든 일에 착수하기 위해 핀란드로 돌아간다. 게다가 계획을 실행에 옮기려면 자금 문제 또한 해결해야 한다.

랑키넨은 즉시 활동을 개시하여 자금 문제에 대해 협상을 벌이고 필요한 허가서를 발부받고 여기저기 관계자들과 접촉을 시도한다.

드디어 계획이 현실화된다. 시베리아에서 소나무겨우살이 채집이 시작되고, 수천 명의 남녀가 나무에 기어오른다. 전쟁이 끝난 후 일자리를 잃어버린 아프가니스탄의 퇴역 군인들에게도 겨우살이 뜯을 기회를 주기 위해 시베리아에 불러들인다. 즐겁게 이야기가 오가는 가운데 여기저기 숲에서 채집한 겨우살이가 수북이 쌓여간다. 수확물은 우선 커다란 통에 보관했다가 나중에 소프호스의 창고로 운반하여 두루마리 모양으로 묶는다. 두루마리 뭉치들은 시베리아 횡단 열차의 임시 창고로 수송되어 검열을 받은 후에, 기차의 화물칸에 실려 국경 역 발리마로 운반된다. 그러면 랑키넨이 발리마에서 기다렸다가 핀란드 역무원들과 함께 화물을 인수받는다. 관세 수수료를 지불한 후에 겨우살이 뭉치들을 핀란드의 적절한 장소로 옮겨놓고 임시 보관한다.

랑키넨은 핀란드 공군에게서 중간 정도 크기의 헬리콥터 한 대를 빌린 다음, 겨우살이 뭉치를 해체하여 숲 속에 뿌리는 장비를 설치한다. 그 장비는 국립기술연구센터의 도움을 받아 사전에 이미 제작되어 있다. 마침내 시베리아의 소나무겨우살이가 남 핀란드와 살라 지방 전역에 배포된다. 학자들의 연구 결과에 따라, 둥지를 짓는 다람쥐들이 재료 부족으로 유난히 많은 수난을 겪는 곳에 집중적으로 겨우살이를 투여한다. 헬리콥터에 장착된 장치에 의해 적절한 크기로 분할된 겨우살이가 다람쥐들이 사는 숲 위에 흩날린다. 둥지를 틀려는 충동에 사로잡힌 작은 짐승들이 하늘에서 비 오듯 쏟아지는 건축 재료를 어렵지 않게 찾아내어 각자 마음에 드는 나무로 운반한다. 랑키넨의 계획은 성공적으로 진행된다. 핀란드의 숲에서 포근한 다람쥐 둥지들이 새롭게 수없이 많이 생겨나고, 암컷들은 그 둥지 안에 귀여운 새끼들을 낳는다. 새끼 다람쥐들은 포근한 안식처 덕분에 건강하게 자라서 복슬복슬한 털에 뒤덮인다.

소르요넨은 자신의 동화가 다람쥐들의 생존 여건을 개선시키기 위한 흥미롭고 환상적인 이야기라고 생각했다. 동화적인 요소 이외에도 현대 사회와 관련하여 법률, 동물 연구, 소련연방, 무역 정책, 철도, 은행, 헬리콥터, 군대, 항공지도 등 어린이들을 위한 많은 정보가 담겨 있었다.

세포 소르요넨은 그 원고를 여러 출판사에 보냈지만 지금까지 관심을 표시한 출판사가 하나도 없었다.

26

자살단은 날이 밝을 무렵, 독일 국경에 도착했다. 올라가 평생 처음으로 소지한 여권에 처음으로 도장이 찍혔다. 세관원은 차량을 철저하게 조사했다. 올라가 노르웨이에서 구입한 마른 자작나무 장작이 몇 아름 남아 있었는데, 그걸 의아하게 생각하는 눈치였다. 텐트까지 손으로 더듬어보고 심지어는 마약 수색견을 동원하여 냄새도 맡아보게 했다. 드디어 자살단은 여행을 계속할 수 있었다. 코르펠라가 운전석에 앉아서 스위스를 향한 직선 행로를 선택했다. 과거에 이미 여러 번 달려본 적이 있는 6차선 유럽 도로, 45번 도로로 버스를 몰았다.

함부르크와 하노버 중간 지점에서 비가 세차게 쏟아지면서 고속도로의 차량들이 정체되기 시작했다. 여행객들은 그 지방 라디오 방송을 통해, 고속도로에서 대형 연쇄 충돌 사고가 일어났다는 소식을 들었다. 코르펠라가 깜박이등을 켜고, 팔링보스텔에서 고속도로를 벗어났다. 코르펠라는 비가 억수로 쏟아지는 고속도로에서 승객들을 죽게 하고 싶지 않다며, 모텔을 찾아서 비가 그칠 때까지 기다리자고 제안했다. 게다가 그 자신도 코르바넨과 함께 스웨덴에서부터 독일까지 내리 운전한 터라, 몹시 피곤했다. 여행객들도 이제 한 번쯤 제대로 된 잠자리에서 잘 때가 되었다고 생각했다.

10킬로미터 남짓 달려가자, 발스로데라는 작은 도시의 변두리에 모텔이 하나 있었다. 여행객들은 빗속을 뚫고 모텔의 로비로 달려 들어갔다. 머리들이 빗물에 흠뻑 젖어 있었다. 그들은 지친 몸을 가누며 숙박부를 기록하기 시작했다. 때마침 모텔의 방이 많이 비어 있어서, 일행이 묵기에 충분했다.

죽음을 향한 무명인사들이 숙박부 기록을 마치고서 막 방으로 가려는 찰나에, 또 다른 버스가 모텔 앞에 도착했다. 머리를 빡빡 깎은 가죽 잠바 차림의 젊은이들 마흔 명이 로비 안으로 우르르 몰려 들어왔다. 젊은이들은 곤드레만드레 취해 있었으며 방을 달라고 고래고래 소리를 질렀다. 그 볼썽사나운 떼거리는 뮌헨 팀과 함부르크 팀의 축구 경기를 관람하기 위해 함부르크에 다녀오는 뮌헨의 젊은이들로 드러났다. 그런데 고향 팀이 함부르크에서 패하는 바람에, 분통을 참지 못하고 온종일 맥주를 마신 것이다. 모두들 머리꼭지까지 취해 있었다.

모텔을 운영하는 노부부는 빈방이 없다고 설명했다. 마침 핀란드 관광 손님들이 들이닥쳐서 마지막 남은 방까지 모조리 빌려주었다고 이야기했지만, 아무 소용이 없었다. 막 도착한 사람들은 이런 날씨에 뮌헨까지 차를 타고 갈 기분이 아니라고 뻔뻔하게 선언했다. 게다가 고속도로까지 꽉 막혀 있었다. 그들은 과거에 그 모텔에 숙박한 기억을 떠올리며, 자신들이 그 모텔의 단골 손님이라고 주장했다. 지금 이런 분위기에서 우리가 외국인들한테, 그것도 코앞에서 방을 빼앗겨야겠어. 우리는 독일인들이라고, 그것도 대독일인들이란 말이야.

노부부는 그 무뢰한들이 모텔에 묵었던 일을 잘 기억했다. 그때 무뢰한들은 모든 것을 산산이 박살냈었다. 그러나 이번에는 빈방이 없기 때문에 그렇게 되지는 않을 것이었다.

훌리건들은 막무가내로 버스에서 짐을 내려 모텔로 날랐으며, 몇 명은 로비에 죽치고 앉아 캔맥주를 마셨다. 시끄럽게 울부짖는 소리가 모텔 안을 쩌렁쩌렁 울렸다. 뒤늦게 도착한 사람들이 핀란드인들을 몸으로 밀어 프런트에서 쫓아내기 시작했다. 울라 리스만키가 그만 참지 못하고, 가까이 있는 녀석들에게 호통을 쳤다.

"너희들 사미어(스칸디나비아 반도의 북부에서 러시아 연방의 콜라 반도에 걸쳐 사용되는 언어. 우랄어족의 핀우고르어파에 속하며, 현재 약 3만여 명이 사용하고 있다 — 옮긴이) 할 줄 알아? 차렷! 출발!"

그 대가로 울라는 사타구니를 한 대 세게 걸어채었다. 순록지기는 바닥에 나동그라졌으며, 헤이키넨 선장과 코르바넨 하사가 급히 도와주러 달려왔다. 대령이 모텔 주인에게 경찰에 전화 걸어줄 것을 부탁했으며, 우리 여행단은 결코 모텔을 떠날 생각이 없다고 강조했다. 우리들은 북쪽 스칸디나비아에서 여기까지 쉬지 않고 달려왔소. 그래서 지금 무척 지쳐 있으며, 오늘 밤 조용히 푹 자야겠소. 소란을 피우는 저 난폭한 침입자들이 우리 대신 이 모텔에서 쫓겨나야 마땅하오.

모텔 주인이 발스로데 관할 경찰서에 전화를 걸었지만, 지금 당장은 아무도 보낼 수 없다는 답변을 들었다. 고속도로 곳곳에서 연쇄 충돌 사고가 일어나는 바람에 모든 인력이 사고 현장으로 출동하고 없었다. 모텔에 문제가 있다면, 우선 자체 힘으로 해결해야 했다.

대령이 우리는 절대로 모텔을 나갈 의사가 없다고 단호하게 선포했다.

그러자 축구 훌리건들이 완전히 뻔뻔하게 나왔다. 훌리건들은 핀란드 사람들의 여행 보따리를 빗속에 내동댕이치고는 사람들마저 힘으로 몰아내기 시작했다. 그 와중에서 주먹이 오가고 탁자가 넘어지고 와장창 유리잔 깨지는 소리가 들렸다. 여자들은 밖으로 피신했다. 대머리 가운데 한 놈이 헬레나 푸사리의 머리채를 잡아당기고 엉덩이를 발로 찼다.

대령은 자살자들을 불러 모아 후퇴했다. 여자들은 창고와 공장이 늘어서 있는 모텔 뒤편으로 안전하게 몸을 피했다. 코르펠라도 버스를 그곳으로 옮겼다.

죽음을 향한 무명인사들은 자신들이 폭력적인 공격의 목표가 되었다고 확정 짓고서, 사태를 해결할 방도를 의논했다. 죽음을 향한 무명인사들의 자주독립이 위험에 처한 것이다. 이러한 사태에 직면하여, 대령이 비상사태를 선포했다. 먼저 서둘러 무기를 갖추어야 했다. 마른 자작나무 장작이 대검을 대신하여 남자들에게 나누어졌다. 대령은 모텔 안으로 돌진하는 경우 적들에게 인정사정 봐줄 필요 없다고 선언했다.

"어깨를 내리치는 편이 가장 좋소. 그리고 장작에서 불꽃이 일도록 힘껏 후려치시오."

대령은 핀란드 병력을 세 분대로 나누었으며, 일 분대에 여섯 명씩 배치했다. 제1분대는 코르바넨 예비역 하사가 지휘했고, 제2분대장으로는 국경 경비대원 타이스토 래세이쾨이넨이 임명되었다. 제3분대는 코르펠라의 인솔을 받았으며, 육지의 선장 헤이키넨은 보급 부대를 이끌었다. 울라 리스만키가 전령의 임무를 맡겠다고 나섰다. 전령은 필요한 경우에 직접 전투에 참여할 의무가 있었으며, 본인 또한 그럴 의사가 있다고 알렸다. 여자들은 공장 지대의 버스 뒤에 숨어서, 부상자나 사망자가 생기는 경우를 대비하여 응급치료를 준비했다. 적군의 숫자가 두 배나 많았기 때문에 무슨 일이 발생할지 예측할 수 없었다. 게다가 켐파이넨 대령의 부대에는 예비군 소속의 노병들이 많은 데 비해서 적병은 팔팔한 젊은 나이였다. 그러나 군사적인 관점에서 보면, 핀란드 측이 더 우세했다. 핀란드 군은 고위 장교의 지휘를 받는 데다가 분대장들도 실전 경험이 많은 사람들이었다.

전투 지역도 싸움이 벌어지는 경우 핀란드 측에 한결 유리했다. 모텔 건물은 평평한 곳에 위치해 있었고, 그 뒤편의 공장 지대가 핀란드 군을 적절하게 엄호해주었다. 모텔의 다른 편에는 포도밭이 무성하게 이어져서 여차한 경우에는 그곳으로 후퇴할 수 있었다. 마찬가지로 퇴각 장소로 이용할 수 있는 숲이 국도에 의해 작전 지역과 격리되어 있었다.

기상 조건이 공격을 개시하기에 이상적이었다. 비가 여전히 세차게 내리는 데다가 날이 어두워지면서 시야가 잘 보이지 않았다. 대령이 시계를 보았다. 결정적인 순간에 시곗바늘이 십팔 시 삼십오 분을 가리켰다. 대령은 코르바넨 하사의 분대가 모텔 입구 가까이 구석진 곳에 포진하도록 병력을 배치시켰다. 국경 경비대원 래세이쾨이넨 휘하의 분대원들은 국도 뒤편에 모여서, 선두 부대가 길을 뚫는 즉시 돌격할 태세를 갖추었다. 코르펠라 분대는 예비 병력으로 포도밭 가장자리에 진을 쳤다. 대령이 직접 모텔 모퉁이에서 전투를 지휘했으며, 리스만키 전령도 보급품 장작을 한 팔 가득히 안고 그곳에 위치를 잡았다.

코르바넨 하사가 지휘하는 돌격부대가 정확하게 신호에 맞추어 모텔 안으로 돌진했다. 대령이 지시한 대로, 핀란드인들은 혼비백산한 대머리족들의 어깨 부위를 자작나무 장작으로 사정없이 내리쳤다. 돌격부대가 현관문을 활짝 열었으며, 그 뒤를 이어 국경 경비대원 래세이쾨이넨의 노련한 인솔하에 두 번째 부대가 돌진했다. 증원부대는 적군의 진영에 공포 분위기를 야기했고, 녀석들은 로비에서 파리 떼처럼 우수수 맥없이 나가떨어졌다. 가죽 잠바의 등을 내리치는 소리가 철썩철썩 요란했다. 독일말로 살려달라는 외침과 욕설이 모텔 안에 울려 퍼졌다. 온몸에 시퍼렇게 멍이 든 훌리건 몇 명이 다리를 절룩이며 창문 밖으로 뛰어내렸다. 그들은 포도밭 쪽으로 도망가려고 했지만, 그곳에는 핀란드 예비부대가 진을 치고 있었다. 코르펠라의 부하들이 스무 명 이상의 도망자들을 사정없이 바닥에 때려눕혔다.

적들은 포도밭 지역이 철통같은 방어 태세인 것을 알아차렸고, 그 가운데 몇 명이 공장 지역으로 내빼려 하였다. 그곳에서도 그들은 환영받지 못했다. 헬레나 푸사리의 지휘를 받는 여성 유격대원들이 공장 그늘에서 적어도 여섯 명의 게르만인들을 늘씬 패주었다.

기습공격에 놀란 적들은 조직적으로 대항할 틈이 없었다. 그들은 전문 교육을 받은 지휘관도 없었고, 함께 전략을 짜지도 못했다. 그러니 싸움의 결과는 처음부터 정해져 있었다. 독일인들은 최후의 한 사람까지 흠씬 두들겨 맞았다. 온몸에 멍이 들고 피를 흘리며 간신히 버스로 몸을 피했는데, 버스에 올라타면서 서로를 부축해주어야 할 정도였다. 녀석들의 버스가 빗속으로 사라졌다. 훌리건들의 여행 짐은 모텔에 그대로 남아 있었고, 모텔 주인 부부는 깨진 창문에 대한 손해보상으로 그 짐을 압류했다.

홍분한 코르펠라가 녀석들을 추적하자고 열을 냈다. 코르펠라는 훨씬 더 성능 좋은 자신의 버스로 도망치는 적의 차량을 단숨에 따라잡을 자신이 있었다. 그 덜커덩거리는 상자를 길가 도랑으로 밀어붙여, 대머리 녀석들을 하나도 남기지 않고 끙끙 앓도록 흠씬 두들겨 패주거나 혹은 필요한 경우에는 황천으로 보낼 수도 있었다.

그러나 대령은 소기의 목적을 달성했다고 보았으며, 더 이상의 추적을 금지했다. 나머지는 독일 경찰이 할 일이었다. 어쩌면 지금쯤은 그들도 이 일에 관심을 가질 수 있지 않겠는가.

대령은 부대원들과 함께 싸움터를 돌아보았다. 창문이 몇 개 깨지고 문이 하나 퉁겨져나가고 로비 바닥 여기저기에 피가 잔뜩 묻어 있었다. 전투가 격렬했던 점을 감안하면, 어쨌든 물질적인 피해는 경미했다. 대령은 숙박비를 30퍼센트 할인받는 대신 깨진 유리창 값을 변상해주기로 모텔 주인 부부와 합의했다. 그는 숙박시설의 분위기가 최상의 상태가 아니었기 때문에 방값을 깎는 것이 적절하다고 보았다. 모두들 대령의 제안에 동의했다.

문밖에 보초를 세울 필요는 없는 것으로 판단되었다. 저녁 늦게 하노버 경찰이 고속도로에서 난폭 운행하는 버스를 검거했다고 알려왔기 때문이었다. 버스 안에는 상처 입은 대머리족 마흔 명이 타고 있었다. 일단 그들을 유치장에 수감했는데, 나중에 발스로데에서 난동 부린 죄목으로 기소할 예정이었다. 녀석들의 몰골로 보아, 격렬한 싸움을 벌인 게 분명해서 증인은 따로 필요하지 않았다. 훌리건들 가운데 여섯 명은 인사불성으로 취한 데다가 머리에 상처까지 있어 병원으로 이송되었다.

　　모텔 주인 부부는 고맙다며, 승리에 빛나는 투사들에게 성대한 만찬을 베풀었다. 시내에서 새끼 돼지 한 마리를 구해 와서는, 비를 맞으며 모텔 뒤에서 도살했다. 거세게 내리는 비가 아스팔트에 묻은 새끼 돼지의 피와 훌리건의 피를 함께 길가 도랑으로 씻어내렸다. 새끼 돼지는 모텔 주방의 커다란 오븐에서 통째로 구워져, 주둥이에 사과를 문 채 식탁에 올랐다.

　　모텔 주인은 전투를 빛나는 승리로 이끈 대령과 그 일행에게 고마움을 표했으며, 그 덕분에 과거 모텔에서 행패를 부린 훌리건들에게서 마침내 벗어날 수 있기를 바랐다. 그리고 앞으로 핀란드 사람들이 그 모텔을 자주 이용해주길 기대한다고 말했다.

　　집에서 직접 담근 독하지 않은 붉은 포도주가 저녁식사에 곁들여 대접되었다. 집주인은 몇백 년 동안 집안 대대로 포도를 재배해왔다며, 인근에서 가장 맛 좋은 포도주라고 자랑했다.

저녁을 먹으면서, 흡족한 표정의 집주인이 핀란드 어디에서
온 사람들이냐고 물었다. 손님들의 격렬한 투쟁 정신이 돋보였
다고 하며, 어디에서 그런 힘이 나오는지 알고 싶어했다.

대령이 잔을 높이 들며, 자신은 죽음을 향한 무명인사 단체를
인솔한다고 선언했다. 그러나 회원들의 자세한 사정에 대해서는
더 이상 이야기하려 하지 않았다.

"그렇지요, 우리는 모두 죽음을 향해 가고 있지요."

주인이 맞장구쳤다.

27

　죽음을 향한 무명인사들은 다음 날 정오 무렵에야 아침을 먹으러 식당에 나타났다. 남자들의 얼굴은 시퍼렇게 멍들고 여기저기 상처가 나 있었다. 대령은 관자놀이 근처에 찰과상을 입었으며, 육지의 선장은 다리를 절었고, 울라 리스만키와 야를 하우탈라라는 각기 사타구니와 등에 통증을 호소했다. 게다가 하우탈라는 그렇게 원시적으로 치고받는 싸움에 휘말린 것을 수치스럽게 여겼다. 지금껏 평생 평화주의 사상을 옹호했는데, 이제 갑자기 젊은 사람들과 어울려 마구 장작을 휘두르다니. 하우탈라는 전쟁이란 바로 어제의 싸움과 같은 방식으로 발생한다고 설명했다. 분노에 이어 집단 증오심이 불붙고 급기야는 싸움이 벌어지는 것이다.

　남자들은 혹이 난 데는 붕산수로 치료하고 찰과상에는 반창고를 붙였다. 그런 다음 전날 저녁에 먹고 남은 새끼 돼지로 아침식사를 하고 집에서 담근 포도주를 마시고서 다시 길을 나섰다. 코르펠라가 죽음이 기다린다는 사실을 상기시켰다.

자살단은 독일의 가장 아름다운 지역을 지나 남쪽으로 향했다. 코르펠라는 뷔르츠부르크에서 고속도로를 벗어나, 유서 깊은 성들이 많이 있는 유명한 로맨틱 가도(독일의 아주 아름다운 도로 가운데 하나로, 북쪽 뷔르츠부르크에서부터 남쪽의 퓌센까지 근 400킬로미터에 이른다. 로맨틱 가도 주변은 빼어난 자연경관을 배경으로 유서 깊은 고성들과 아름다운 마을들이 줄줄이 이어진다 — 옮긴이)로 달렸다. 자살자들은 예쁜 집들이 모여 있는 그림 같은 마을에 감탄하며 한숨을 내쉬었다. 그리고 핀란드 사람들 천 명이 도시의 신축 주거지역에서 그곳으로 이사를 한다면 어떤 일이 벌어질까 머릿속에 그려보았다. 그렇게 되면 로맨틱 가도의 유명한 명소들이 하루아침에 온통 울긋불긋한 낙서로 뒤덮이고, 정원의 작은 집과 교회 울타리, 포도나무 등 모든 아름다운 것들이 순식간에 발에 짓밟힐 것이다. 두 번의 세계대전을 겪은 할머니들의 인생도 끝을 맞을 것이다.

여행객들은 저녁 늦게 슈바르츠발트(독일 남서부의 산악 지방. '슈바르츠발트'는 검은 숲이라는 뜻이며, 하늘이 보이지 않을 정도로 삼림이 울창한 데서 붙은 이름이다. 그러나 얼마 전부터 토양의 산성화를 비롯한 여러 가지 이유에서 나무들이 죽어가는 위험에 처해 있다 — 옮긴이)에 도착했다. 이미 날이 저문 뒤였고, 어둠 속에서 하늘을 찌르는 산비탈의 숲들이 고향에서처럼 푸근하게 느껴졌다. 핀란드 사람들은 주변을 에워싼 숲이 울창하고 캄캄할수록 마음이 편해진다. 사람의 손길이 닿지 않은, 수백 년 묵은 우람한 전나무들이 그곳에서 목재 산업 국가의 국민들을 다정하게 맞이했다. 좁은 도로가 산비탈과 밭둑 사이를 뚫고 구불구불 이어지고, 동화에 나오는 듯한 아름다운 마을들이 연이어 차창 밖을 스쳐 지나갔다. 여관들도 심심치 않게 눈에 띄었지만, 일행 모두가 함께 묵기에는 너무 작았다. 어느 아름다운 마을 변두리에 군대용 텐트를 칠 만한 풀밭이 있었다. 여자들은 그곳 마을의 작은 여관에 숙박하고, 남자들은 선선한 텐트 안에서 잠을 청했다.

아침에 닭 우는 소리가 잠을 깨웠다. 남자들은 계곡에서 세수를 하고, 울라 리스만키가 이나리 호수에서 잡아 소금에 절인 흰송어를 아침식사로 먹었다. 흰송어는 주변을 둘러싼 전나무들만큼이나 새카맸다.

남자들 얼굴에 난 멍 색깔이 밤새 훨씬 더 진해졌다. 남자들은 사람들 앞에 나서길 꺼렸으며, 여자들이 여관에서 아침식사를 마치고 건너오기만을 기다렸다. 이윽고 텐트에 모습을 나타낸 여자들은 남자들이 험상궂은 강도단처럼 보인다고 확정 지었다.

집단 패싸움의 흔적이 이제 완전히 무르익어서, 남자들의 얼굴은 각양각색으로 부어 있었다. 몇몇 사람은 얼굴의 멍이 검푸른 색으로 번들거렸고, 또 몇몇은 황록색을 띠거나 내출혈이라도 일으킨 듯 위협적으로 검붉게 보였다. 팔다리가 쑤시지 않은 사람이 없었고, 절뚝거리며 걷는 전우들도 있었다.

입술이 터지고 왼쪽 눈가가 시퍼렇게 멍이 든 코르펠라는 조심스럽고 신중하게 발걸음을 내딛었으며, 면도용 거울에 얼굴을 비춰보고는 앞으로 일주일 동안 사람들 앞에 나서기보다는 차라리 어두컴컴한 텐트 안에 누워서 상처를 혀로 핥겠다고 선언했다. 흑만이 아니라 극심한 숙취에 시달리는 육지의 선장은 이 길로 곧장 알프스로 달려가서 여차할 것 없이 깊은 계곡으로 뛰어들자고 주장했다. 세상은 점잖은 사람들을 위한 곳이 아니며, 인생은 살 만한 가치가 없다는 것이었다.

모두들 모여 앉아 사태를 여러 방향에서 심사숙고했다. 머리에 흑을 선사받은 몇 사람은 헤이키넨과 같은 생각이었다. 무엇 때문에 이 지상에서 비참한 유랑 생활을 계속한단 말인가? 결국 죽으려고 떠난 길이 아니었던가? 이제야말로 집단 자살을 행동으로 옮길 때가 되지 않았는가?

여관에서 편안하게 밤을 보내고 얼굴에 멍도 들지 않은 여자들은 쾌활했으며 향긋한 냄새를 풍겼다. 삶에 대한 입장도 훨씬 더 긍정적이었다. 여자들은 남자들의 현재 상태가 사실 보기 좋은 광경은 아니라는 걸 인정했다. 그렇지만 진정한 핀란드 사람들이라면, 잠시 그까짓 상처 좀 입었다고 해서 금방 수선스럽게 죽음을 입에 올려서는 안 되었다. 당장 얼굴이 볼썽사나운 것은 사실이지만, 곧 다시 원래의 모습을 되찾지 않겠는가. 게다가 지금 집단 자살을 실행하는 경우에는, 상당수에 이르는 시신의 몰골이 아주 흉측할 것이었다. 본인들이야 스스로 영웅이라고 생각할지 모르지만, 다른 사람들한테는 혐오스럽고 흉측할 게 분명했다.

그래서 산성비에 시달리는 검은 숲 속에서 일주일을 버티기로 결정을 내렸다. 사람들의 눈을 피해 텐트 안에서 지내며 상처가 아물기를 기다릴 작정이었다.

여자들이 프랑스, 아니면 적어도 그곳에서 별로 멀지 않은 알자스에 한번 가보자고 제안했다. 핀란드 여자들은 프랑스 국경 근처에 이르는 경우, 국경을 넘지 않고는 배기지 못했다. 그리고 알자스에서도 얼마든지 알프스를 향해 길을 나서서, 노르웨이를 떠날 때 약속한 대로 어느 이름 모를 골짜기에서 여행을 끝낼 수 있었다.

남자들은 집안의 평화를 위해서 그 문제에 대해 생각해볼 것을 약속했다.

자살단은 죽음을 앞둔 검은 숲에서 야영 생활을 했다. 죽음을 향해 길을 나선 사람들은 죽어가는 나무 아래서 잠을 자고 죽어서 검게 변한 흰송어를 먹었다.

그리고 모닥불을 피우기 위해 그곳 농부들한테 말라죽은 나무를 사고서 가격을 후하게 치렀다. 핀란드 사람들은 낯선 땅에서 절대로 재미 삼아 나무를 베지 않는다. 고통에 시달리는 남자들이 흰송어에 질리지 않도록, 여자들은 마을의 가게에서 기름진 소시지를 구해 와 불에 구웠다. 시큼한 양배추 절임과 소금에 절여 훈제한 돼지 목살도 넉넉하게 구할 수 있었다. 남자들은 눈에 띄게 기운을 차렸으며, 슈바르츠발트 산비탈에서 편안하게 지냈다. 그러더니 곧 야성적으로 변해갔다. 젊은 사람들은 원시적인 레슬링 경기를 벌였고, 나이 든 사람들은 밤에 삼십 년 전쟁(1618년에서 1648년 사이에 독일 기독교의 신교와 구교 사이의 대립이 발단이 되어 일어난 전쟁. 이 전쟁은 세력 확장을 꾀하는 스웨덴, 프랑스 등 다른 유럽 국가들이 개입하면서 무려 삼십 년 동안 유럽을 전쟁의 도가니로 몰아넣었다— 옮긴이)의 행진곡을 불렀다.

저녁이면 세포 소르요넨이 모닥불을 쪼이며, 자살자들의 마음속에서 삶을 향한 동경을 일깨우는 정감 어린 이야기를 들려주었다.

어느 날 밤 소르요넨은 추운 겨울의 고향, 한밤의 얼어붙은 호수로 청중들을 데려갔다. 한밤중 아무런 목표 없이, 오로지 즐기기 위해서 스키를 타며 넓은 빙판을 가르는 사람의 이야기를 들려주었다. 달빛이 휘영청 밝게 비치고, 빙판은 거대한 순백색의 실크 식탁보처럼 빛을 발한다. 영하 20도의 추운 날씨이다. 스키 플레이트 아래서 눈이 뽀드득 소리를 내고, 스톡이 귀에 익은 소리를 내며 빙판에 부딪힌다. 스키를 타는 사람의 머리 위에서 총총한 별이 밤하늘에 둥글게 원을 그린다. 그는 하늘 저 높이 아득히 먼 곳을 올려다본다. 저 멀리 머리 바로 위쪽에서 북극성이 반짝인다. 북두칠성, 오리온자리, 사자자리, 작은곰자리 별들이 보인다. 별똥별 하나가 깜박거리며 사라져간다. 그는 주변의 가까운 사람들과 온 세상을 위해 자신도 모르게 얼른 소원을 빈다. 그때 두 번째 별이 창공을 가른다. 검은 하늘을 배경으로 희망과 사랑의 섬광이 번쩍인다. 마치 외로이 소원을 빈 사람에게 응답을 하는 것 같다. 인생에는 희망과 꿈과 위안이 존재한다고 말하는 듯하다.

북쪽 지평선에서 창백한 극광이 어른어른 빛을 발한다. 추위가 용트림을 하고, 빙판이 찌지직 소리를 내며 1킬로미터 정도 갈라진다. 그러나 얼음은 아주 두껍게 얼어 있고, 스키를 타는 사람은 갈라지는 얼음을 두려워하지 않는다. 갈라진 틈은 추위에 금방 다시 얼어붙는다. 멀리 호숫가에서 여우 한 마리가 외로이 사납게 울부짖는 소리가 들려온다. 그 작은 짐승은 사람의 냄새를 맡고서 그것을 주위에 알리려 한다. 스키를 타는 남자는 빙판에 점점이 찍힌 여우의 발자취를 가로지른다. 여우의 발자취는 달빛 속에서 방금 들려온 울음소리 쪽으로 이어진다.

스키를 타는 남자는 마음속에서 온 세상, 삶을 껴안는다. 핀란드에서는 가난하거나 부유한 것과는 상관없이 누구나 이 모든 걸 체험할 수 있다는 생각이 가슴을 벅차게 한다. 심지어는 휠체어를 타고 다니는 장애인들도 추운 겨울밤에 별들을 올려다보며, 창조의 웅장한 아름다움과 삶을 즐길 수 있다. 여우의 울음소리가 점점 가까워지면서 경쾌하게 귀를 울린다. 사람에게는 그 짐승의 모습이 보이지 않지만, 그 짐승은 사람을 지켜보고 있다.

달이 구름 뒤로 자취를 감추고, 어둠이 얼어붙은 호수에 내려앉는다. 별들이 스키 타는 사람 곁을 떠난다. 그는 살을 에는 추위 속에 홀로 남는다. 별안간 두려움이 휘몰아친다. 그는 길을 잃었다고 생각한다. 자연과 세상의 섬뜩한 냉혹함이 그를 에워싼다. 공포가 그의 육신과 생각을 덮쳐서, 앞으로 나가라고 강요한다. 삶은 소중한 거야. 여기서 죽을 수는 없어. 이 혹독한 추위 속에서 아무런 도움도 받지 못한 채 외로이 혼자 얼어 죽을 수는 없어. 여우가 다가와 그의 얼어붙은 몸을 주둥이로 잡아당긴다. 그 뒤를 이어 시신을 뜯어 먹는 다른 짐승들도 숲에서 달려 나온다. 허공을 가르며 뛰쳐나와, 꽁꽁 언 눈을 쪼아 먹는다. 까마귀가 손가락 하나를 물고 하늘로 날아오른다. 등골 오싹한 광경이다.

스톡의 링이 얼음에 부딪혀 소리를 낸다. 길 잃은 사람은 운명을 하늘에 맡기고 어둠 속에서 힘껏 앞을 향해 나간다. 식은땀이 등을 타고 흐른다. 추위가 용트림을 하고 바람이 불어온다. 지금 여기가 어디인가? 생각을 더듬어본다. 심장이 거세게 두방망이질하고 숨이 막혀온다.

검은 암벽이 불쑥 모습을 드러낸다. 호수 안쪽으로 길게 튀어 나온 육지 아니면 섬인 듯하다. 스키를 타는 사람은 스키를 벗어 팔에 끼고 호숫가로 기어오른다. 처음에는 아무것도 보이지 않지만, 차츰 살랑거리는 숲, 자작나무, 가문비나무, 등 굽은 소나무가 형체를 드러낸다. 그는 나무줄기에 몸을 기대고서 뒤를 돌아본다. 멀리에서 여우의 울부짖는 소리가 들려온다. 숲이 푸근하게 살랑거린다. 그는 마른 나뭇가지를 한 아름 꺾어, 바위 틈새에서 모닥불을 피운다. 타오르는 불꽃에 손을 녹이고 이마의 땀을 훔친다. 구름 뒤에서 달님이 다시 모습을 드러낸다. 길을 잃은 사람 앞에서 빙판이 은빛으로 빛나고, 별들이 전보다 더욱 밝게 빛을 발한다. 그의 두려움이 사라진다. 그는 불꽃이 좀더 활활 타오르도록 모닥불을 다독인다. 영하의 추운 밤에 불꽃이 넘실대며 타오르고, 불티가 작은 별똥별들처럼 날아오른다. 그는 호주머니에서 버터 빵을 꺼내어 한 입 베어 물며, 아무리 그래도 인생은 복잡하지 않으며 긴장감 넘치는 흥미진진한 것이라고 생각한다. 인생은 살 만한 가치가 있는 것이다. 그는 타오르는 불을 응시하며, 눈빛으로 불꽃을 애무한다. 수천 년 전부터 핀란드 사람들이 했던 것처럼. 지금 고향에서 멀리 떨어진 이곳 슈바르츠발트의 모닥불 가에 앉아 있는 자살자들처럼. 세상 풍파에 시달린 사람들. 인생의 아름다움에 대한 생각을 너무 일찍 상실한 사람들.

28

켐파이넌 대령과 헬레나 푸사리는 손을 맞잡고서, 중세에 축조된 쾨니스부르(해발 757미터에 위치한 거대한 성으로, 12세기에 처음 축조되었다. 알자스 지방의 관광 명소 가운데 하나이며, 성의 탑에서 아름다운 알자스의 전경이 한눈에 보인다 — 옮긴이) 성채의 맨 꼭대기 포탑 안에 서 있었다. 두 사람은 프랑스 관광 안내원이 지난 천 년의 세월에 걸쳐 우여곡절을 겪은 성의 역사에 대해 영어로 설명하는 말을 들었다. 관광 안내원은 핀란드 사람들에 둘러싸여 있었다. 어린 시절 우츠요키의 피엘에서 순록을 지키느라 영어를 배울 기회가 없었던 순록지기 울라 리스만키를 위해 온니 렐로넨이 소리 죽여 통역을 해주었다.

산비탈에 축조된 성의 탑에서 알자스 골짜기의 아름다운 풍경이 환히 보였다. 수백 헥타르에 이르는 포도밭이 초록빛의 잔잔한 바다처럼 펼쳐졌고, 그 안에 섬처럼 떠 있는 작은 마을과 도시들이 손짓을 했다. 구름이 드리운 그림자가 아침의 산들바람을 타고 풍요로운 대지 위를 떠돌았다. 대령은 그 비옥한 골짜기에서 일 년에 생산하는 포도주량이 세기말까지 핀란드의 식탁 수요를 채우고도 수백만 병이 남아서, 핀란드인 모두 주말에 한번 실컷 마실 수 있을 것이라고 계산했다.

핀란드 사람들은 지난 일주일을 그 골짜기의 마을과 작은 도시들에서 보냈다. 그들은 코르펠라의 버스를 타고 알자스 곳곳을 누비며, 행방을 감춘 세 여자를 찾았다.

슈바르츠발트에서 몸이 회복되길 기다리던 어느 날 시장을 보러 나간 세 명의 젊은 여자가 놀랍게도 돌아오지 않았다. 사라진 여자들은 세이내요키의 은행 여직원 헬레비 니쿨라, 하우키푸다스의 컨베이어 벨트 여공 레나 매키 바울라, 에스포에서 온 미용사 리스베트 코르호넨이었다. 세 여자는 갑자기 넘치는 삶의 의욕에 휩쓸렸으며, 이미 그전부터 공공연히 프랑스 나들이를 꿈꾸었었다. 그래서 자살단은 사라진 여자들을 그곳 알자스에서 찾아보기로 의견을 모았다. 핀란드 사람들은 궁지에 빠진 동료를 절대 모른 척하지 않는다는 말로 코르펠라의 애국심에 호소하여 그의 마음을 움직일 수 있었다. 세포 소르요넨은 세 젊은 여인이 프랑스 어느 마을의 방앗간에서 용마루에 목을 매달거나 아니면 종탑에서 스타킹이 벗겨진 채 얼굴이 흙빛으로 변한 시신으로 발견되는 흉측한 광경을 상세히 그려 보였다.

여행단은 서둘러 여자들을 찾아 나서기 전에 우선 잘 먹고 잘 마셨다. 아늑하고 고풍적인 여관에 묵으며 삶을 즐겼다. 대령은 그 도시들의 이름을 잘 알았다. 탄넨키르, 로르슈비르, 베르겡, 미틀비르, 리보빌, 게마르, 젤랑베르. 독일 국경에서 가까운 지역이라 독일식 이름을 가진 도시들이 많았다. 지난밤에는 대령이 지금 골짜기를 내려다보는 성에서 멀지 않은 도시 생 이폴리트에서 묵었다. 대령의 손이 마그데부르크 반구半球(독일의 물리학자 오토 폰 게리케가 대기압의 작용을 증명하기 위하여 사용한 반구 — 옮긴이)를 연상시키는 헬레나 푸사리의 엉덩이를 살며시 어루만졌다.

그 지역의 가장 큰 도시 콜마르(알자스 포도주 생산의 주요 도시. 알자스 지방의 전통 가옥들이 그대로 남아 있는 역사적이고 아름다운 관광 도시이다 — 옮긴이)에서 대령은 경찰서에 도움을 요청했다. 행방을 감춘 여자들의 실종 신고를 하고, 그 지역 어딘가에 있을 가능성이 많다고 말했다. 경찰은 실종자들이 어른들인 터라 처음에는 별다른 관심을 보이지 않았다. 그러다 대령이 세 여인들에게 우울증의 경향이 있으며 핀란드 고향에서부터 자살하려는 의도를 품고 있었다고 알렸을 때, 콜마르 경찰은 그 일에 대해 자세히 조사할 것을 약속했다. 대령은 매일 콜마르에 전화를 걸어 행방불명된 여자들에 대해 물었지만, 아직까지 종적이 묘연했다. 지난 주일에 비슷한 연령의 여자들 세 명이 그곳에 관광차 나타났지만, 그들은 스웨덴 여자들인 것으로 밝혀졌다. 그들의 품행에서 자살하려는 의도는커녕 우울증의 흔적은 찾아볼 수도 없었다. 스웨덴 여자들은 포도 재배자들을 비롯한 그곳 남자들을 꽁무니에 줄줄이 달고서, 여흥을 쫓아 이 마을 저 마을로 옮겨 다녔다. 스웨덴 여자들이 나타나는 곳에서는, 그곳 남자들의 노동 윤리가 심한 타격을 받았다. 콜마르 경찰로서는 의문스러운 행실 때문에 그 여자들을 체포하지 않을 수 없었다. 그 여자들은 지금 콜마르의 경찰서에 구류 중이었다. 경찰관들은 스웨덴의 공격을 무사히 방어한 만큼, 이제 틈이 났으니 핀란드 여인들의 행방 수사에 전력을 기울이겠다고 약속했다.

대령은 관광 안내원의 설명에 귀를 기울였다. 안내원은 지난 몇백 년 동안 하늘 높이 솟은 그 탑에서 아래의 바위로 몸을 날려 목숨을 끊은 사람들이 많았다고 설명했다. 죽음을 향한 무명인사들은 관심 어린 표정으로 포문에 다가가 아래를 내려다보았다. 예비역 하사 코르바넨이 주의를 주었다. 코르바넨은 핀란드 사람들이 국제적으로 많은 관광객들이 보는 가운데 탑에서 뛰어내려서는 안 된다고 하사관 특유의 우렁찬 목소리로 호통을 쳤다. 자살단 회원들은 순순히 그 말을 쫓아 다시 관광 안내원을 둘러싸고서 설명에 귀를 기울였다. 안내원은 이제 오스트리아 지배 시절의 성의 역사에 대해 말했다.

안내원의 설명에 따르면, 성의 상태와 그 안에서의 삶에 대한 정보가 16세기 이후부터 어느 정도 상세하게 남아 있었다. 그 이유는 성을 다스리던 태수들이 성의 살림살이에 대해 오스트리아 정부에 정기적으로 보고했기 때문이었다. 1527년 이후 작성된 재산 목록은 성의 유복한 생활을 증명했다. 성안에는 무기와 공구, 가구들이 아주 풍성했다. 그러나 끊임없이 보수를 했는데도, 성은 워낙 큰 탓에 차츰 쇠락해갔다. 지붕에 비가 새면서 방 안마다 습기가 찼으며, 비에 젖지 않도록 침대들을 이리저리 옮겨야 했다. 심지어는 지하의 화약 창고에까지 물이 샜으며, 태수들은 그 거대한 애물단지를 아예 헐어버리고 "창 자루의 두 배 길이를 넘지 않는" 성을 새로 지어야 한다고 자주 청원을 올렸다.

프랑스 관광 안내원은 성의 역사상 최악의 시기였던 삼십 년 전쟁에 대해 약간 흥분한 어조로 이야기했다. 스웨덴인들이 알자스 지방을 깡그리 약탈하고 능멸했다. 1633년 6월에 그 야만인들은 급기야 포병의 지원을 받아 성을 포위했다. 성의 수비군은 예비병력의 후원까지 받았지만, 결국 후퇴할 수밖에 없었다. 1633년 9월 7일에 성이 함락되었다.

그때 대령이 나서서, 점령군이 핀란드 사람이었을 가능성이 크다고 말했다. 그러나 물론 당시 핀란드는 스웨덴 제국에 예속되어 있었기 때문에 스웨덴 군대의 지휘를 받았을 것이라며, 17세기에 핀란드 동족이 저지른 행태에 대해 유감을 표명했다. 저야 물론 군인으로서 그러한 사건을 잘 이해하지요. 핀란드 사람들은 원래 심성이 고약하지 않아요. 하지만 타국에서 전쟁을 하다 보면, 군사적으로 중요한 요새는 무조건 점령하지 않을 수가 없지요.

프랑스 여인은 자신의 역사 지식의 허점을 보충해준 것에 대해 대령에게 고마움을 표하고 이야기를 계속했다.

"1633년 9월에 '핀란드 사람들'이 쾨니스부르 성채의 주춧돌까지 깡그리 불태웠으며, 수비군들을 최후의 한 사람도 남기지 않고 살해하고, 성안에 피신해 있던 여자들을 폭행했어요."

이 말에 대령은 아무런 논평도 하지 않았다. 일행은 성을 구경한 후에, 버스를 타고 생 이폴리트로 돌아갔다. 켐파이넨 대령과 헬레나 푸사리는 언제나처럼 콜마르의 경찰서에 전화를 걸었다. 그러자 담당 경찰관이 핀란드 여인 세 사람을 찾았다며, 즉시 경찰서까지 나와달라고 요청했다. 세 사람 모두 상당히 지쳐 있기는 하지만 아직 살아 있어요. 사실을 말하면, 벌써 며칠 전에 그 여자들을 검거했지요. 처음에는 스웨덴 여자들인 줄 알았는데 ― 그들이 그렇게 주장했답니다 ― 정확한 조사 과정에서 핀란드 여자들로 드러났어요. 바로 대령님 일행이 찾던 바로 그여자들 말입니다.

헬레나 푸사리가 전화를 바꾸어서, 혹시 그 여자들이 무슨 잘못을 저지르지는 않았냐고 물었다. 그러자 경찰관은 그 여자들이 온 포도주 골짜기를 발칵 뒤집어놓은 사실을 범죄로 여기지 않는다면, 사실 지금까지 중대한 일은 발생하지 않았다고 답변했다.

죽음을 향한 무명인사들을 태운 버스가 콜마르로 향했다. 나머지 사람들이 시내를 관광하고 호텔 방을 구하는 동안에, 켐파이넨 대령과 헬레나 푸사리는 핀란드 동족의 문제를 해결하기 위해 경찰서를 찾아갔다. 경찰서장은 대령과 푸사리 부인을 정중하게 맞아들였으며, 자신의 집무실에서 두 사람에게 그 지방의 맛 좋은 포도주 한 잔을 권하고 핀란드의 국내 정세에 대해 물었다. 그리고 자신이 원래 핀란드의 팬이라고 선언했다. 서장의 아버지가 전쟁 전에 고틀란드(발트 해에서 두 번째로 큰 섬. 스웨덴 영토이다 — 옮긴이)에서 휴가를 보낸 적이 있는데, 그곳이 핀란드 아니면 핀란드 근처 어딘가에 있다는 것이었다.

그러고 나서 본론으로 들어갔다. 경찰서장은 대령이 찾는 세 여자가 일주일 넘게 프랑스에 머무는 동안 도덕적인 혼란을 야기했다고 설명했다. 여자들은 분명한 목적 없이 그 지역을 배회했으며, 가는 곳곳에서 소란을 일으켰다. 경찰서장은 핀란드 여자들의 행적에 대해 더는 자세히 언급하려 하지 않았고, 다만 대령과 부인이 그 일의 미묘한 점을 충분히 이해했을 것이라고 말했다. 사실 세 여자들이 프랑스의 법을 위반하는 행동을 한 것은 아니지만, 공공의 이익을 위해 프랑스에서 추방하기로 결정이 내려졌다. 여자들은 스물네 시간 이내에 콜마르를 떠나야 했다.

273

헬레나 푸사리가 같은 동족의 처신에 대해 경찰서장과 프랑스 국가에 정식으로 사과했다. 켐파이넨 대령도 함께 사과의 뜻을 표명했으며, 자신이 책임지고서 정해진 시간 안에 여인들을 스위스 국경 너머로 데려가겠다고 선언했다. 대령은 우리 일행이 스위스의 알프스에서 긴요히 해결해야 할 일이 있다고 은근히 암시를 주었다.

길 잃은 여인들이 경찰서장의 집무실로 인도되었다. 여인들은 완전히 기진맥진하고 술에 전 듯이 보였다. 옷은 엉망으로 구겨지고 스타킹 여기저기 구멍이 나 있었다. 얼마나 자유분방한 생활을 즐겼는지 화장도 지워지고 여행 가방조차 지니고 있지 않았다. 경찰서장은 헬레나 푸사리에게 여자들의 여권을 건네주었으며, 추방에 동의한다는 뜻으로 서명을 할 것을 범법자들에게 청했다. 서장은 여자들에게 향후 오 년 동안은 프랑스 땅에서 환영받지 못할 것이라고 말했다.

곤혹스러운 사건은 막을 내렸고, 켐파이넨 대령과 헬레나 푸사리는 길 잃은 어린양들을 그곳의 작은 호텔로 데려가 몸을 씻게 하고 휴식을 취하게 했다. 그런 후에 저녁식사를 하면서, 리스베트 코르호넨과 헬레비 니쿨라, 레나 매키 바울라는 가출했던 동안의 행적에 대해 소상히 이야기했다.

세 여자는 슈바르츠발트를 떠나 어렵지 않게 프랑스 땅으로 넘어갈 수 있었다. 오스탱 아니면 그 비슷한 이름의 어느 작은 도시에 도착하자마자, 아주 인상적인 대접을 받았다. 그곳의 포도주 전문 주점에서 신사들과 샴페인을 주고받으며 달콤한 만남을 즐겼다. 포도주 재배인 대여섯 명과 친해졌으며, 그 남자들에게서 여왕처럼 떠받들어졌다. 여러 마을과 도시들을 돌아다녔는데, 신사들은 우연히도 때마침 포도 축제 기간이어서 즐길 시간이 많다고 이야기했다.

북구의 여인들은 즉각 그 지역의 포도 여왕으로 추대되었으며, 이어서 그에 합당한 축하 행사가 벌어졌다. 세 여자는 많은 남자들에 둘러싸여 주거니 받거니 포도주를 마셨다. 무척 피곤하긴 했지만 참으로 근사했다. 며칠 동안 포도 수확을 축하하고 풍년을 기원하는 행사를 치른 후에, 핀란드 여자들은 놀랍게도 그곳 여자들이 자신들에게 거부적인, 아니 그야말로 적대적인 태도를 보이는 것을 알아차렸다. 프랑스 여자들이 좀 지나친 반응을 보이는 게 아닌가 싶은 생각이 들었다. 핀란드 여인들이 함께 지낸 남자들은 전부 미혼이라고 단언했기 때문이었다. 알자스에는 독신 남자들이 엄청나게 많은 것 같았다.

물론 어쩌다 곤혹스러운 상황이 벌어지곤 했는데, 그럴 때마다 세 여자는 스웨덴에서 왔다고 말했다. 더욱이 스웨덴 가명을 짓는 수고까지 아끼지 않았다. 리스베트는 잉그리드라는 이름으로 자신을 소개했으며, 나머지 두 여자는 쾬뇌베와 베아타라는 이름을 사용했다. 리로빌에서 한참 신나게 포도 축제를 즐기는 도중에 경찰에 의해 전격적으로 체포되기 전까지는 모든 게 참으로 멋졌다. 세 여인은 포도주를 마시다 말고 흉측한 자동차에 갇혀 콜마르로 연행되었다.

경찰서에서 여러 번에 걸쳐 심문을 받았으며, 알자스 지역에서는 포도 수확이 완전히 끝난 후에야 포도 축제가 열린다는 말을 들었다. 그때까지는 앞으로 적어도 두 달은 더 있어야 했다.

여자들은 알자스에서 나들이하는 동안에 속은 일이 한두 가지가 아니었다고 푸념했다. 나중에 알고 보니 그동안에 만난 남자는 주로 기혼 남자들이었다. 게다가 세 여자는 나이와 외모에 상관없이 모든 남자들의 비위를 맞추고, 남자들에게 봉사한 대가로 돈도 요구하지 않는 싸구려 창녀 취급을 당했다. 본인들 스스로 가격을 낮추었다는 것이다. 프랑스에서 음식 접대는 아무리 진수성찬이더라도 매춘에 대한 실제 보수가 아니라 당연히 매춘에 따르는 것이었다.

이런 사태에 직면해서 세 여자는 깊이 후회했으며, 신뢰할 수 있는 친밀한 동포들의 품에 다시 안기고 싶다고 부탁했다. 그리고 콜마르 경찰서 유치장의 혐오스런 콘크리트 방에서 삶의 의욕을 잃었다며, 군말 없이 집단 자살에 참여하겠다고 선언하고 그런 기회가 곧 주어지기를 바랐다. 여자들은 자신들이 쉽게 남의 말을 곧이듣는 바보들이었다는 사실을 깨달았으며, 그동안의 일들을 무척 부끄럽게 여겼다.

헬레나 푸사리가 타락한 자매들을 위로하고, 지난 일은 더 이상 생각하지 말라고 말했다. 진짜로 심각한 일은 일어나지 않았으며, 적어도 지난 일주일 동안 낯선 타국에서 맘껏 삶을 즐기지 않았는가. 그걸 기뻐하라는 것이었다. 긴장감에서 벗어난 느긋한 분위기 속에서 저녁식사는 무려 세 시간 동안이나 계속되었다.

아침에 코르펠라가 호텔에 나타나, 버스가 기다린다고 알렸다. 이미 주유도 끝나고 출발 준비가 완료된 상태였다. 코르펠라는 탁자 위에 지도를 펴놓고, 콜마르에서 국경을 지나 취리히까지 이르는 길을 손가락으로 가리켰다. 취리히까지 두세 시간이면 충분했다.

모두들 함께 호텔을 떠나서 코르펠라의 죽음 라인 버스가 기다리는 대성당 앞의 광장으로 향했다. 성당 안에서 남자들의 장중한 노랫소리가 들려왔다. 아침 미사가 진행 중이었다. 켐파이넨 대령이 타락한 자매들과 함께 성당의 미사에 참석하면 어떻겠냐고 헬레나 푸사리에게 제안했다. 최근 들어 본의 아니게 영웅적인 행위를 한 것이 신경 쓰인다며 미사에 참석하는 게 도움이 되지 않겠느냐는 이야기였다.

대령의 말을 좇아 고딕 양식의 대성당 안으로 들어간 여자들은 이 분이 채 지나지 않아 새빨개진 얼굴로 성당을 뛰쳐나왔다. 그러고는 곧장 코르펠라의 버스를 향해 달려갔다.

그야말로 엄숙한 표정의 시골 여인들이 당황하여 어쩔 줄 몰라 하는 남편들과 교회에 앉아 있었다고 헬레나 푸사리가 나중에 버스를 타고 가며 말했다. 남편들은 지난주에 스웨덴 창녀들과 즐긴 죄에 대해 아내들에게 용서를 빌었다.

29

코르펠라의 버스는 승객들을 싣고서 8월 1일 아침 취리히에 도착했다. 취리히 시내에서는 마침 감자 수확 축제가 한창이었다. 감자를 재배하는 스위스 곳곳에서 감자 수확을 축하하기 위해 농민들이 몰려왔다. 들리는 소문에 의하면 올해에는 특히 감자가 대풍년이었다. 여름 내내 해가 쨍쨍하게 내리쬐고 바람이 불지 않아서 감자부식병이 크게 번지지 않았으며, 그래서 모두들 행복했다. 스위스인들을 알프스 인종의 소박한 대표자라고 여기는 사람들이 있지만, 경우에 따라서는 감자에 대해 좀 아는 종족이라고 말할 수 있을 것이다.

감자 축제 때문에 온 도시가 감자 생산업자들로 붐비고 있었다. 호텔들은 이미 몇 주일 전부터 예약이 완료되었고, 거리에는 입추의 여지없이 자동차들이 주차해 있었으며, 술집과 보행자

전용도로는 사람들로 북적거렸다. 코르펠라는 취리히 시를 가로지르는 리마트 강의 동쪽 강변을 따라 달려서, 대학이 있는 언덕 가까이에 버스를 주차시켰다. 죽음을 향한 무명인사들은 스위스 은행의 비밀 계좌에 세상의 돈이 잠자고 있는 그 아름답고 부유한 도시를 탐방하기 위해 삼삼오오 떼를 지어 흩어졌다. 저녁 일곱 시에 다시 버스에서 만나기로 헤어지기 전에 약속했다.

켐파이넨 대령은 헬레나 푸사리와 함께 먼저 알자스의 세 유랑 녀들을 대학병원의 피부비뇨기과에 데려갔다. 세 여인은 그곳에서 진찰을 받아야 했다. 대령은 다른 사람들과 함께 숙박할 수 있도록 저녁 일곱 시까지 버스로 오라고 일렀다.

켐파이넨 대령을 따라나선 그룹은 미술 박물관을 방문했는데, 그곳에서는 때마침 살바도르 달리(스페인 출신의 초현실주의 서양화가. 1904~1989 — 옮긴이)의 작품 전시회가 열리고 있었다. 관람객들은 수백 개의 대형 그림들을 보고서 깊은 감명을 받았으며, 달리가 이미 젊은 시절부터 천재적인 방식으로 광기에 사로잡혀 있었다는 데 의견의 일치를 보았다. 그리고 나이가 들어가며 광기는 점점 더 심해졌다.

헬레나 푸사리와 켐파이넨 대령은 취리히 거리를 거닐거나 노상 카페에 앉아서 감자를 생산하는 농민들의 한없는 행렬을 감상하는 것으로 그날의 나머지 시간을 보냈다. 그러다 붐비는 군중들 틈을 벗어나기 위해서 택시를 타고 몇 킬로미터 떨어진 플룬

테른에 갔다. 플룬테른에는 잘 가꾸어진 공동묘지가 있었다. 헬레나 푸사리는 지금까지 많은 묘지들을 보았지만, 이렇게 깨끗한 묘지는 처음이라고 말했다. 그 공동묘지는 그야말로 스위스적인 꼼꼼함의 전형이었다. 무덤 사이로 난 길을 어찌나 깔끔하게 갈퀴로 긁었는지, 작은 전나무 이파리 하나 보이지 않았다. 묘지의 가장자리는 제비족의 구레나룻 수염처럼 정갈하게 다듬어지고, 묘비와 묘석은 1밀리미터도 어긋남이 없이 반듯하게 줄이 맞추어져 있었다. 심지어는 다람쥐들조차 말쑥하게 차려입은 듯 보였으며, 신중하고 품위 있게 움직였다.

두 방문객은 수풀이 우거져 있는 구석진 곳에서 제임스 조이스의 동상을 발견했다. 그 유명한 작가가 그곳에 묻혀 있었다. 헬레나 푸사리는 펜티 사리코스키가 번역한 제임스 조이스의 작품을 하나 읽었다고 말했다.

"우리 핀란드에도 제임스 조이스처럼 뛰어난 작가가 있다면 얼마나 좋을까요."

푸사리 부인이 한숨을 지었다.

우리한테는 알렉시스 키비Aleksis Kivi(핀란드 현대문학의 초석을 다진 국민 작가. 1834~1872. 그의 대표작 『일곱 형제』는 핀란드어로 써진 최초의 소설로서―그전까지 핀란드 문학은 스웨덴어로 써졌다― 핀란드 사람들의 전형적인 특징, 사회와 자연에 대한 관계를 사실적이고 유머러스하게 묘사한 핀란드 문학의 거봉으로 꼽힌다 ― 옮긴이)가 있지 않아요, 대령은 이렇게

281

말하려 했다. 그러나 순간 요우코 투르카 감독이 키비의 『일곱 형제』를 어떻게 만들어버렸는지 생각났다. 투르카 감독은 연극 학교의 아주 형편없는 녀석들 일곱 명을 시켜, 국가적인 보물을 여지없이 흉측하게 망가뜨렸다.

　오후에 두 사람은 뜻밖에도 온니 렐로넨 일행과 마주쳤다. 렐로넨 일행은 그 도시의 넘치는 부유함과 길가를 메운 광고물에 탄복했다. 모두 함께 거리의 카페에 앉아 맥주를 마셨으며, 세상의 돈과 광고가 화제의 중심으로 떠올랐다. 파리칼라의 시골 대장장이 타이스토 라마넨이 옛날에는 아무도 광고 같은 걸 하지 않았는데도 잘만 살았다고 회상했다. 라마넨은 말의 편자를 박는다거나 낫의 날을 세운다는 광고를 신문에 낼 생각을 결코 한 적이 없었다. 이살미의 철도 직원 텐호 우트리아이넨이 가난은 상대적인 것이라고 단언했다. 오늘날의 가난한 사람은 백 년 전의 유복했던 시민보다 더 잘사는데도, 자신보다 부유한 사람들에 둘러싸여 있는 탓에 고통받았다. 그리고 무엇보다도 나쁜 것은 쉴 새 없이 사람을 유혹하는 광고의 홍수였다. 우트리아이넨은 핀란드 사람들이 자살을 택하는 주요 이유가 다름 아닌 광고라는 결론에 이르렀다. 끊임없이 사라고 강요되어지는 그 근사한 물건들을 누릴 수 없다면 무엇 때문에 살아야 한단 말인가. 우트리아이넨은 광고의 홍수에 짓눌려 핀란드에서 해마다 적어도 오백 명이 스스로 목숨을 끊는다고 추정했다.

우트리아이넨은 전 세계적으로 광고를 금지해야 한다고 주장했다. 광고는 군수품에 버금갈 만큼 비싸지만 결과는 훨씬 더 파괴적이었다. 핀란드가 이 분야의 선구자 역할을 할 수 있지 않을까.

대령은 헬레나 푸사리와 함께 취리히 구시가지의 작은 전통적인 레스토랑 '아펠캄머'에 저녁식사를 하러 갔다. 레스토랑 주인은 두 사람이 핀란드에서 왔다는 말을 듣고, 만네르헤임 원수(카를 구스타프 에밀 만네르헤임. 1867~1951. 핀란드의 군인, 정치가, 대통령 — 옮긴이)가 취리히로 가는 도중에 그곳에 잠깐 들러서 술을 마시곤 했다고 이야기했다. 만네르헤임은 몸이 유연하고 늘씬했으며, 기분이 좋은 날은 체력을 과시하려는 공명심에 사로잡혔다. 그러면 훌쩍 뛰어올라 '아펠캄머'의 가장 높은 들보에 매달렸으며, 그것으로 부족해서 들보와 천장 사이의 50센티미터 남짓한 틈을 뚫고 나가 다른 편 끝에서 뛰어내렸다. 그것은 스위스 사람들에게는 거의 불가능한 곡예였다. 스위스 사람들은 체력이 부족할 뿐더러, 배가 들보와 천장 사이에 끼어 옴짝할 수도 없었다.

대령은 맛 좋은 스위스 맥주 펠트슐뢰스헨을 두세 잔 마셨다. 그러더니 술 기운에 힘입어 만네르헤임의 들보에서 자신의 기예를 시험해보기로 결정했다. 그것은 정말로 힘든 시험이었다. 뻣뻣한 군복 차림으로 만네르헤임의 곡예를 영예롭게 완수하기 위해서는 온 힘을 기울여야 했다. 그러나 포기하지 않고 집요하게 노력하여 결국 성공하였다. 손님들의 박수갈채를 받으며 자리로 돌아온 대령은 남자로서의 행복감과 군인으로서의 자부심을 느꼈다. 레스토랑 주인이 대령에게 영웅적인 행위에 대한 대가로 맥주 한 잔을 선사했다.

자살자들은 저녁 일곱 시에 다시 한자리에 모였다. 먼저 어디서 밤을 보낼 것인지 의논해야 했다. 감자 농민들이 사방 천지의 모든 호텔과 여관을 점거했기 때문에, 플라츠프로메나데 공원에 텐트를 치자는 의견이 나왔다. 리마트 강과 실 강이 마주치는 그곳에는 강변이 반도 모양으로 튀어나와 있었다. 취리히 역과 국립 박물관 북편의 시내 중심가에 인접한 곳이었다. 대령이 지나가는 경찰관에게 그 일의 합법성에 대해 문의했다. 경찰관은 핀란드 사람들이 밤에 그 공원에 갈 만큼 용기만 충분하다면 전혀 문제될 게 없다고 대답했다. 즉 취리히의 마약중독자들 수백 명이 그곳을 점유했다는 것이었다. 마약중독자들은 오후만 되면 공원을 점령하고서 밤새도록 소란을 피웠다. 경찰관은 대령에게 다른 숙박 장소를 찾아보라고 권유했다.

달리 숙소를 구할 방도가 없었기 때문에, 자살자들은 모두 힘을 모아 끙끙대며 텐트와 침구, 그리고 발스로데의 육탄전에서 남은 장작을 다리 너머 플라츠프로메나데 공원으로 끌고 갔다. 두 개의 강이 넓게 하나로 마주치는 북쪽 끝에 텐트를 치고 작은 모닥불을 피웠다.

자살단의 독단적인 입주는 마약에 취해 애처롭게 비틀거리는 젊은 남녀를 최소한 백 명은 불러들였다. 마약중독자들은 자신들의 점령 지역에 아무도 얼씬거려서는 안 된다고 선언하며, 여행자들의 물건을 모조리 강탈하고 죽여버리겠다고 협박했다. 그러면 매일 아침 경찰과 환경미화원들이 마약중독으로 죽은 사람들을 실어가는데, 여행객들의 시신도 그런 운명을 면할 수 없으리라고 예고했다.

핀란드인들은 멀리 북쪽 끝에서부터 온 유럽을 지나 이곳까지 왔으며, 여기 적절한 장소가 비어 있는데 취리히의 길거리에서 밤을 보낼 생각은 없다고 선언했다. 그리고 중독자들을 방해하지 않고서 평화롭게 잠만 자겠다고 약속했다. 아무리 이성적으로 이야기해도 소용이 없자, 대령을 비롯한 남자들이 으르렁거리며 우리는 핀란드에서 왔다고 말했다. 그 말에 이어 한 무리의 중독자들이 슬그머니 모습을 감추었다. 여행객들이 독일 발스로데에서의 육탄전에 대해 이야기하는 말을 듣고서, 나머지 사람들도 사태에 대해 좀더 깊이 생각하기 시작했다. 울라 리스만키가 피 묻은 자작나무 장작을 전우들에게 나누어주었다.

이처럼 몸으로 약간 뭔가를 보여주자, 앞장섰던 중독자들이 단박에 태도를 바꾸어서 사과했으며, 핀란드인들이 원한다면 그곳에서 얼마든지 밤을 보낼 수 있다고 약속했다. 중독자들은 마약 살 돈을 강압적으로 마련하는 데 익숙해져 있는 데다가 어차피 이 세상에서는 이판사판이라는 말로 자신들의 적대적인 태도를 해명했다. 그들은 이미 죽을 날을 받아놓은 운명이나 다름없었으며, 그들에게는 비참한 현재만이 있을 뿐 앞날에 대한 희망은 전혀 없었다.

그러자 핀란드 사람들은 자신들의 처지도 나을 게 없으며, 스위스의 알프스에서 집단 자살을 계획하고 있다고 털어놓았다. 그러므로 그들에게 굳이 죽음에 대한 감동적인 이야기를 할 필요는 없었다. 죽음에 대해 잘 아는 사람이 있다면, 그것은 바로 그들이었다.

양측이 협상을 벌인 결과, 플라츠프로메나데 공원을 가로질러 군사분계선이 그어졌다. 마약중독자들은 군사분계선 뒤편으로 물러났고, 이쪽 편에는 핀란드의 죽음을 향한 무명인사 서른 명이 자리를 잡았다. 중독자들은 경계선 남쪽에 머무르겠다고 약속했지만, 대령은 만일의 경우를 대비하여 보초를 세우기로 결정했다. 순록지기 울라 리스만키와 육지의 선장 미코 헤이키넨이 보초를 서겠다고 자원했다. 헤이키넨은 밤에 마실 백포도주 몇 병을 준비했고, 울라는 시간을 때울 카드 뭉치와 배고플 경우에 대비한 소금에 절인 흰송어를 챙겼다.

밤에 리마트 강에서 축축한 안개가 피어올라, 가로등과 모닥불 주위에 환상적으로 아름다운 원을 그렸다. 군사분계선 저편에서 마약중독자들이 암담하게 소동을 피우는 소리가 들려왔지만, 핀란드인들의 진영으로 진입하려고는 하지 않았다.

울라 리스만키와 미코 헤이키넨은 스터드 포커(손 안에 히든카드를 든 채 나머지 카드를 계속 보여주며 하는 게임 ─ 옮긴이)를 시작했다. 카드 한 장을 앞면이 보이지 않도록 뒤집어놓고, 나머지 네 장은 앞면을 보여주면서 하는 카드놀이였다. 카드의 앞면을 보여줄 때마다 판돈을 올릴 수 있었다.

두 사람은 처음에 돈을 걸었다. 육지의 선장이 수중의 돈을 전부 잃은 후에, 판돈을 올리자고 제안했다. 헤이키넨은 여느 때처럼 술에 취해 있었고 울라도 맑은 정신이 아니어서, 두 사람은 술김에 카드를 계속했다. 헤이키넨이 결코 장난이 아니라며, 텐트 안에서 코 고는 사람들 전부 아니면 최소한 별로 중요하지 않은 몇 사람을 담보로 삼으려 했다.

"우리, 저 사람들의 영혼을 담보로 걸자고!"

두 사람은 핀란드 남쪽에서부터 이살미까지의 자살자들을 선장의 담보물로 삼는 데 합의했다. 이살미 북쪽에 사는 사람들은 울라의 수중에 들어갔다.

육지의 선장과 순록지기는 뿌옇게 가물거리는 불빛 속에서 밤새도록 카드 게임을 했다. 두 사람은 사탄처럼 눈을 번득이며 검은 강변에 앉아 있었다. 텐트 안에서는 두 남자의 담보물들이 마음 놓고 코를 골았고, 국립 박물관 방향에서는 마약중독자들이 소란을 피우는 소리, 싸우는 소리, 광기와 죽음의 외침이 둔탁하게 들려왔다.

그러나 카드 게임은 계속되었다. 울라 리스만키가 선장에게 먼저 하우키푸다스 출신 컨베이어 벨트 여공의 영혼을 잃은 데 이어, 케미얘르비 출신의 국경 경비대원 래세이쾨이넨과 자동차 판매원 램새를 비롯하여 다른 북 핀란드 사람들 대여섯 명의 영혼을 차례로 넘겨주었다. 그러나 먼동이 틀 무렵에 판세가 역전되었다. 육지의 선장이 영혼들을 하나 둘 차례로 모두 내놓아야 했다. 파리칼라의 마을 대장장이 라마넨뿐 아니라 코르바넨 예비역 하사와 가정 선생 타빗사이넨, 심지어는 퇴직 기술자 하우탈라까지 순록지기에게 넘어갔다. 선장은 철물공 해키넨을 걸고서 하우탈라를 회수했지만, 한 시간 남짓 후에는 교활한 순록지기 리스만키가 선장에게서 거의 모든 영혼을 앗아갔다.

그러나 최후의 순간 헤이키넨에게 절호의 찬스가 왔다. 스페이드 에이스를 뒤집어놓은 데다가 스페이드 식스와 에이트, 나인을 연거푸 뽑았다. 헤이키넨은 먼저 온니 렐로넨을 걸었지만, 울라 리스만키가 램새와 선장에게서 빼앗은 아울리키 그란스테트로 대응하자, 판돈을 올려 켐파이넨 대령의 영혼을 전방으로 내보냈다. 울라 리스만키는 탠 두 장과 에이스 한 장을 뽑았으며, 마지막 카드를 뽑기 전까지는 불리해 보였다.

"허세 부리지 마라, 이 순록 쌈꾼아."

육지의 선장이 밤의 기괴한 불빛 속에서 결정적인 최후의 카드를 뽑으며 으르렁거렸다. 내심 열렬히 바라던 바로 그 카드였다. 스페이드 세븐! 드디어 플러시(같은 무늬의 숫자가 연속되는 경우는 스트레이트 플러시라 불린다 — 옮긴이)를 손에 쥔 것이다! 헤이키넨은 가장 값나가는 영혼 헬레나 푸사리를 걸고서 득의만면한 표정으로 적을 바라보았다.

울라 리스만키는 온니 렐로넨에 덧붙여 텐호 우트리아이넨과 타이스토 래세이쾨이넨을 꽝 소리 나게 내려놓으면서 태연하게 여교사의 영혼에 맞대응했다. 거기에다 자정이 지난 다음에 선장에게서 빼앗은 남 핀란드 여인 두 명을 더 추가했다.

육지의 선장은 이제 수중에 영혼이 하나도 남아 있지 않았지만 자신의 승리를 확신했다. 그는 자신의 영혼이 리스만키의 모든 담보물과 맞먹지 않겠냐며, 자신의 영혼을 담보로 받아달라고 순록지기에게 청했다. 순록지기는 그 제안에 호의적인 반응을 보였다. 자신의 영혼이 가장 값나간다는 것은 말할 것도 없었다. 자신의 영혼으로 막지 못할 게임이 어디 있겠는가.

리스만키가 최후의 카드를 뽑았다. 선장에게는 충격적이게도 그것은 다이아몬드 탠이었다. 순록지기의 엎어져 있는 카드는 스페이드 탠이었다. 그것은 운명을 판가름 짓는 카드, 네 장 가운데 마지막 카드였다. 리스만키의 판세가 헤이키넨의 플러시를 압도했다. 모든 영혼이 울라 리스만키의 손을 거쳐 지옥에 떨어졌고, 선장의 영혼이 그 행렬의 끝을 장식했다.

담보물이 바닥나면서 게임도 끝났다. 인생은 언제나 그런 식이다. 그러나 이미 날이 밝아 있었다. 밤의 안개가 물러나고, 태양이 산 너머로 떠올라 공원에 희미한 빛을 던졌다.

취리히 경찰과 환경미화원, 보건소 직원이 차를 몰고 공원에 나타났다. 아직 두 발로 움직일 수 있는 마약중독자들이 우격다짐으로 공원에서 쫓겨났으며, 그 뒤를 이어 피 묻은 주사기와 밤새 생겨난 쓰레기들이 검은 비닐봉지에 모아졌다. 밤 동안에 마약중독으로 목숨을 잃은 두 가련한 인간이 영구차에 실려갔다.

카드 게임을 승리로 장식한 울라 리스만키가 꺼져가는 불 위에서 모닝커피를 끓이고, 여자들을 깨워 아침식사를 준비하도록 했다. 함께 힘을 모아 공원을 깨끗이 치우고 청소한 경찰관과 환경미화원, 보건소 직원들도 아침식사에 초대했다. 경찰관들이 화창한 날이라고 말하며, 소금에 절인 흰송어를 얹은 빵이 아주 맛있다고 칭송했다.

30

죽음을 향한 무명인사들은 카드 게임에서 영혼을 잃어버린 줄
도 모르고 텐트를 철거했으며 물건을 버스에 실었다. 최후의 여
정, 알프스를 향한 여행이 다시 계속되었다.

한 시간 정도 달린 후, 그들은 루체른(스위스 루체른 주의 주도이며,
중부 스위스의 중심 도시. 피어발트슈타터 호수와 알프스의 빼어난 자연경관을
배경으로 하는 관광, 휴양 도시 — 옮긴이)에 도착했다. 루체른은 유서
깊은 아름다운 도시로, 로이스 강을 사이에 낀 채 높은 산들에 둘
러싸여 있었다. 14세기에 지어진 목조 다리들이 로이스 강을 가
로질렀고, 당시의 삶을 묘사하는 프레스코 벽화가 다리들을 아
름답게 장식했다. 죽음을 향한 무명인사들은 입을 굳게 다물고
옛 다리를 건넜으며, 물보라를 흩날리는 터키옥색의 폭포를 생
각에 잠겨 바라보았다. 알프스에 가까이 갈수록 사람들의 말수

가 눈에 띄게 줄어들고 있다고 헬레나 푸사리가 대령에게 말했다. 모두들 자신의 문제에 대해 깊이 생각하는 것 같아요. 눈앞에 닥친 집단 자살 때문에 얼굴들이 무척 진지해졌어요.

대령도 사람들의 짓눌린 분위기를 느꼈다. 그러나 당연한 일이 아니겠는가. 곧 세상을 떠날 사람들이 뭐가 좋다고 환호성을 지르겠는가.

"그게 아니에요. 그동안에 꽤 많은 사람들이 이런 계획을 세운 걸 후회하고 있다는 뜻이에요. 나 자신도 정말 죽을 생각이 있는지 확신이 서지 않아요."

헬레나 푸사리가 슬픔 어린 목소리로 고백했다. 푸사리 부인은 함께 의지하며 여행을 다니는 동안에 삶의 용기를 얻었다고 말했다. 대령은 토이알라에서의 일을 돌이켜보라고 청했다. 그게 지금 갑자기 근사하게 생각된단 말인가요?

헬레나 푸사리는 이 물음에 대답하지 않았다. 루체른에서 보면, 토이알라에서의 삶은 한없이 멀게만 느껴졌고, 그 당시의 문제들은 아주 사소하게 보였다.

코르펠라가 자살단 회원들에게 외쳤다.

"자, 죽음을 향한 자들이여, 출발!"

버스 승객들은 파노라마처럼 차창 밖을 스쳐 지나가는 스위스의 시골 풍경을 바라보았다. 젖소들이 우람한 다리로 돌아다니는 가파른 산비탈의 푸른 목초지, 눈 덮인 산봉우리, 8월의 푸른 하늘. 그러더니 고속도로가 10킬로미터 이상 알프스의 산을 관통하는 터널로 이어졌다. 코르펠라는 삶을 끝내려고 무척 서두르는 사람처럼 미친 듯이 버스를 몰았다. 좁은 오르막길이 구불구불 이어지고, 높이 올라갈수록 더욱 아름다운 경치가 펼쳐졌다. 결국 여행단은 목초지도 숲도 없는 높은 곳에 이르렀다.

갑자기 차단기가 버스의 앞길을 가로막았다. 차단기를 지키는 군인 두 명이 그 주변 지역에서 제일 고지대인 푸르카파스(스위스 우리 주의 우르제렌 계곡과 발레 주의 론 강 최상류를 잇는 높이 2431미터의 고개 — 옮긴이)에 현재 심한 눈보라가 몰아치고 있어서 여행객 출입 금지라고 설명했다. 코르펠라가 자신은 통행금지와 상관없이 푸르카파스를 지나서 원하는 곳까지 갈 생각이니, 이 말을 군인들에게 통역해달라고 대령에게 부탁했다. 버스가 새 차일뿐더러 자신은 아무리 폭풍우가 세차게 몰아치고 눈보라가 심하더라도 얼마든지 산속을 달릴 수 있다는 것이었다. 대령이 이 말을 통역했다.

군인들은 삼십 분 후면 일기예보와 규정에 따라서 모든 도로가 봉쇄될 것이라고 말했다. 마지못해 차단기가 위로 올라갔다. 코르펠라의 죽음 라인은 산 위를 향해 높이 돌진했다. 여행객들은 마치 하늘을 향해 가는 듯이 느껴졌다. 여행객들 가운데 누군가가 죽어서 하늘나라에 들어갈 수 있다면, 사실 하늘을 향한 길이기도 했다.

말없는 승객들을 태운 육중한 버스가 드디어 푸르카파스에 도착했다. 폭풍우에 휩쓸린 썰렁한 건물 몇 채가 눈에 띄었다. 그 건물 가운데 하나에 삭막한 카페가 있었으며, 카페 안의 손님이라고는 주름살 조글조글한 미국 여자 두 명뿐이었다. 미국 여자들은 산악도로의 가장 높은 곳에서 눈보라 때문에 발이 묶였다고 불평했다. 군인들이 더 이상 길을 가지 못하도록 막고 있었다.

곧이어 군인 두 명이 숨을 헐떡이며 달려와, 버스 운전기사 코르펠라에게 언성을 높였다. 군인들은 무슨 이유로 위험을 무릅쓰고 여기까지 올라왔는지 코르펠라에게 답변을 요구했으며, 도로가 봉쇄되었는데 아래 초소에서 경비병들이 길을 막지 않았냐고 물었다. 대령이 우리는 만일의 사태에 스스로 책임질 각오를 하고 올라왔으며, 이왕지사 이렇게 올라왔는데 소리 지를 필요는 없다고 대꾸했다. 군인들은 폭풍우의 풍속이 일 초에 18미터에 이른다고 알렸다. 여행단은 그 말을 믿었다. 집 밖에 서 있으면 몸을 가누기가 어려울 정도였으며, 거센 바람이 매섭게 얼굴을 후려쳤다. 게다가 이만저만 추운 게 아니었다. 틀림없이 영하 10도는 되는 성싶었다. 그들은 해발 2400미터 이상의 고지대에 있었다. 그런 악천후에는 계곡이 내려다보이지 않는다. 거기 높은 곳에서 론 강(스위스 알프스의 빙하에서 발원하여 레만 호와 프랑스의 남동 지방을 거쳐 지중해의 리옹 만으로 흘러 들어가는 총길이 812킬로미터의 강 ― 옮긴이)이 발원했으며, 폭풍우의 울부짖는 소리도 빙하에서 골짜기로 요란하게 쏟아져 내리는 물소리 앞에서는 기를 펴지 못했다.

코르펠라가 이제 목적지에 이르렀다고 선언했다. 코르펠라는 죽음을 향한 무명인사들에게 버스에 올라타라고 명령했으며, 지금부터 몇 킬로미터 더 가려 한다는 말을 군인들에게 통역해달라고 대령에게 부탁했다. 군인들은 코르펠라가 제정신이 아니라고 결론지었다. 코르펠라는 군인들의 말이 맞다고 시인했으며, 제정신이 아닌 사람은 자신만이 아니라고 덧붙였다. 그 자리에 있는 핀란드 사람들 전부가 완전히 미쳤다고 말했다. 군인들은 그 말을 믿었다. 한 사람도 빠지지 않고 모두 버스에 앉았을 때, 퇴직 기술자 하우탈라가 할 말이 있다고 나섰다. 하우탈라는 자신이 불치의 암을 앓고 있으며 종양이 이미 온몸에 퍼졌다고 이야기했다. 그래서 초여름에 죽음을 향한 무명인사들과 운명을 함께하기로 작정을 했지요. 하지만 이제 생각이 달라졌어요. 나는 이 아름다운 스위스 알프스 마을에 반했어요. 그동안 함께 여행을 다니는 동안에, 에스포에서 온 젊은 여인, 나처럼 불치의 병을 앓고 있는 타라 할투넨과 가까워졌어요. 나는 이제 이 버스를 타고 여러분들을 따라 함께 죽기보다는 알프스 품안의 어딘가 작은 여인숙에서 눈 덮인 산봉우리를 바라보며 내 인생의 마지막 날들을 보내고 싶소.

나머지 사람들이 어리벙벙한 표정으로 타라를 바라보았다. 그

아가씨는 여행하는 동안 거의 말없이 생각에 잠겨 있었으며, 일행 가운데 누구하고도 말을 나누지 않았다. 이제 타랴는 자신이 에이즈에 걸렸으며 병세가 상당히 악화된 상태라서, 하우탈라와 함께 여관에서 죽음을 기다리며 말동무가 되어줄 용의가 있다고 얼굴을 붉히며 말했다. 둘이 서로 의지하고 돌봐줄 수 있었다.

그 치명적이고 위험한 질병에 대한 놀라운 고백은 버스 안에 혼란을 야기했다. 몇몇 승객은 타랴가 다른 사람들에게 전염의 위험성을 경고하지 않았다고 노골적으로 불평을 터뜨렸다. 이미 그 병이 다른 사람들에게 옮았을 수도 있었다. 아무튼 함께 여행을 했고, 몇 번인지는 모르지만 같은 텐트 안에서 잠을 자지 않았는가. 병을 비밀로 한 것은 무책임한 짓이었다. 헬레나 푸사리가 언성을 높여서, 어차피 곧 죽을 목숨들인데 후천성면역결핍증에 걸리는 게 뭐 그리 큰 대수냐고 말했다.

알자스의 가출녀들이 자신들은 이제 죽을 생각이 없다고 선언했다. 계곡 끝까지만 따라갔다가 핀란드로 돌아갈 계획이었다. 그런데 만일 타랴에게 감염되었다면…….

쳄파이넨 대령이 타랴보다는 알자스에서의 행각 때문에 에이즈에 감염될 위험이 더 크다며 조용히 입을 다물라고 그 여자들을 향해 무뚝뚝하게 말했다. 대령은 괜히 두려움에 떨 이유가 없다고 말했다.

울라 리스만키가 자신도 따라 죽을 의사가 없다는 사실을 상기

시켰다. 그러자 놀랍게도 대여섯 명이 더 나서서, 자신들도 이제
는 죽고 싶은 마음이 없다고 선언했다. 그러고는 그 황량한 푸르
카파스에는 숙박할 곳이 전혀 없으니 살아남고자 하는 사람들을
가까운 마을로 태워다 달라고 코르펠라에게 요구했다.

여행단은 지도를 들여다보았다. 1000미터 아래 남쪽으로 얼
추 20킬로미터 떨어진 곳에 뮌스터라는 마을이 있었다. 코르펠
라는 눈앞이 빙빙 돌 정도로 난폭하고 빠르게 차를 몰았다. 버스
가 꼬불꼬불한 산길을 미끄러져 내려갔고, 여행객들은 공포에
질려 비명을 질렀다. 모두들 좀 조심스럽게 운전하라고 부탁했
지만, 코르펠라는 아랑곳하지 않았으며 마이크에 대고 외쳤다.

"우리는 죽으려고 이곳에 왔소!"

버스가 썰매로 바뀌었고, 아찔아찔한 활강을 거듭했다. 좁은
커브 길에서 버스의 앞머리가 절벽 위로 원을 그리며 돌았다.
1000미터에 이르는 깊은 계곡이 아가리를 활짝 벌리고서 먹이를
기다렸다.

세포 소르요넨이 분위기를 좀 부드럽게 하기 위해서 뭔가 재미
있는 이야기를 들려주려 했지만, 여행객들은 즐겁고 유익한 이
야기를 들을 기분이 아니었다. 여행객들의 살고 싶은 욕구가 깨
어났다. 소르요넨은 분통이 치밀었다. 이야기꾼으로서의 명성
이 위기 상황에서 손상을 입은 것이다. 소르요넨은 마이크를 잡
고서, 슬프면서도 외설적인 이야기를 반강제적으로 승객들에게

늘어놓았다. 이야기는 짧게 끝났다. 코르펠라가 숨 막히는 속도로 버스를 모는 상황에서, 아무리 소르요넨이라 하더라도 긴 이야기를 할 수는 없었을 것이다.

소르요넨은 독일에서 열 살의 나이에 유괴당한 어느 예쁜 소녀에 대한 이야기를 하였다. 유괴범들은 소녀를 외딴 산속의 오두막에 가두고 길렀으며, 그러다 소녀가 열다섯이 되었을 무렵 추잡한 섹스 파티를 벌이고 그 광경을 사진과 비디오로 찍었다. 그 외설적인 필름은 포르노 세계에 엄청난 가격으로 팔렸다. 소녀가 여러 차례 폭행당하고 결국에는 살해되는 참혹한 장면에서 잔인함은 절정을 이루었다. 악당들은 이 모든 장면을 당연히 필름에 고스란히 담았다. 그러다 잔혹한 범죄에 희생당한 소녀를 오두막 뒤에 묻은 다음에야 뒤늦게 카메라 속에 필름이 들어 있지 않다는 사실을 알아차렸다. 악당들은 분을 참지 못하고서 카메라맨까지 죽였지만 결국 체포되었다.

코르펠라는 이 끔찍한 이야기에 충격받은 나머지 하마터면 버스를 계곡 아래로 곤두박질치게 할 뻔했다. 마지막 순간에야 겨우 다시 버스의 중심을 잡을 수 있었다. 승객들은 숨을 헐떡이며 놀란 가슴을 쓸어내렸다. 잠시 후 알프스 마을 뮌스터의 포스트호텔 앞에 도착했다.

죽음을 향한 무명인사들은 와들와들 떨며 허겁지겁 버스에서 뛰어내렸다. 육지의 선장이 앞장서서 호텔의 레스토랑으로 달려

들어가 화주를 주문했다. 이번에는 다른 핀란드 사람들도 모두 도수 높은 알코올을 마다하지 않았으며, 떨리는 손으로 건배했다. 아무도 더 이상 죽음에 대해 말하려 하지 않았다.

31

퇴직 기술자 야를 하우탈라와 에스포 출신의 에이즈 환자 타랴 할투넨은 뮌스터의 포스트 호텔을 무척 마음에 들어 했으며, 얼마 남지 않은 인생의 마지막 날들을 그 호텔 맨 위층의 방에서 보내기로 결정했다. 두 사람은 많지 않은 여행 짐을 호텔 방으로 옮겼으며, 일행과 작별 인사를 나누기 위해 레스토랑에 나타났다.

하우탈라는 죽음을 향한 무명인사들에게 오랜 여행 동안 베풀어준 우정과 배려에 대해 고마움을 표했다. 그리고 자신의 가혹한 운명과 짧은 인생에 대해 말하면서 마음의 동요를 감추지 못했다. 그 광경은 여러 가지 점에서 매우 가슴 뭉클했다. 많은 회원들이 눈가에 흐르는 눈물을 훔쳤다.

그 작은 알프스 마을에는 핀란드 일행 전원이 묵을 만한 숙박시설이 없었기 때문에, 또다시 텐트를 쳐야 했다. 마을의 공동묘지 뒤편에 마침 텐트를 치기에 알맞은 작은 초원이 있었다. 헬레나 푸사리와 켐파이넨 대령은 공동묘지를 찾아갔다. 묘지는 가파른 산비탈에 위치해 있었으며, 론 강이 흐르는 골짜기와 웅장한 전경이 한눈에 보였다. 공동묘지는 죽은 바허로 가득 차 있었다. 요셉, 마리아, 아돌프, 프리다, 오트마…… 무덤으로 미루어 보아, 마을에 바허라는 이름을 갖지 않은 사람은 없는 듯싶었다.

헬레나 푸사리는 뮌스터의 공동묘지가 목가적이라고 생각했다. 자신도 그렇게 작은 묘지에 묻히고 싶다며, 그곳 주민들이 여행단을 마을 공동묘지에 받아줄 것 같으냐고 물었다. 야를 하우탈라가 자살자들이 이곳에서 영원한 안식을 누리도록 배려할 수 있을까요? 그 사람하고 한번 이야기를 해봐야겠어요.

코르펠라가 나타나서, 이 마을에서 밤을 보낼 것인지 아니면 사람들을 버스에 모아 태워서 약속대로 마침내 골짜기를 향해 돌진할 것인지 물었다. 대령은 한 번 더 깊이 생각해본 다음 이튿날 아침에 결정하자고 대답했다. 코르펠라는 그러면 레스토랑으로 돌아가서 실컷 술이나 마셔야겠다고 말했다.

육지의 선장은 레스토랑에서 술에 거나하게 취해, 자신은 스위스 역사에 길이 남을 자살단의 일원이라고 마을 남자들에게 떠벌렸다. 그러고는 여행객들이 어떤 목적으로 길을 떠났는지 누설했다. 처음에 마을 주민들은 술 취해서 떠드는 객쩍은 소리로 여겼지만, 그 자리에 있던 다른 핀란드 사람들이 헤이키넨의 말이 맞다고 고개를 끄덕이자 황급히 자리를 떴다.

그날 오후에 핀란드 사람들은 포스트 호텔의 레스토랑에서 송어구이를 먹고 포도주를 마셨다. 음식 맛이 아주 뛰어나고 포도주 또한 흠잡을 데가 없었는데도 침울한 분위기였다.

레스토랑 밖에서 아코디언 소리가 들려왔다. 도대체 누가 아코디언을 연주할까 의아하게 생각한 대령과 헬레나 푸사리가 테라스에 나가보니, 헤이키넨 선장이 나무 인형에 동전을 넣고 있었다. 나무 인형은 자동으로 연주되는 아코디언을 팔에 들고서 음악 소리에 맞춰 고개를 까닥거렸다. 미코 헤이키넨은 곤드레만드레 취해서, 기계 아코디언 연주자와 이야기를 나눴다. 그는 카드 게임에서 자신의 영혼을 잃어버렸으며 곧 죽을 거라고 말했다. 헤이키넨의 말은 무척 암울하게 들렸다. 대령이 헤이키넨에게 술은 그만 마시고 텐트 안에 누워 휴식을 취하는 것이 좋겠다고 제안했다. 육지의 선장은 정신을 차리려고 노력했다. 초점 없는 눈으로 멍하니 대령을 바라보더니 텐트 쪽으로 비틀비틀 걸어갔다.

제비들이 지지배배 지저귀었으며, 고양이 한 마리가 알프스 호텔 앞의 잔디밭을 어슬렁어슬렁 지나갔다. 푸르카파스에서 내려온 후에 날씨는 맑게 개어 있었다. 여름의 대기가 상쾌했다. 켐파이넨 대령은 내일 코르펠라의 버스에 몸을 싣고서 계곡으로

302

돌진하고 싶은 마음이 없다고 헬레나 푸사리에게 고백했다. 산 비탈에서 푸사리 부인 앞에 무릎을 꿇은 채 부인의 손을 잡고서 헛기침을 했다. 드디어 결혼 신청을 할 생각이었다. 그런데 바로 그 순간에 뮌스터 성당의 종이 여섯 번 울렸다. 대령은 당황하여 엉거주춤 일어나, 별일이 없나 텐트를 좀 돌아봐야겠다고 말했다. 헬레나 푸사리는 대령의 뒤를 따라가며 안타까운 표정으로 한숨을 지었다.

저녁에 야영지에서 마지막 남은 피 묻은 자작나무 장작으로 모닥불을 피웠다. 장작이 더 이상 필요하지 않다는 게 모두의 생각이었다. 장작이 훨훨 불타올랐다. 독일 훌리건들의 마른 피가 죽음을 향한 무명인사들의 모닥불에서 푸근하면서도 왠지 으스스한 소리를 내며 타올랐다. 그렇지 않아도 분위기가 참 묘했다. 울라가 통 밑바닥에 조금 남아 있던, 이나리 호수의 소금에 절인 흰송어를 꺼내어 나누어 주었다. 자살자들은 스위스 보리빵에 흰송어를 곁들여 먹었다. 누군가가 최후의 만찬 같다고 말했다. 다만 나자렛 예수가 아니라 순록지기 울라 리스만키가 빵을 나누어 주고, 죽음을 향한 무명인사들이 열두 제자의 역할을 한다는 점만이 달랐다.

여자들이 나지막이 노래를 부르기 시작했고, 남자들은 장단을 맞추었다. 다 함께 남부 포한마의 애수 어린 민요를 흥얼거렸다. 대령도 아는 노래였다.

"자작나무 우듬지가 바람에 휘어지고……."

해가 뉘엿뉘엿 질 무렵에, 건장한 스위스 사람 다섯 명이 텐트에 나타나서는, 자신들이 발레 주(스위스 남부의 주. 주로 산악지대이며 관광, 휴양지로 유명하다 — 옮긴이)의 대표자들이라고 소개했다. 그 사람들은 무척 진지한 표정이었으며, 중요한 용무가 있는 듯했다. 대령이 우리 핀란드 사람들과 함께 모닥불 가에 둘러앉아서 조촐한 저녁식사를 같이하자고 초대하고는, 손님들에게 훈제어와 빵, 포도주를 권했다.

발레 주는 저녁 무렵에 비상회의를 소집했으며, 회의의 결의 사항을 핀란드 사람들에게 알리는 대표단을 파견하기로 결정했다. 간단히 요점만 말하면, 발레 주의 주민들은 발레 땅에서 집단 자살을 저지르려는 핀란드 여행단의 의도를 받아들일 수 없다는 것이었다. 대표단의 의견에 따르면, 자살만 해도 충분히 용서받지 못할 짓인데 집단 자살이라니 있을 수도 없는 일이었다. 하느님이 인간을 창조하신 뜻은 인간들 스스로 삶을 끝내라는 데 있지 않았다. 오히려 반대로, 하느님은 사람들의 수가 점점 늘어나서 이 지상을 가득 채우길 원하셨다. 제멋대로 판단하여 제 손으로 생명을 끊는 것은 절대로 바라지 않으셨다. 게다가 스위스는 법으로 집단 자살을 금지했다.

켐파이넨 대령은 발레 주의 대표단에게 신경 써주어서 고맙다는 사의를 표하고, 핀란드 사람들은 잘 모르는 사람들의 충고는 받아들이지 않는다고 말했다. 특히 이렇듯 중요한 일에서는 더욱이 말할 것도 없었다. 대령은 대표단이 여행단의 의도를 어떻게 알게 되었냐고 물었다. 대표단은 핀란드 여행단의 한 단원에게서 임박한 집단 자살에 대한 신빙성 있는 정보를 입수했다고 대답했다. 더구나 그 단원은 지난밤에 취리히의 도박판에서 자신의 영혼을 악마에게 잃었다고 떠벌렸는데, 그런 사악한 말들은 지금껏 들어본 적이 없다고 덧붙였다. 발레 주의 대표단은 여행단에게 뮌스터에서 더 이상의 혼란을 야기하는 것을 엄중하게 금지하며, 늦어도 다음 날 아침까지는 그 지역을 떠나줄 것을 요구했다.

대령은 화를 냈다. 이런 무슨 얼토당토않은 일이 있단 말인가, 핀란드 사람에게는 낯선 나라를 여행하는 도중에 제삼자의 간섭을 받지 않고서 스스로 목숨을 끊을 자유도 없단 말인가? 대령은 파견단에게 충고해주어서 고맙다고 말했지만, 발레 주의 요구를 따르겠다는 약속은 하지 않았다. 핀란드 사람들은 무슨 일이든 일단 시작한 것은 결단코 끝까지 완수해내는 집요한 민족이라고 주장했다. 이렇듯 지조 있는 핀란드 사람들에게 절대로 이래라저래라 할 수는 없소. 핀란드는 주권 국가요. 핀란드 국민은 이 세상 어느 구석에 있더라도 스스로 결정할 수 있는 권리를 헌법에 의해 보장받소.

발레 주의 대표자들은 자신들에게도 자신의 땅에서 집단 자살을 금지할 권리가 있다고 응수했다. 대령은 이 점을 이해해야 하며, 자신들은 핀란드인들이 완전히 돌았다고밖에 여길 수 없다고 덧붙였다.

대령은 그 남자들에게 스위스의 역사를 상기시켰다. 11세기 초 당시 스위스의 온 부족이 거주지를 모조리 불태우고서 산에서 내려와 남쪽으로 이동하지 않았던가. 그때 총인구가 37만 명이었다. 그들은 보다 나은 새로운 주거지를 찾으려는 뜻을 품고 있었으며, 오늘날 이탈리아 영토에 속하는 곳에 이르렀다. 그러나 로마 군단은 밀려오는 무리들이 돌아가도록 사납게 종용했다. 길을 떠나면서 그동안 살던 집들을 깡그리 파괴했으니, 귀향이 분명 달가운 일은 아니었을 것이다. 대령은 이러한 역사적 배경을 감안하면, 다름 아닌 스위스 사람들이 핀란드인들에게 현명하고 현명하지 않은 것을 가르치려 드는 것은 온당하지 못한 처사라고 여겼다.

이쯤에서 하마터면 싸움이 벌어지려는 위기일발의 순간에, 갑자기 등골 오싹한 비명 소리가 알프스 산중 마을의 적막한 저녁을 가르며 날카롭게 울려 퍼졌다. 비명 소리는 산비탈과 산고개에 부딪혀 메아리쳤다. 온몸에 소름이 쫙 끼칠 정도로 섬뜩한 그 소리에 놀라서, 발레 주의 남자들은 무릎을 꿇고 기도했다. 그것은 바로 최후의 신호라는 것이었다. 그 비명 소리는 핀란드 사람들에게도 두려움을 자아냈다.

곧이어서 누군가가 텐트 안으로 달려 들어와, 핀란드 남자 한 명이 수백 미터 아래의 론 강 계곡으로 떨어졌다는 소식을 전했다. 시신을 끌어올릴 남자들이 필요했다.

핀란드 사람들은 포스트 호텔에서 들것을 얻었다. 마을 주민들이 계곡으로 내려가는 좁은 길을 알려주었고, 핀란드인들은 손전등을 켜고서 더듬더듬 아래로 내려갔다. 사고를 목격한 사람들이 시신이 있을 만한 곳을 위에서 소리쳐 알려주었다. 얼마 후에, 불행을 당한 사람을 찾아낼 수 있었다. 육지의 선장 미코 헤이키넨이었다. 헤이키넨은 바윗돌처럼 꼼짝하지 않았다. 척추가 부러졌는데도, 손에 든 포도주병만은 기적처럼 온전했다. 그렇다면 기적의 시대는 아직 지나가지 않은 것이다.

자살단은 시신을 들것에 실어 포스트 호텔의 테라스로 운반했다. 마을에는 의사가 없었다. 하지만 의사가 있다 한들 그 상황에서 무얼 할 수 있겠는가? 이미 죽은 목숨을 되돌릴 수는 없었다. 야를 하우탈라가 죽은 친구를 보기 위해 방에서 내려왔다. 하우탈라는 친구의 두 손을 가슴 위에 올려놓고 눈을 감겨주었다. 헬레나 푸사리가 선장의 손에서 포도주병을 빼냈다. 포도주 작황이 유달리 좋았던 1987년도산 리슬링(세계적으로 유명한 독일의 백포도주. 달콤하고 향이 아주 뛰어나다 — 옮긴이)이었는데, 보아하니 방금 병을 딴 게 분명했다. 겨우 첫 모금을 마셨는데, 그게 마지막 모금이 되어버렸다.

대령이 이런 돌연한 불상사에 직면해서 여행단의 계획을 바꾸는 것이 도리라고 발레 주의 대표단에게 말했다. 뮌스터에서 집단 자살하는 일은 없을 게요. 그러니 이 점과 관련해서 신사분들은 두 다리 쭉 뻗고 주무시도록 하시오. 대령은 핀란드에서는 초상이 나는 경우에 언제나 어떤 종류이든 모든 유희가 금지된다고 설명했다.

야를 하우탈라가 죽음을 향한 무명인사들에게 코르펠라의 버스를 타고서 프랑스와 스페인을 지나 포르투갈로 갈 것을 제안했다.

"무엇 때문에 또 거기까지 간단 말인가?"

코르펠라가 신음 소리를 냈다. 다시 며칠 동안 정신없이 버스를 모는 자신의 모습이 눈앞에 선했다.

하우탈라가 포르투갈 알가르베 지방의 서남쪽 끝에 있는 세인트 빈센트 곶이 생각난다고 말했다. 옛날에는 세상이 그 곳에서 끝나는 줄 알았기 때문에, '세상 끝의 곳'이라고도 불렸다오. 유럽의 서남단 끝에 있지요. 전에 한번 그림엽서에서 보았는데, 정말 가파른 절벽이 아찔합디다. 버스를 타고 그냥 위에서 아래로 돌진하면 그것보다 더 확실한 죽음은 없을 게요.

하우탈라는 헤이키넨 선장의 시신을 책임지고 처리하기로 약속했다. 그러니 다른 사람들은 한시바삐 이 불행한 장소를 떠나서 햇빛이 내리쬐는 대서양의 해변, 포르투갈로 향하라고 말했다.

대령이 결정을 내렸다.

"내일 새벽 여섯 시, 아침식사를 마친 즉시 텐트를 철거하고 출발한다."

발레 주의 남자들은 시신 옆에 무릎을 꿇은 채 합장하고서 눈물 글썽한 눈으로 별이 총총한 밤하늘을 올려다보았다. 핀란드 여행단이 자신들의 마을과 발레 주를 떠나기로 약속한 것에 대해 자비하신 하느님께 감사의 기도를 올렸다. 심지어는 세상을 하직한 핀란드 남자를 위해서 아연으로 만든 관을 칸톤 비용으로 마련하여 시신을 조국으로 운송시키겠다고 약속했다.

32

이튿날 아침, 코르펠라의 버스는 뮌스터 골짜기 아래쪽으로 거세게 질주했으며, 아홉 시가 되기 전에 제네바에 도착했다. 제네바에서 코르펠라는 버스의 연료를 가득 채웠다. 대령은 헬레나 푸사리와 함께 비행기로 리스본에 가기 위해서 일행과 헤어졌다. 특별히 이런 여행 경로를 택한 데는 대령 나름대로 충분한 이유가 있었다. 사랑하는 여인과 단둘이 있고 싶었던 것이다.

여행단은 일주일 후에 세인트 빈센트에서 만나기로 약속했다. 코르펠라가 죽음을 향한 무명인사들을 정확하게 어디에서 기다릴 거냐고 대령에게 물었다. 켐파이넨은 유럽 대륙의 맨 끝에 위치한 호텔에 묵을 생각이라고 대답했다. 분명 그런 호텔이 있지 않겠는가.

켐파이넨 대령과 헬레나 푸사리는 먼저 비행기로 런던을 경유하여 포르투갈의 수도 리스본에 도착했으며, 리스본에서부터는 관광버스를 타고 남쪽으로 약 300킬로미터 떨어진 사그레스(포르투갈로 '신성한 곶'이라는 뜻 — 옮긴이)를 향했다. 두 사람은 리오마르 호텔에 투숙했는데, 그것은 정말로 그 방향에서 유럽 대륙 최후의 호텔이었다.

그로부터 나흘이 지난 오후에 코르펠라의 버스가 호텔 앞에 도착했다. 모두들 재회의 기쁨을 나누었으며, 대령은 호텔 정원에서 환영 파티를 열었다. 바다의 온갖 진미와 함께 그 지역 특산물인 빙유 베르디(조금 덜 익은 상태에서 숙성이 시작되어 약간 신맛이 도는 포르투갈의 최고급 백포도주 — 옮긴이)가 식탁에 올랐다.

여행객들은 3500킬로미터를 달려왔는데도 원기 왕성하고 쾌활했다. 코르펠라가 코르바넨 예비역 하사하고 번갈아가며 운전대를 잡았다고 보고했다. 여행단은 리옹(프랑스 중동부 리요네 지방의 유서 깊은 도시. 파리에서 남동쪽으로 462킬로미터 떨어져 있으며, 론 강과 손 강의 합류 지점에 위치한다 — 옮긴이)을 경유하여 바르셀로나에 이르렀으며, 바르셀로나에서 마드리드와 리스본을 거쳐 오늘 아침 마침내 그곳에 도착했다. 마드리드에서 대사관에 들러 핀란드 신문을 구했는데, 그 신문에 울라 리스만키에 대한 기사가 실려 있었다. 리스만키는 어느 미국 영화 제작팀에게서 수십만 달러를 훔친 사실이 드러나 핀란드 국내에서 지명수배 중이었다. 그 신문을 읽고 난 울라는 이제 자신도 자살에 동참하겠다고 알렸다.

그러나 그동안에 나머지 사람들은 과연 굳이 집단 자살을 감행해야 할 필요가 있는지 의문을 제기했다. 결국 세상은 살 만한 곳이며, 고향 핀란드에서 엄청나 보였던 문제들이 유럽의 다른 곳에서는 아주 사소해 보인다고 서서히 깨달았다. 같은 운명을 짊어진 동료들과의 긴 여행은 다시 삶의 용기를 불어넣어 주었으며, 유대감은 자의식을 굳건하게 다져주었다. 그리고 좁은 생활 영역으로부터 벗어나면서 세상을 보는 시야가 넓어졌다. 자살자들은 새롭게 삶의 재미를 발견했다. 초여름에 생각했던 것보다 미래가 훨씬 더 밝게 보였다.

슬픔의 훼방꾼 세포 소르요넨이 분위기 상승에 특별히 한몫을 담당했다. 오랜 여행 동안에 여느 때처럼 소르요넨은 유쾌한 이야기로 죽음을 향한 무명인사들을 즐겁게 해주었다. 올리브나무가 무성한 스페인의 계곡을 지날 때는, 레스토랑의 종업원 시절과 카랄라의 어린 시절에 맛보았던 핀란드의 잔치 음식을 회상했다.

소르요넨은 수호넨이라는 남자의 이야기를 들려주었다. 수호넨은 누르메스 지방의 유복한 농부였는데, 분통 터지게도 농장을 물려줄 자식이 슬하에 하나밖에 없었다. 그것도 아들이 아닌 딸이었다. 게다가 딸은 몸이 허약하고 특별히 예쁜 구석도 별로 없었다. 다리는 구부정하고, 커다란 농장의 상속녀들이 흔히 그렇듯 걸핏하면 발끈 화를 내었다. 딸은 구혼이 들어오는 족족 모두 딱지를 놓았다. 그러더니 50년대 말에 어디에선가 그 마을로 이사 온 젊은이가 마침내 농부의 딸을 임신시키는 데 성공하였다. 수호넨은 이런 불운을 크게 애통해하지 않았으며, 딸과 사위에게 금세기 최고의 성대한 결혼식을 올려주었다. 북 카랼라 곳곳에서 손님들이 초대받았으며, 결혼식은 사흘 내내 계속되었다. 온 나라에 소문이 자자할 정도로 풍성하게 음식과 술이 접대되었다.

농장의 자작나무 아래 차려진 커다란 잔칫상의 다리가 핀란드의 온갖 산해진미로 부러질 정도였다. 세상의 생선요리란 요리는 모조리 상에 올랐다. 소스에 절인 연어, 생선 수프, 불에 찌거나 훈제한 흰송어, 겨자 양념한 송어, 송어말이, 오븐에 구운 농어, 곤들매기 푸딩, 연어찜. 또한 커다란 그릇에는 호밀과 오이지, 꿀, 절인 양파, 양배추, 소금에 절인 버섯, 사탕무, 토마토, 강판에 간 무, 청어샐러드가 듬뿍 담겨 있었다.

사흘 동안의 혼인잔치에 무려 삼백 명의 손님이 다녀갔는데도, 모두들 배불리 먹고 남았다! 생선요리 말고도 전통적인 육류요리가 엄청나게 쌓여 있었다. 양 넓적다리 고기, 훈제고기, 순록구이, 커다란 나무통 안의 소시지. 또 오븐에 구운 햄, 토끼구이, 고라니 고기, 갖가지 방식으로 조리한 들새 요리, 수육 룰라드, 아일랜드식 스튜, 초유로 만든 치즈…… 거기에다 물론 산

더미처럼 쌓인 러시아식 파이에 버터와 달걀찜이 따랐다.

커피와 코냑과 리큐어에 곁들여 케이크와 온갖 과자, 산딸기 젤리와 붉은 과일 푸딩이 접대되었다. 외양간 뒤에는 손님들을 위한 500리터들이 대형 맥주통이 준비되어 있었다.

손님들은 사흘 동안 먹고 마시며 신혼부부를 칭송했다. 평생 한 번 볼까 말까 한 결혼식이었다. 농부는 커다란 농장에 새 사위가 들어오는데 인색하게 굴어서는 안 된다며, 눈썹 하나 까닥하지 않고서 모든 비용을 지불했다. 그러면 새 사위는 자신이 어떤 농장에 있는지 금방 안다. 배불리 먹는 곳에서는 평소 그만큼 더 힘들게 일하기 마련이다. 사위는 농부의 말에 고개를 끄덕이며, 잔치에 대한 책임을 흔쾌히 받아들였다.

그 결혼식 덕분에 누르메스와 주변 마을에서 서른 쌍 이상이 약혼식을 올렸다. 삼백 명이 사나흘 동안 함께 모여 먹고 마시고 춤을 추다 보면 그런 일이 생기는 법이다. 소르요넨은 그해에 북카랄라 지방에서 단 한 명도 자살한 사람이 없었다고 회상했다. 결혼식은 그만큼 많은 영향을 미쳤다.

세포 소르요넨은 죽음을 향한 무명인사들에게 앞으로 이승에서 필요한 경우를 위해 핀란드 별미의 요리법을 즉시 알려줄 수 있다고 말했다. 최근 들어 이승에서 즐거움을 너무 많이 누렸다고 말한 울라 리스만키를 빼고는 나머지 사람들 모두 요리법을 알려고 했다.

스위스에서 포르투갈까지 오랜 여행을 하는 동안에 자살자들 사이에서 여러 쌍의 연인이 탄생했다. 어려운 상황일수록 진정한 친구를 알아보기 마련이고, 공동의 운명은 남자와 여자를 한데 묶어주기 때문이다. 온니 렐로넨과 아울리키 그란스테트 부인은 얼마 전부터 나란히 앉았다. 두 사람은 렐로넨이 부인과 이혼하는 즉시 결혼할 생각이었다. 철물공 해키넨과 컨베이어 벨트 여공 레나 매키 바울라, 서커스단장 사카리 피포와 은행원 헬레비 니쿨라 역시 마드리드에서 약혼했다. 국경 경비대원 래세 이쾨이넨, 자동차 판매원 램새, 예비역 하사 코르바넨, 철도 직원 우트리아이넨도 그와 비슷한 뜻을 품었으며, 나머지 사람들도 적절한 계획을 세우고 있었다.

　헬레나 푸사리도 새로운 소식을 알렸다. 푸사리 부인은 켐파이넨 대령과의 결혼을 승낙하기로 결정했다. 이 결혼 발표에 켐파이넨 대령은 좀 얼떨떨했다. 첫 번째 시도가 알프스 산중 뮌스터 마을의 교회 종소리 때문에 무산된 이후로 아직까지 결혼 신청을 하지 못했기 때문이었다. 켐파이넨은 당황하여 얼굴이 시뻘겋게 상기되었는데, 몇십 년 만에 처음 있는 일이었다. 헬레나 푸사리가 손을 잡고 진정시킬 때까지, 그 불쌍한 사람은 행복에 겨워 이리저리 아무 데나 몸을 굽혀 절을 했다.

33

여행단은 흥에 겨워, 항해자 엔리케 왕자(1394~1460. 포르투갈 주앙 1세의 셋째 아들로, 당시 포르투갈의 해양 팽창을 주도하고 아프리카 탐험을 적극 후원했다 — 옮긴이) 시대에 축조된 성채의 유적이 있는 세인트 빈센트 곶을 구경했다. 참으로 웅장한 곳이었다. 60미터 높이의 가파른 절벽이 터키옥색의 바닷물에 맞닿아 있었고, 거품 일렁이는 파도가 우레 같은 소리를 내며 암벽에 부딪혔다. 그곳의 바다는 노르카프와는 달리 따사했다. 북구의 빙해처럼 섬뜩한 입김을 뿜어내지 않았다. 그러나 바다는 모두 같은 물로 이루어져 있다.

코르펠라가 핀란드 산지사방을 돌아다니고 노르카프까지 갔다가 다시 온 유럽을 횡단하여 여기 세상의 끝에 이른 이번 경우처럼 별나고 희한한 여행은 평생 처음이라고 말했다.

"왜 그런 말을 하는 거요? 우리가 아직 살아 있기 때문이오, 아니면 죽는 데 성공하지 못했기 때문이오?"

대령이 물었다.

다른 사람들이 해변에서 즐기는 동안, 순록지기 울라 리스만키는 생각에 잠겨 버스로 돌아갔다. 버스 운행 설명서를 찾아 들고는 자세히 읽어보기 위해 운전석에 앉았다. 울라는 버스를 어떻게 운전하는지 알고 싶었다. 지금이야말로 자신에게 그런 기술이 필요할 때라고 느꼈다.

설명서는 무려 50쪽에 달했다. 울라는 평생 모터썰매 말고는 운전이라는 걸 해본 적이 없었다. 그래서 복잡한 호화 버스를 움직이려면 먼저 상세히 연구해야 했다.

계기판의 계기만 해도 거의 서른 개에 달했다. 예를 들어 차축 균형 장치가 무슨 목적으로 차량에 설치되어 있는지 파악하기까지는 시간이 걸렸다. 또한 앞쪽과 뒤쪽의 제동장치를 위한 제동 압력계기도 연구해야 했다. 시동키는 꽂혀 있었지만, 엔진의 시동을 걸기는 쉽지 않았다. 먼저 브레이크와 기어에 대해 모든 것을 익혀야 했다. 코르펠라의 버스는 열 단계 자동 기어장치로 이루어져 있었다.

울라 리스만키는 두 시간 동안이나 이마를 찡그리고서 운행 설명서를 연구했다. 성채 유적 쪽에서 노래를 부르며 흥에 겨워 왁자지껄 떠드는 소리가 들려왔다. 몇 사람이 신바람이 나서, 항해자 엔리케 왕자 시대에 만들어진, 석판으로 덮인 커다란 나침반 위에 올라가 춤을 추었다. 울라는 자신만 흥겨운 분위기에서 따돌림당했다고 느꼈으며, 계속 운행 설명서를 읽어나갔다.

마침내 순록지기는 버스가 과연 움직일 것인지 시험해볼 수 있는 단계에 이르렀고, 운행 설명서에서 지시하는 대로 따라 했다. 사이드브레이크가 걸려 있는지 확인하고, 자동 기어장치의 변속 레버를 주행 위치 N에 놓고, 초크를 눌렀다. 그러고는 시동키를 1단으로 돌리고 전기 스위치를 작동시켰다. 울라는 유압기와 배터리 충전기, 정지 브레이크의 제어등에 불이 들어왔는지 확인했다. 이제 시동키로 400마력 엔진의 생명을 일깨울 수 있었다. 유압기와 배터리 충전기의 제어등이 꺼지고 엔진의 시동이 걸렸다.

울라 리스만키는 파워핸들을 돌리고 가속페달을 밟고 클러치를 작동시켰다. 바퀴에서 연기가 피어오르며 버스가 움직이기 시작했다. 엔진의 속도가 빨라지면서 속도계의 바늘이 뚜렷이 위를 향해 움직였다. 버스가 춤추는 사람들 곁을 쏜살같이 지나갔다. 사람들은 춤을 추다 말고 마비된 듯, 달려가는 버스를 멍하니 바라보았다. 버스의 운전석에 순록지기 리스만키가 험상궂은 표정으로 앉아 있었다. 울라는 작별 인사로 손을 흔들고서, 무너진 옛 성채를 지나 서쪽 대서양의 절벽을 향해 전속력으로 버스를 몰았다. 호화 버스가 철책을 뚫고, 울부짖는 엔진과 함께 최소한 100미터는 허공을 갈랐다. 그러더니 파도를 향해 곤두박 질쳤다. 폭발하는 듯한 굉음이 귀청을 때렸다. 버스가 옆으로 나 동그라지면서 불이 꺼지고, 결국 어뢰에 맞은 전함처럼 물속으 로 가라앉기 시작했다.

죽음을 향한 무명인사들은 사태의 추이를 지켜보려고 낭떠러 지 끝으로 달려갔다. 버스의 옆구리와 거기에 쓰인 회사 이름 코 르펠라의 템포라인이 눈에 보이는가 싶더니, 순식간에 버스는 바다 건너 아메리카에서 흘러온, 거품 일렁이는 파도의 품에 안 겨 깊이 가라앉았다. 버스는 물속으로 침몰하면서 순록지기 울 라 리스만키를 함께 데려갔다.

우츠요키의 피엘 토박이가 호화 버스와 함께 가라앉은 곳에서 오랫동안 물거품이 일었다. 자살자들은 슬픔을 이기지 못하고 고개를 돌렸으며, 몇 킬로미터 떨어진 사그레스까지 묵묵히 걸 었다. 대령이 코르펠라와 함께 그곳 경찰에 사건을 신고했다. 코 르펠라는 어떤 이유에서인지는 몰라도 버스가 혼자서 바다 속으 로 굴러 떨어졌다고 설명했다. 대령은 여행객들 가운데 한 사람, 우츠요키 출신의 울라 리스만키가 버스에 타고 있었으며 버스와 함께 익사한 것으로 추정된다고 덧붙였다. 경찰은 사그레스의 해안경비대에 도움을 요청했고, 해안경비대가 사고 지역에 구조 선을 파견했다. 해안경비대는 바다에서 아무런 흔적도, 기름 한 방울도 발견하지 못했다.

죽음을 향한 무명인사들의 집단 자살은 당연히 성사될 수가 없었다. 자살 도구가 망망대해 밑바닥으로 영영 가라앉아 버렸고, 버스 운수업자 코르펠라는 새로 차량을 구입할 생각이 전혀 없었다. 코르펠라는 엄청나게 많은 비용을 투자한 물건을 명예롭게 떨쳐버린 것에 대해 기뻐했다. 적절한 도구 없이 어떻게 진지한 일을 실행할 수 있겠는가. 아무리 목매달아 죽고 싶어도 줄이 없으면, 들보에 목을 맬 수 없는 법이다.

자살자들은 죽음이 이 세상에서 가장 중요한 것은 사실이지만, 그렇다고 아주 중요한 것은 아니라고 입을 모아 결론지었다.

34

올 여름은 수사반장 에르메이 랑칼라에게 결코 편안한 여름이
아니었다. 랑칼라 반장은 이리저리 복잡하게 얽힌 희귀한 사건에
깊이 휘말려들어 온 힘과 시간을 탕진하고 있었다. 그 사건에 대
한 생각에서 벗어나지 못하는 바람에 여름휴가도 제대로 즐기지
못한 데다가, 사건 수사를 계속하기 위해 그나마 휴가마저 중단
해야 했다. 여름이 막바지에 이를 무렵, 랑칼라 반장이 휴가를 중
단할 수밖에 없었던 이유는 에논테키외와 카우토케이노 사이의
국경 초소에서 일하는 세관원 토피 올리카이넨의 정보 때문이었
다. 올리카이넨은 국가정보부에서 찾는 관광버스가 국경을 넘어
갔다고 보고했다. 그 차량은 모든 점에서 문제의 버스와 일치했
다. 랑칼라 반장은 평소의 습관대로 그 버스의 세세한 특징들을
머릿속에 똑똑히 담아두고 있었다. 게다가 올리카이넨은 우츠요

키 출신의 순록지기 울라 리스만키와 잘 아는 사이인데, 순록지기가 버스의 열린 앞문에 서서 죽음 운운하며 뭐라 외쳤다고 알렸다. 세관원은 평소에 리스만키를 잘 알기 때문에 처음에는 실없는 농담이려니 생각했다. 리스만키는 그런 농담을 즐겨 했다.

이나리 경찰서의 경감에게서 연락이 왔다. 헤르만니 켐파이넨 대령이 경감의 사무실에 나타나서, 여행단을 데리고 노르카프에 다녀왔다고 말했다는 것이다. 대령은 이발로에서 순록지기 울라 리스만키라는 친구의 여권 문제를 해결했다.

랑칼라 반장은 비행기를 타고 북 노르웨이로 날아갔으며, 그곳에서 노르카프를 향해 출발했다. 사라진 버스의 흔적을 뒤쫓을 생각이었다. 취미로 조류학을 연구하는 독일인 두 명이 핀란드 친구와 함께 노르카프에 있었는데, 노르카프 암벽에서 별난 사건을 목격하고는 그곳 주민들에게 이야기했다. 그 이야기에 따르면, 핀란드 관광버스 한 대가 가파른 암벽에서 얼음 바다를 향해 돌진했는데, 최후의 순간에 운전기사가 정신을 차리고서 버스를 길가의 안전한 곳으로 유도했다는 것이었다. 애석하게도 그 사이에 목격자들은 그 지역을 떠나고 없었다. 그런데도 랑칼라는 북 노르웨이 여기저기를 다니면서, 의문의 관광단이 머물렀던 여러 장소를 알아냈다. 결국 흔적은 남쪽, 하파란다로 이어졌으며, 그곳에서 다시 오리무중으로 사라졌다.

랑칼라는 서둘러 헬싱키로 돌아갔다. 지금까지의 수사 결과에 의하면, 공공연히 대규모 집단 자살을 꾀하는 위험한 조직이 있는 게 확실했다. 핀란드 사람 서른 명가량의 목숨이 위태로웠다. 그 비밀 관광단이 또 다른 어떤 불법적인 의도를 가지고 있는지는 아직 알 수 없었다. 아무튼 그동안 사건의 규모가 너무 확대되는 바람에, 랑칼라는 상부에 보고하지 않을 수 없었다.

국가정보부의 훈티넨 국장은 동료 수사관이 여름 동안에 수집한 서류철의 내용을 상세히 훑어보았다. 국장은 사태가 꽤 심각하며 여러모로 주목할 만한 점이 많다고 즉각 확정 지었다. 랑칼라 반장이 입수한 정보에 의하면, 핀란드 관광버스 한 대가 목숨이 경각에 달린 사람들을 싣고서 세상을 질주하고 있었다. 그 비밀 자살 단체의 회원 몇 명이 외교와 군사 분야에서 적이 의심스러운 활동에 연루되었을 가능성이 있었다. 아니 어쩌면 모든 회원이 휘말려들었을지도 몰랐다. 훈티넨은 비공식적인 자문회의를 열기로 결정을 내리고서, 정부 기관 산하의 여러 부처에서 관계자들을 초빙했다. 외무성, 경찰청, 헬싱키 대학병원의 신경정신과, 관광공사 그리고 물론 그 사건 조사를 담당한 정보부에서 파견한 사람들이 한자리에 모였다.

자문회의는 토르니 호텔의 아틀리에 바에서 열렸다. 국가정보부는 좀더 조촐한 장소로 만족했을 테지만, 관광공사 대표가 자신은 수준 높은 회의 장소에 익숙해 있다고 말했다. 게다가 장소 비용과 관련한 영수증을 관광공사 이름으로 발부하겠다고 약속했다.

이미 첫 회의에서 문제의 버스를 가능한 한 빨리 찾아내어 정지시켜야 한다는 데 의견이 모아졌다. 핀란드인 서른 명이 목숨을 잃을 우려가 있었다. 만약에 그런 사태가 발생하는 경우에는 핀란드의 대외적인 명성이 심하게 타격을 받을 수 있다고 관광공사 대표가 강조했다. 핀란드 단체의 회원들이 대령과 사업가의 주도 아래서 의도적으로 목숨을 끊은 사실이 세상에 알려지게 되면, 핀란드의 관광사업뿐 아니라 무역과 수출산업에서도 지대한 손실을 입을 수 있었다. 국민들이 집단 자살을 꾀할 목적으로 무리지어서 외국 각지를 돌아다닌다면, 도대체 다른 나라 사람들이 어떻게 생각하겠는가?

회의에 참석한 경찰 대표의 의견에 따르면, 아직까지 법률에 위반되는 사건이 발생한 것은 아니었다. 그러므로 정보부는 국제 경찰에 도움을 요청할 수도 없었다. 법률에 의하면 경찰은 범죄자만을 추적할 수 있을 뿐, 남다른 기이한 인물들은 경찰의 체포 대상이 아니었다.

그러자 회의 참석자들의 시선이 일제히 정신과 의사를 향했다. 정신과 의사가 이 사건에 해결의 실마리를 제공하지 않을까? 행방불명된 여행단은 정신이상자들이 틀림없었으며, 국가만이 아니라 스스로에게도 위험했다. 정신과 의사가 여행단 전원을 가까운 정신병원에 집어넣는다면, 그것으로 사건을 매듭지을 수 있었다. 정신과 의사는 그 점은 시인했지만, 과연 관광단 전원을 동시에 정신이상으로 단정 지을 수 있는지에 대해서는 의구심을 표명했다.

"국가의 명성을 위해서."

훈티넨 국장과 랑칼라 반장이 의사에게 호소했다. 그러나 정신과 의사는 즉각 그 이유를 받아들이려 하지 않았다. 파시즘 시대의 독일에서 그런 비슷한 근거를 끌어대며 사람들을 강제수용소에 감금했다고 웅얼거렸다.

비밀 단체의 버스가 현재 어디를 어떻게 돌아다니는지 모른다는 사실이 가장 심각했다.

회의가 진행되는 동안 일반적으로 가벼운 점심과 저녁식사가 제공되었다. 랑칼라 반장은 수프와 야채 요리로 만족하고 포도주는 포기했다. 그리고 맞은편에 앉아 있는 의사에게 여름 내내, 특히 자살 사건을 떠맡은 이후로 위가 말썽이라고 하소연했다. 반장의 상사 훈티넨이 그런 증상은 정보부 직원들에게 흔히 있는 일이라고 덧붙였다. 워낙 스트레스가 많은 일인 데다가 노고를 알아주는 사람이 아무도 없었다. 평범한 경찰 일을 하는 직원과 비교해, 정보부 직원들 가운데는 위염에 시달리는 경우가 곱절이나 많았다. 정신과 의사는 직업에서 받는 스트레스가 심신상관적인 장애(생각이나 감정 등의 정신현상이 신체 건강에 영향을 미쳐 생기는 장애 — 옮긴이)의 원인인 경우가 많다고 동의했다.

자문회의는 외무성을 통해 유럽 주재 모든 핀란드 대사관과 영사관에 경고 조치를 취하고, 특이하게 눈길을 끄는 핀란드 단체에 주의할 것을 요청하는 공문을 발송하기로 결의했다. 버스에 대한 소상한 설명과 특징을 알리는 글이 관계 부처에 배포되었다.

　세 번째 모인 자리에서 에르메이 랑칼라 반장이 깜짝 놀랄 만한 소식을 전했다. 자살 단체가 독일 연방 공화국의 소도시 발스로데에서 집단 난투극을 벌였다는 것이었다. 함부르크 소재 핀란드 무역진흥공사가 독일 경찰로부터 핀란드인들의 배후에 대한 문의를 받고 보고한 내용이었다. 핀란드 정보부는 즉각 사건 수사에 착수했으며, 사건에 깊이 파고들수록 평범한 패싸움이 아니었다는 확신을 갖게 되었다. 사건 현장에 파견된 핀란드 대사관의 군무관 진술에 의하면, 그 충돌은 거의 작은 전쟁이나 다름없었다. 핀란드 측의 지휘자는 대령 한 명과 하사관 두 명이었고, 싸움은 핀란드 측의 승리로 끝났다. 자문단은 이제부터 일주일에 두 번 회의를 열기로 결정했다. 랑칼라 반장의 위에서 피가 흘렀다.

　사태는 갈수록 심각해졌다. 프랑스, 특히 알자스의 관청이 파리 주재 핀란드 대사관에 도움을 요청하면서, 핀란드 여인 세 명을 추방하기로 결정했다고 통보했다. 조사 결과, 그 여인들은 바로 수배 중인 비밀 단체의 일원들로 밝혀졌다. 그 여인들이 포도주 골짜기를 온통 뒤집어놓은 후에, 문제의 버스는 스위스 방향으로 떠났다. 자문회의는 완전히 경악했으며, 그 단체의 움직임에 대한 더 자세한 정보가 오기만을 기다렸다. 기다리던 정보는 머지않아 곧 도착했다.

다음으로 놀라운 소식은 스위스 주재 핀란드 대사관에서 날아왔다. 해괴하게도 스스로 위험을 자초하는 핀란드 관광단이 스위스 발레 주에 머물렀다. 핀란드인들은 고위 장교의 인솔 아래, 뮌스터라는 이름의 알프스 산중 마을에서 집단 자살을 범하려고 했다. 그러나 발레 주의 대표단이 즉각 단호한 조치를 취함으로써 그 의도를 무산시킬 수 있었다. 그런데도 자세한 내막이 밝혀지지 않은 상황에서 핀란드 사람 한 명이 목숨을 잃는 사태가 발생했다. 사망자의 신원은 사본린나에서 배를 소유하고 있는 알코올중독자로 밝혀졌으며, 시신은 아연 관에 실려 핀란드 고향으로 운송되어 매장되었다. 스위스에서 실행된 부검 결과, 다량의 알코올 섭취와 관련된 척추 골절이 사인으로 밝혀졌다.

비밀 단체는 뮌스터에서 다시 행방을 감추었다. 이탈리아 아니면 스페인으로 가는 중이 아닐까 추정되었다.

이 무렵, 사법경찰은 초여름에 우츠요키에서 발생한 절도 사건의 배후를 밝혀낼 수 있었다. 울라 리스만키라는 이름의 순록지기가 결정적인 용의자로 지목되었는데, 에르메이 랑칼라 반장도 이미 서류를 통해 아는 인물이었다. 리스만키는 미국 영화 제작팀에게서 수십만 달러에 이르는 거액을 가로챘다. 범죄가 발생할 시점에 우츠요키 주변 지역에 진짜 강제수용소 건물이 지어졌다. 핀란드 정부에서는 수용소 건축에 필요한 허가를 내주지 않았고, 따라서 그 계획은 중단되었으며, 단 한 명의 죄수도 그곳에 수감되지 않았다. 사설 집단수용소를 건축하는 과정에서 울라 리스만키의 역할이 무엇이었는지는 아직까지 밝혀지지 않았다. 사법경찰과 정보부는 그 일에 강한 의혹을 제기하였다.

에르메이 랑칼라 반장의 위장은 이 새로운 정보를 소화하지 못했다. 여름이 깊어갈수록 랑칼라의 스트레스는 점점 도를 더해 갔으며, 밤에 통 잠을 이루지 못했고 입맛을 잃었다. 심지어는 화주마저도 영 입에 당기지 않았고, 머리카락과 수염이 눈에 띄게 하얘졌다. 어느 토요일 저녁, 에르메이 랑칼라는 사무실에서 서류를 읽다 말고 시계를 보았다. 벌써 밤 열한 시가 지나 있었다. 랑칼라는 또다시 담뱃불을 붙였다. 벌써 몇 대째인지 알 수 없었다. 그리고 유리컵에 조금 남아 있는 미지근한 물을 홀짝거렸다. 왠지 마음이 불안했다. 마치 자신이 용의자가 되어 심문을 기다리는 듯한 기분이었다.

반장은 피곤한 몸을 애써 가누며, 심문받는 사람은 마치 양파와도 같다는 생각을 했다. 심문은 양파 껍질을 벗기는 작업에 비유할 수 있었다. 거짓말의 껍질을 벗기고 나면 순백색의 진실이 드러나고, 양파 껍질을 벗기면 몸에 좋고 맛 좋은 양파 살이 모습을 나타낸다. 두 경우 모두 껍질을 벗기는 사람은 눈물을 흘린다……. 삶은 그런 것이다. 결국에 양파는 잘게 썰려서 버터에 볶아진다.

랑칼라 반장은 속이 몹시 메슥거렸다. 어지러웠다.

용감하게 양파 껍질을 벗기던 사람은 의자에서 미끄러져 떨어졌다. 담뱃불이 손가락을 태웠고 입에서 피가 쏟아져 나왔다. 반장은 이제 끝장이라고 생각했다. 왠지 마음이 홀가분했다. 스스로 목숨을 끊을 필요가 없었다. 죽음은 알아서 수확을 거두어 간다.

35 끝맺는말

토르니에서 개최된 다음번 자문회의의 참석자들은 에르메이 랑칼라 반장의 갑작스러운 죽음을 애석하게 여겼다. 모두들 반장을 위해 자리에서 일어나 잠시 묵념을 올렸으며, 과로로 순직한 반장의 장례식에 참석할 것인지 잠깐 의논했다. 그러나 훈티넨 국장은 그럴 필요 없다고 생각했다. 국장은 부하직원들이 영원히 살지 않는 것에 이미 익숙해져 있으며, 자신이 개인적으로 알아서 처리하겠다고 말했다. 훈티넨에 따르면, 랑칼라는 미망인조차 남기지 않았다. 어쨌든 그럴 거라고 추정되었다.

자문위원들은 랑칼라가 남긴 마지막 보고서를 하릴없이 뒤적거렸다. 새로운 소식이라 할 만한 것은 전혀 없었다. 보고서 작성자가 죽어버린 마당에 도대체 뭘 어떻게 하겠는가.

모두들 여느 때처럼 가벼운 저녁식사를 주문하고, 위원회의 활동과 결과에 대해 이야기를 나누었다. 그동안 많은 성과를 거두었다. 온 유럽을 누비고 다닌 비밀 자살 단체의 버스 행로를 추적할 수 있었으며, 많은 전보를 발송하고, 만일의 사태에 대비하여 만반의 준비를 갖추었다. 유럽 각지의 핀란드 대사관과 영사관, 관광공사 관계자들에게 연락을 취했으며, 경찰과 정부 부처, 내각, 의사 모두에게 필요한 선에서 도움을 요청했다.

자문회의는 사라진 관광버스의 행방을 끈질기게 추적하기로 결의했으며, 그때부터 같은 장소에서 같은 방식으로 일주일에 한 번씩 만났다. 비밀 단체의 흔적은 유럽 한가운데서 사라졌다. 이런 상황에서, 국가의 안전과 명성을 위해 이렇듯 중요한 회의를 절대로 중단해서는 안 되었다. 그러나 새로 밝혀진 사실은 조금도 없었다. 그렇게 몇 년 동안 회의는 계속되었고, 지금도 계속되는 중이다.

죽음을 향한 무명인사들은 세인트 빈센트 곶에서 뿔뿔이 헤어졌다. 거의 모든 사람들이 살아 있었으며, 또한 앞으로도 살아 있을 생각이었다. 울라 리스만키가 바다 속으로 추락하고 나서 온니 렐로넨과 아울리키 그란스테트는 곧 리스본으로 떠났으며 그곳에서 두 달 동안 머물렀다. 두 사람은 서커스단장 사카리 피포를 데려갔는데, 피포는 유랑극단 리스본 티볼루에서 포승을 푸는 곡예사로 데뷔할 기회를 잡았다. 렐로넨과 그란스테트는 나중에 핀란드로 돌아갔으며, 오울루에서 자동차 도색 공장과 모피 가공 공장 등 중소기업 두 개를 세웠다. 국경 경비대원 래세이쾨이넨과 컨베이어 벨트 여공 매키 바울라는 결혼하여 무오니오로 이사했고, 그곳에서 새신랑은 세관원으로 취직했다. 자동차 판매원 램새는 새 신부와 함께 쿠사모로 돌아가서 지금 다시 자동차를 판매하고 있다. 그러나 물론 지금은 다른 회사의 제품을 판매한다. 마을 대장장이 라마넨은 포르투갈에서는 살고 죽는 데 드는 비용이 아주 저렴하다는 걸 알고서 그곳에 남아 퇴직자로서의 여생을 즐기고 있다. 철도 직원 텐호 우트리아이넨 역시 라마넨을 본보기로 삼아 포르투갈에 남았으며, 알부페이라 관광센터의 물 미끄럼틀 감독관으로 일하고 있다.

엘사 타빗사이넨은 키틸래의 알바리 쿠르키오부오피오와 편지를 주고받기 시작했으며, 그 결과 현재 알바리의 살림살이를 맡아 하고 있다. 코르바넨 예비역 하사는 유엔 군사 감독관으로서 중동 지방에 파견되었다. 무엇보다 먼저 면세품 지프를 구입했는데, 고급 상표인 데다가 차종은 더욱 고급이었다. 코르바넨 하사는 예전과 다름없이 군사적인 재능을 타고난 인물, 죽음을 두려워하는 게 아니라 죽음을 향해 돌진하는 사나이로 평가받는다.

퇴직 도로 기술자 야를 하우탈라와 그의 간병을 떠맡고 나선 젊은 여인, 불치병에 걸린 타랴 할투넨은 놀랍게도 몇 달이 지나도록 살아 있었다. 결국 하우탈라 몸 안의 암세포가 더 이상

퍼지지 않고 또 젊은 여인의 후천성면역결핍증도 잠복기를 유지하는 것으로 확인되었다. 게다가 알프스의 산중 마을 뮌스터에서 하우탈라는 21세기 핀란드 도로의 새로운 요구 조건에 대한 논문을 집필하였다. 이 논문에서 도로 기술자는 문제점을 완곡하게 돌려 표현했으며, 특히 교통사고를 막기 위해 도로에 뿌리는 소금의 예방 효과를 강조했다. 국립기술연구센터는 하우탈라의 논문을 획기적인 것으로 평가하고 핀란드 국내에 출판했다. 들리는 말에 의하면 하우탈라는 그동안에 세상을 떠났다고 한다. 칠장이 한네스 요키넨과 리스베트 코르호넨 부인을 비롯한 나머지 여행객들은 모두 집으로 돌아갔다. 그들은 현재 잘 살고 있으며, 이따금 서로 만난다. 그들의 삶은 큰 문제없이 정상적으로 순조롭게 흘러가고 있다. 간혹 어쩌다 문제가 생긴다 해도, 이미 많은 경험을 통해 단련된 터라 의연하게 문제를 헤쳐나간다.

라우노 코르펠라는 보험회사로부터 바다 속으로 굴러 떨어진 호화 버스에 대해 100퍼센트 보상을 받았다. 특별 보상금은 물속으로 추락하거나 가라앉지 않고 온전히 남아 있었다. 코르펠라는 그 돈으로 지난해의 적자를 메우고서 회사를 매각했으며, 고액의 재산세를 납부하는 인물로 시내에 이름이 알려진 후에 포리의 로터리클럽 회원으로 추대되었다.

헬레나 푸사리와 켐파이넨 대령은 결혼했다. 푸사리 부인은 토이알라에서 위배스퀼래로 이사했으며, 토이알라를 떠날 때 국민교육에 공헌한 대가로 메달을 받았다. 푸사리 부인에 대해 악의적인 소문을 퍼뜨렸던 그 지역 여성 단체의 대표들이 메달을 수여했다. 세상은 그렇게 변하기 마련이다. 사람은 모름지기 배워야 한다.

켐파이넨 대령은 제대 신청서와 연금 수령 신청서를 제출했으며, 두 가지 모두에서 뜻을 이루었다. 나중에는 헬레나 푸사리가 공식적인 신청서 없이 낳은 딸을 얻는 기쁨도 누렸다.

슬픔의 훼방꾼 세포 소르요넨은 다람쥐의 주거난에 대한 동화를 아이겐 출판사에서 출간했지만, 좋은 결과를 얻지 못했다. 현실에 대한 깊은 인식과 자연스러운 유머가 부족하고 전체적으로 유치하다는 평을 받았다. 현재 소르요넨은 사반나 레스토랑에서 뛰어난 종업원으로 일하며, 핀란드 음식점을 소재로 하는 대장편소설을 쓰기 위한 준비 작업을 하고 있다.

순록지기 울라 리스만키는 수영을 할 줄 몰랐지만, 넓은 바다는 의지할 데 없는 인간에게 헤어날 길을 알려주는 특성을 가지고 있다. 울라는 가라앉는 버스의 비상구를 통해 간신히 버스 밖으로 빠져나와서 물 위로 떠오르려고 안간힘을 썼다. 파도에 실려 멀리까지 떠내려갔으며 많은 양의 소금물을 들이켰다. 호기심 많은 식인 상어 몇 마리가 울라의 엉덩이에 코를 대고 킁킁거렸지만, 잡아먹으려고 들지는 않았다. 물고기가 항상 먹이를 무는 것만은 아니다. 늙은 낚시꾼 울라보다 그걸 더 잘 아는 사람이 어디 있겠는가.

두 시간 후에, 뉴펀들랜드(캐나다 북동부 지방 — 옮긴이) 앞바다로 대구를 잡으러 가던 낡은 포르투갈 어선이 기진맥진한 순록지기를 바다에서 건져냈다. 울라는 고기잡이를 시작하기 전에 먼저 갑판 위에서 며칠 밤을 새워가며 물에 젖은 수십만 달러를 말렸다. 그리고 두 달 만에 포르투갈 말을 배웠다. 사미어와 포르투갈어의 발음이 놀랄 만큼 비슷하기 때문에 사실 그리 놀라운 일은 아니었다. 포르투갈어는 일반 평민들의 라틴어에서 발전했으며, 사미어는 순록이 씩씩거리는 소리에서 발전했다.

헬레나 푸사리와 켐파이넨 대령은 사그레스로 신혼여행을 떠났으며, 우연히 그곳의 한 술집에서 햇볕에 검게 그을린 뱃사람이 마찬가지로 햇볕과 바람에 시달려 거친 피부를 가진 동료들과 사미어로 이야기 나누는 것을 보았다. 두 사람은 울라를 알아보았으며, 울라는 대서양에서 어부로 잘 지낸다고 말했다.

지금의 이름은 울바우 상 리스만케였다.

"성자聖者 울라 리스만키라는 뜻이지요."

이 거친 세상에서 살아남기 위한 희망

나는 수십 권의 소설을 썼으며, 그것들은 유럽 전역의 독자와 다른 대륙으로까지 전해졌다. 독자들은 나에게 많은 편지를 보내왔고, 많은 감상을 전해주었다.

이 책이 출판되었을 때, 그에 대한 반응은 놀라운 것이었다. 나는 원래 비행기로 헬싱키에서 포르투갈로 갈 계획을 가지고 있었다. 거기서 나는 문학작품과 함께 겨울을 보내곤 했다. 그런데 『기발한 자살 여행』이 출간된 후, 나는 핀란드를 떠날 수 없었다. 전화가 거의 쉴 새 없이 울려댔다. 수개월간 자살에 대해 진지하게 생각해왔던 핀란드의 독자들이 나의 소설을 읽은 후 그들이 어떻게 삶 속에서 새로운 희망과 의미를 찾을 수 있었는지를 말했다. 그 말에 나는 크게 감동했고 고무되었다. 나는 수백 가지도 넘는 인생 이야기들을 경청했으며, 그러는 동안 마치 나는 일종의 핀란드 국민의 테라피스트가 된 것 같은 기분이었다.

한국의 독자들 또한, 이 소설의 내용에도 불구하고, 이 소설 속에서 자신들의 삶을 긍정적으로 바라볼 수 있는 한줄기 빛을 발견하기를 바란다. 아마도 이 소설은 이 거친 세상에서 살아남기 위한 희망을 줄 것이다. 덧붙이자면, 앞서 읽은 나의 많은 독자들은 이 이야기가 꽤나 유머러스하다고 좋아했다.

2005년 11월 2일
아르토 파실린나

삶을 향한 여행

핀란드 국민들에게 무척 사랑받는다는 작가 아르토 파실린나의 『기발한 자살 여행』을 처음 책상 위에 펼쳐놓고서, 처음 접하는 핀란드 문학에 생소한 핀란드 작가인 데다가 사회 일각에서 터부시하는 '자살', 그것도 '집단 자살'을 그리는 점에서 사실 마음 한구석이 무겁게 가라앉았다. 그러나 이런 부담감은 핀란드의 국가적인 우울증을 "과거의 소련연방보다도 더 심각한 적"으로 재치 있게 묘사하는 첫 페이지에서 이미 눈 녹듯이 사라졌으며, 마지막 책장을 덮을 때까지 때로는 혼자 실실거리거나 쿡쿡거리며 때로는 껄껄 통쾌하게 소리 내어 웃지 않을 수 없었다. 그리고 이 한 권의 소설을 통해 유럽의 아시아 종족 핀란드 국민과 핀란드라는 나라가 멀리 이사 간 이웃처럼 성큼 가깝게 느껴진 것도 사실이었다.

『기발한 자살 여행』의 남다른 매력은 유럽의 독자들과 평론가들이 이구동성으로 칭송하는 '기이한 유머'에 있다. 아르토 파실린나는 음울하고 어두운 주제를 독특한 익살과 해학을 통해 풍자적으로 그려내는 "기이한 유머의 대가"라는 명성을 누리고 있다. 그의 이런 뛰어난 능력은 다른 어느 작품에서보다 『기발한 자살 여행』에서 두드러지게 드러난다. '자살'만큼 무겁고 암울하고 진지한 주제가 또 어디 있겠는가. 특히 자살은 현대 문명의 양지와 음지, 그 이율배반을 극명하게 보여주는 좋은 사례이다. 언뜻 '자살'을 한 개인의 불행으로 정의 내릴 수 있는 듯 보이지만, '자살'이라는 낱말을 깊이 해부하면 그 사회와 시대가 안고 있는 많은 복잡한 문제점들이 이리저리 엉킨 실타래의 실처럼 줄줄이 엮여 나온다. 가족의 불행, 불치의 질병이나 정신적인 문제, 사회적인 절망과 좌절, 엉뚱한 꿈이 빚어낸 막다른 골목…… 이런 문제들에 부딪혀 한 번쯤 죽음을 생각하지 않을 사람이 어디 있을까.

특히 핀란드는 예로부터 우울증과 알코올중독에 시달리는 사람들이 많으며, 해마다 수천 명이 죽음을 향해 돌아오지 않는 길을 떠난다. "핀란드 사람들의 가장 고약한 적은 우울증이다. 비애, 한없는 무관심." 파실린나는 핀란드 사람들의 이러한 특성, 그 인간적인 약점과 강점을 날카롭게 관찰하고, 이러한 침울한 사태를 집단 자살 여행을 통해 문학적으로 형상화시켜서 가슴 따뜻한 이야기로 그려낸다.

아르토 파실린나는『기발한 자살 여행』에서 현란한 현대 문명의 배후에 숨겨진 사회의 그늘을 예리한 시선으로 치밀하게 관찰하고, 자본주의 사회의 냉혹한 뒷면을 가차 없이 파헤치고, 인간의 약점과 사회의 비리를 신랄하게 꼬집는다. 그러나 그러한 비판과 냉소 뒤에서 사회의 모순과 갈등을 이해하려는 너그러운 마음과 깊은 이해심, 인간에 대한 따뜻한 사랑이 엿보인다. 파실린나는 역경과 불행 앞에서 쉽게 죽음으로 도피하려 하지만 정작 죽음 앞에서는 몸을 사리는 인간의 나약한 본성과 질긴 생명력을 깊이 인식하고 인간이 지닌 약점과 욕망까지도 사랑으로 싸안는다. 파실린나의 문학 세계와 독특한 유머는 여기에서 비롯된다. 현대 사회의 모순을 꼬집는 날카로운 시선과 너그러운 이해심이 한데 어우러져, 신랄하고 통쾌하면서도 경쾌한 익살극이 생겨나는 것이다. 작가는 핵심을 찌르는 기발한 익살과 유머 너머에서 미소를 지으며, 우리 함께 삶과 죽음, 사회와 인간의 문제들에 대해 깊이 생각해보자고 독자들에게 권유한다.

파실린나의 삐딱한 듯한 '기이한 유머'는 군더더기 없이 간결하게 이어지는 필치에 의해 그 효과가 한층 증대된다. 파실린나는 결코 현학적인 문장이나 장황한 사설을 늘어놓지 않는다. 그의 문장은 복잡하지 않으며 단순하고 직접적이어서 유려하게 읽힌다. 그러나 소박하고 평범한 짧은 문장들이 빠른 속도로 이어지면서 오히려 더욱 기발하게 노골적으로 정곡을 찌른다.

근사한 집단 자살을 위해 핀란드의 호숫가에서 시작하여 유럽의 북쪽 끝 노르카프까지 갔다가 스칸디나비아 반도와 독일, 프랑스, 스위스를 지나 유럽의 서남단 포르투갈에 이르는 집단 자살 여행은 결국 처음의 예상과는 전혀 다른 방향에서 끝을 맺는다. 인생의 종지부를 찍으려던 사람들은 "같은 운명을 짊어진 동료들과의 긴 여행" 동안에 삶의 용기와 활력을 얻어 힘차게 다시 삶으로 돌아가고, 죽음을 향한 여행은 삶을 위한 여행으로 탈바꿈한다. "결국 세상은 살 만한 곳"이다. 『기발한 자살 여행』은 우리 모두를 삶의 기쁨으로 초대하는 즐거우면서도 모험적인 이야기이다. '자살'이라는 주제를 이보다 더 마음 훈훈하게 그릴 수는 없지 않을까 생각된다.

끝으로 '정말 기발한' 책이라는 어느 독일 독자의 말에 공감의 박수를 보내며, 유럽 대륙을 절반이나 누빈 『기발한 자살 여행』의 대단원의 막을 내린다.

김인순

전 세계 독자에게 사랑받는 핀란드 작가이자, 블랙 유머의 대가로 통하는 아르토 파실린나Arto Paasilinna. 그는 지금까지 40여 권의 작품을 발표했으며, 그의 책들은 영어, 스페인어, 프랑스어, 이탈리아어, 독일어, 일본어 등 20개 언어로 번역 출간되었습니다. 파실린나의 작품 가운데 국내 처음으로 소개되는『기발한 자살 여행』은, 2004년 '유럽의 작가상' 수상작으로 블랙 유머의 대가다운 작가의 역량을 가장 잘 보여주는 대표작이라 할 수 있습니다. 이 책의 영향으로 유럽 전역에 파실린나의 소설을 패러디한 즐거운 자살 희망자들의 모임이 생겨났다고도 합니다. 이처럼 유럽뿐만 아니라 전 세계적으로 큰 반향을 불러일으킨『기발한 자살 여행』의 해외 서평을 소개함으로써 작가와 작품에 대한 이해를 돕고자 합니다. ─ 편집자 주

블랙 유머의 대가가 쓴, 기발한 '자살' 보고서

별난 이야기와 의미심장한 유머의 대가 아르토 파실린나는 최근 출간된『기발한 자살 여행』에서 아주 진지한 주제인 핀란드의 심각한 자살 문제를 다룬다. 그러나 아무리 심각한 주제라도 씩 웃음 지으며 아이로니컬하게 기발한 이야기로 바꾸어놓지 않는다면 아르토 파실린나가 아닐 것이다.

이 소설은 다른 어느 작품보다도 아르토 파실린나의 뛰어난 역량을 잘 보여준다. 파실린나의 주인공들은 빼어나게 아름답지도 뛰어나게 지적이지도 불굴의 강자도 아니다. 그들을 사랑스럽고 뚜렷한 존재로 만드는 것은 다름 아닌 '별난 평범함'이다. 의미심장하면서도 유머러스하고 경쾌한 사회 비판, 이것은 단지 소수의 작가들만이 이를 수 있는 경지이다. 아르토 파실린나는 매번 능숙하게 이러한 재주를 부려 보인다.

—바이에른 룬트푼크Bayerischer Rundfunk

'즐거운' 자살자들의 죽음을 향한 일탈 여행

핀란드의 대표적인 작가, 파실린나는 하찮은 것들로 독자들을 낯설게 하는 재주가 있다. 이 책의 등장인물들은 하나같이 전통 파괴자나 싸움꾼 혹은 알코올중독자들로 무례한 행동과 욕설을 즐기지만 동시에 너무도 인간적인 온정을 느끼게 한다. 파실린나는 등장인물들의 거칠고 격렬한 성격들을 묘사하면서도 이들을 향한 따뜻한 시선을 잃지 않기에 이 책을 읽는 독자로 하여금 우스꽝스런 풍자극 뒤에 감춰진 작가의 부드러운 인간애를 느끼게 한다. 항상 예상 밖의 일들이 벌어진다. 이런 급작스런 사건들을 통해 삶과 죽음, 사랑 또는 신에 대한 작가의 생각을 읽을 수 있다. 하지만 결국 잔뜩 허세 부리고 병적이기까지 한 이런 일탈 행위들이 한판의 희극으로 결말지어지는 걸 보며 독자들은 마음껏 웃을 수 있으며 동시에 자신을 깊이 들여다볼 수 있게 된다. 그렇다면 이 자체만으로도 성공이라고 할 수 있지 않을까! 우울한 저녁나절 위스키 한 잔을 옆에 놓고 음미할 수 있는 소설로 삶의 욕구를 재발견 하는 데 도움을 주며, 좌절감에 빠졌거나 자살 충동을 느끼는 이들에게 권할 만하다.

—드노엘 출판사Denoël — 2003 magazine d'essence culturelle

유머리스트 파실린나의 냉소적 재치와 섬세한 블랙 유머

"유머리스트 아르토 파실린나." 아르토 파실린나는 지극히 섬세한 블랙 유머의 보증인이며, '눈물 젖은—즐거운' 자살단을 통해 뛰어난 냉소적인 재치를 다시 한 번 성공적으로 보여준다. 여러 명의 엉뚱한 등장인물들 — 예를 들어 육지의 선장과 핀란드 최초의 밍크 서커스단장 — 과 다양한 운명이 침울한 버스 운송업자의 호화 버스에 모인다. 그들은 함께 최후의 삶의 기쁨을 즐긴다. 그런데 너무 신나게 즐기는 바람에 결국……. 정말로 삶과 죽음이 걸려 있는 듯 등장인물들을 다루는 작가의 담담한 서술 기교가 돋보인다.

—리테라투어Literature

우울함과 죽음에 대한 동경 그리고 색다른 성찰

아르토 파실린나는 삐딱한 소설을 쓴다는 평을 듣고 있다. 다양한 핀란드인들의 고행을 관찰하고 그들의 우울함과 죽음에 대한 동경을 선명하게 표현한 이 집단 자살에 대한 책보다 과연 더 삐딱한 것이 있을까?

파실린나는 너무나 진지한 이 주제마저도 '메마른 유머'로 묘사한다. 핀란드 사람들의 인성이 상세하게, 때로는 과장되게 묘사된다. 근사한 자살을 위해 여행하는 동안 자살 후보자들은 삶에 보다 긍정적인 다른 핀란드 사람들만이 아니라 독일 사람, 프랑스 사람, 스위스 사람들도 만난다. 여기에서도 작가는 각 나라의 민족성을 과장되게 묘사한다. 독일 사람들은 민족주의적이고, 프랑스 사람들은 지나치게 사랑을 즐기며 스위스 사람들은 청결함에서 뒤를 따를 자가 없다.

—리테라투어쇼크Literaturschock

삶의 '기쁨' 과 더불어 '의미' 를 뿜어내는 특별한 유머

자살하려는 생각을 품은 사람은 먼저 무조건 이 책을 읽어야 한다. 아르토 파실린나는 핀란드의 가장 인기 있는 작가이며, 해마다 출판되는 파실린나의 작품들은 자작나무 낙엽처럼 핀란드 가을의 한 부분이다.

『기발한 자살 여행』은 파실린나의 다른 작품들과 마찬가지로 심오한 의미를 지닌 기발한 유머로 특징 지어진다. 삶의 기쁨과 더불어 삶의 의미를 문제 삼는 특별한 유머와 흥미진진한 이야기를 지닌 작품이다.

—페가수스Pegasus

유럽 전역, 자살 희망자 모임 패러디 열풍

『기발한 자살 여행』은 집단 자살을 그리고 있는데도 불구하고 신랄하고 우스꽝스러우며 동시에 따뜻한 온정이 느껴지는 작품이다. 이 이야기는 자살하기 위해 한적한 곳을 찾은 파산한 한 회사의 사장과 소외당한 한 대령의 우연한 만남으로 시작된다. 결국 두 사람은 자살을 포기할 뿐만 아니라 세상에서 둘도 없는 친구가 되어 자살 충동을 느끼는 다른 이들을 돕기로 마음먹는다. 그들은 신문 광고를 통해 불러 모은 수백 명의 자살 희망자들을 대상으로 각종 세미나와 파티를 연다……. 이 소설이 인기를 끈 이후 유럽 전역에 파실린나의 소설을 패러디한 즐거운 자살 희망자들의 모임들이 생겨나기도 했다.

—리르Lire

우울한 현실과 우스꽝스러운 사건들의 절묘한 조화

핀란드는 분명 우울한 민족이다. 이 작품은 살인은 단지 100여 건인 데 비해 매년 1500여 건의 자살이 일어나는 핀란드의 우울한 분위기를 배경으로 한다. 우울한 현실 삶의 이야기들과 우스꽝스러운 사건들을 절묘하게 조화시켰다. 그것을 애써 구원의 이야기로 만들려고 애쓰지 않으며 설교하지도 않는다. 작품 전체에 유머가 깔려 있으며, 놀랄 만큼 재미있다.

—**컴플리트 리뷰닷컴**complete review.com

■ 옮긴이 **김인순**은 1959년 전주에서 태어났다. 고려대학교 독어독문학과를 졸업하고 독일 카를스루에 대학에서 수학했으며 고려대학교 대학원 독어독문과에서 박사학위를 받았다. 고려대학교와 배재대학교 등에 출강했고, 독일에서 박사 후 과정Post Doc.을 밟은 후 현재 함부르크에서 연구를 계속하고 있다. 옮긴 책으로는『꿈의 해석』(지그문트 프로이트)『깊이에의 강요』(파트리크 쥐스킨트)『법』(프리드리히 뒤렌마트)『거짓말쟁이 야콥』(유레크 베커)『열정』『유언』『반항아』『하늘과 땅』『성깔 있는 개』『결혼의 변화』(산도르 마라이) 등이 있다.

기발한
자살여행

1판 1쇄 2005년 11월 1일
1판 14쇄 2015년 11월 17일

지은이 아르토 파실린나
옮긴이 김인순
펴낸이 임양묵
펴낸곳 솔출판사

주 소 서울시 마포구 서교동 342-8
전 화 02-332-1526~8
팩 스 02-332-1529
이메일 solbook@solbook.co.kr
홈페이지 www.solbook.co.kr
출판등록 1990년 9월 15일 제 10-420호

ISBN 89-8133-805-1   03890